ullstein

Das Buch

Ob im Job oder in der Liebe, nirgendwo läuft es rund im Leben von Cynthia Guthan. Und auch ihr Bruder Nick scheint das Unglück magisch anzuziehen. Daher hat er sich auf einen Pakt mit einem Gargoyle namens Mandrake eingelassen, der im Auftrag des Teufels handelt. Nick sollen drei Herzenswünsche erfüllt werden, wenn der Teufel im Gegenzug seine Seele erhält. Aber eigentlich will Mandrake etwas ganz anderes, nämlich Nicks äußerst attraktive Schwester. Und so bietet er Cynthia ebenfalls einen Pakt an: Sie kann die Seele ihres Bruders retten, wenn sie Mandrakes erotische Wünsche erfüllt. Widerstrebend lässt sie sich darauf ein, doch schon bald merkt sie, dass sie immer mehr Gefallen an dem gutaussehenden Gargoyle findet. Sie gibt sich einem Spiel voller Lust und Leidenschaft hin, das weiter geht, als beide sich je erträumt hatten …

Die Autorin

Kerstin Dirks, 1977 in Berlin geboren, hat eine Ausbildung zur Bürokauffrau absolviert und schreibt seit mehreren Jahren erotische Romane und historische Liebesromane und Fantasy.

Von Kerstin Dirks sind in unserem Hause bereits erschienen:
Leidenschaft in den Highlands
Teuflische Lust

Kerstin Dirks

Gib dich hin

Erotischer Roman

Ullstein

Besuchen Sie uns im Internet:
www.ullstein-taschenbuch.de

MIX
Papier aus verantwortungsvollen Quellen
FSC® C006701

Originalausgabe im Ullstein Taschenbuch
1. Auflage Dezember 2010
2. Auflage 2011

Umschlaggestaltung: HildenDesign, München
Titelabbildung: © 2HotBrazil/iStockphoto
Satz: LVD GmbH, Berlin
Gesetzt aus der Berkeley Oldstyle
Papier: Pamo Super von Arctic Paper Mochenwangen GmbH
Druck und Bindearbeiten: CPI – Ebner & Spiegel, Ulm
Printed in Germany
ISBN 978-3-548-28285-5

Prolog

Was für ein verdammtes Drecksloch! Feucht und dunkel, der letzte Ort, an dem er jetzt hätte sein wollen. Durch die dicken Gitterstäbe sah er seine Mitgefangenen. Die schrecklichsten Kreaturen, die diese Welt hervorgebracht hatte. Sie trugen widernatürliche Beulen und manche von ihnen sogar Hörner auf den kahlen Schädeln, die sie über alle Maßen entstellten. Dämonen. Und zwar der unterste Abschaum von ihnen. Wie er diese Pest hasste. Ihr Anblick löste Übelkeit in ihm aus. Doch im Kerkertrakt unter der Arena machte sich niemand die Mühe, sein Antlitz zu verbergen, sich in seine menschliche Hülle zu kleiden, wie sie es in der Oberwelt täten, um nicht aufzufallen. Hier waren sie unter ihresgleichen, und hier legte man keinen Wert mehr auf Äußerlichkeiten.

Zwei Wärter standen vor seiner Gittertür, muskulöse Kerle, die den Gefangenen an Hässlichkeit in nichts nachstanden. Der Größere der beiden hatte einen Überbiss, aus dem gewaltige Hauer ragten, mit denen er gewiss einen Armknochen durchtrennen konnte, wenn er es drauf anlegte. Es war das Gebiss eines urzeitlichen Raubtiers. Ihre Aufgabe war es, die Gefangenen für die großen Spiele auszuwählen, wo sie bis aufs Blut gegen dämonische Gladiatoren kämpften oder – schlimmer noch – den Höllenkreaturen zum Fraß vorgeworfen wurden.

Früher oder später war jeder von ihnen an der Reihe, um sich dem Kampf zu stellen. Wer als Sieger hervorging, wurde am Leben gelassen und in den Kerker zurückgebracht, bis er schließlich irgendwann erneut in der Arena einem Gegner in die Augen blickte. Die Spiele waren inspiriert von den Gladiatorenkämpfen des alten Rom. Niemand nahm freiwillig an den Wettkämpfen teil. Es waren Sklaven und Gefangene. Auch ihn würden sie eines Tages mitnehmen, und vor diesem Tag graute ihm. Oh, gäbe es hier unten nur etwas Tageslicht, das wäre seine Rettung! Sonne verwandelte seinen Körper in massiven Stein. Und wer aus Stein war, der fühlte nichts, hörte nichts, sah nichts, bekam nichts von diesem Grauen mit. Aber Sonnenstrahlen drangen nie ins Unterreich.

Er lehnte sich mit geschlossenen Augen an seine Kerkertür. Die Gitterstäbe fühlten sich kalt an. Genauso kalt wie das Eisen, das seine Handgelenke umschloss. Er wusste schon gar nicht mehr, wie lange er diese Schellen trug. Es mochten über hundert Jahre sein. Zuerst war er der Sklave einer herrischen Dämonin gewesen, die ihn dann an einen neuen Herrn weiterverkauft hatte, bis er irgendwann hier unten gelandet war. Die Zeit im Unterreich verlief anders, denn es gab weder Sonne noch Mond, sondern nur ewige Dunkelheit, die selbst die Fackeln an den Wänden nicht vertreiben konnte. Und so ging auch das Zeitgefühl verloren.

Plötzlich wurde er aus seinen Gedanken gerissen. Über ihnen schallte der tosende Applaus der hohen Dämonen, der vom Ende eines Kampfes zeugte, und ihre Jubelschreie drangen sogar durch die dicken Wände der Kerkeranlage. Im Gefangenentrakt wurde es unruhig. Die Wärter setzten sich in Bewegung. Langsam schritten sie durch den Trakt, und jeder Insasse senkte rasch den Kopf, in der Hoffnung, von den sadistischen Aufpassern übersehen zu werden. Die hungrige Meute in der Arena gierte nach einer Zugabe. Sie trommelten und klatschten. Auch er hoffte, nicht aufzufallen, hoffte, dass ein anderer statt seiner ausgewählt würde. Aber die Wärter standen auffällig lange vor seiner Zelle. *Geht weiter,* flehte er insgeheim. *Nehmt einen anderen.*

Der Hüne beugte sich vor, offenbar in der Absicht, ihn näher zu beäugen. Dabei schob sich sein riesiger Schatten fast vollständig über ihn, und sein Blut schoss heiß durch seine Adern, das Herz flatterte wie wild. *Bitte, nicht ich.* Ein rostiger Schlüssel drehte sich im Schloss, und es war entschieden. Die beiden Wärter betraten seine Zelle und betrachteten ihn noch einmal ausführlich aus der Nähe.

»Er ist schön«, flüsterte der kleinere Dämon sichtlich ergriffen und packte sein Kinn, drehte seinen Kopf von einer Seite zur anderen, wie man es auf einem Pferdemarkt machte. »Schön wie ein Engel. So etwas sieht man hier selten.«

Jeder Muskel in seinem Leib spannte sich an.

»Sie werden es lieben, ihn kämpfen zu sehen«, entschied der Größere und machte sich an seinen Ketten zu schaffen, löste die Schellen zuerst an den Fuß-, dann an den Handgelenken. Das Geräusch von auf der Stelle trampelnden Füßen erfüllte die Kerkerräume. Das Publikum wurde ungeduldig. Klirrend fiel das Eisen zu Boden. Endlich spürte er wieder Leben in seinen Armen und Beinen. Das Trampeln wurde lauter. Das war der Moment, in dem ihm klar wurde, dass er nur noch eine Chance hatte, dem Grauen zu entgehen.

Mit einem lauten Schrei stürzte er sich auf den kleinen Dämon, riss ihn zu Boden und schlug wie von Sinnen mit beiden Fäusten auf ihn ein. Plötzlich riss ihn etwas nach hinten, und er landete rücklings auf dem Boden. Über ihm thronte der zweite Dämon, der nun auf ihn eintrat, bis er Sterne vor seinen Augen tanzen sah. Ein unvorstellbarer Schmerz brandete durch seinen Schädel und von dort in den Rest seines Körpers. Eine Faust traf seine Brust, eine andere landete auf seiner Stirn. Sein Schädel dröhnte, alles um ihn herum drehte sich, die Farben wurden dunkler. Er hoffte, ohnmächtig zu werden. Möglichst schnell.

Doch diese Gnade gewährten sie ihm nicht.

»Genug. Sonst kann er nicht mehr kämpfen.« Sie packten ihn und zerrten ihn hinter sich her. Er versuchte nicht, auf die Füße zu kommen, und ließ sich wegschleifen, um Kraft zu sparen, die er für den Kampf brauchen würde.

Sie bugsierten ihn die Treppe hinauf und rüsteten ihn mit Schwert und Schild sowie einem Helm aus. Wie ungewohnt es war, nach so langer Zeit wieder eine Klinge in der Hand zu halten. Schließlich zog jemand das vergitterte Tor auf, und man stieß ihn in die Arena. Durch den schmalen Sehschlitz seines Helmes blickte er sich um. Ihm stockte der Atem, als er die Zuschauerränge sah, die so weit hinaufragten, dass die Gestalten zu einer dunklen Masse verschwammen. Die Dämonen brachen erneut in Jubel aus.

Sein Gegner war ein Feuerteufel, der groß an Gestalt und mit mächtigen Zaubern ausgestattet war, die ihm gefährlich werden konnten. Er war im selben Trakt untergebracht wie er, seine Zelle lag am anderen Ende des Ganges. Mit einem wüsten Schnauben und wild erhobenem Schwert über dem Kopf stürmte sein Gegner auf ihn zu, während er leicht in die Knie ging, um seinen Stand zu festigen.

Die Tritte der Wärter gegen seinen Schädel wirkten noch immer nach. Ihm schwindelte, er sah Doppelbilder, doch seine Reflexe waren die eines Kriegers, und so hob er im rechten Moment seine Klinge, um den Angriff des Feuerteufels zu parieren. Der Feuerteufel sprang zurück, öffnete die Hand und formte einen Flammenball, der in Windeseile auf ihn zukam. Er machte einen Hechtsprung zur Seite, rollte am Boden ab und stand schon wieder auf den Beinen.

Ein erstauntes Raunen ging durch die Menge. Er nutzte die Überraschung seines Gegners, schoss auf ihn zu und riss mit beiden Händen das Schwert in die Höhe, in der Absicht, es auf den Schädel des Dämons niedersausen zu lassen, der im Gegensatz zu ihm keinen Helm trug. Aber der Feuerteufel hielt dagegen und stieß ihn einfach von sich, so dass er nach hinten taumelte, das Gleichgewicht verlor und in den Sand stürzte.

Die Dämonen klatschten und trampelten mit den Füßen. Sprechchöre erklangen, die seinen Kopf forderten. Er wollte aufstehen, doch er konnte nicht. Alles drehte sich. Er war gänzlich orientierungslos. Da schob sich der mächtige Schatten des Teufels über ihn, und er sah das Blitzen der Klinge im Licht der Tausenden von Fackeln, welche die Arena erleuchteten, als plötzlich ein Horn erschallte. Abrupt hielten alle inne. Die Zuschauer wie auch der Dämon über ihm.

Er hörte das Knarren des Gittertors, das sich öffnete. Zwei Gestalten rannten auf ihn zu, nahmen ihm die Klinge und den Schild ab, packten ihn grob bei den Armen und zerrten ihn durch den heißen Sand wieder hinaus. Er verstand nicht, was vor sich ging.

Sein Kopf war heiß, so unendlich heiß. In seinen Schläfen pochte es. Fieber. Er presste die Lippen aufeinander und kämpfte gegen die aufkeimende Erschöpfung an. Die Wärter halfen ihm auf die Beine, stützten ihn sogar und führten ihn aus der Arena in einen langen, tunnelartigen Gang, an dessen Ende das flackernde Licht einer Fackel brannte. Als sie dort ankamen, bogen sie ab und verschwanden in einem großen dunklen Raum, der mit einer Sitzgelegenheit, einem Schreibtisch und einer kleinen Bar ausgestattet war. Dieses Zimmer hatte er nie zuvor zu Gesicht bekommen, und er war erstaunt, dass es so etwas überhaupt im Trakt gab.

»Setz dich«, knurrte ihn ein Wärter an, nahm ihm den Helm ab und drückte ihn auf einen weich gepolsterten Stuhl. »Und mach keine Dummheiten!«

Eine Tür in der Wand öffnete sich, die er zuvor gar nicht wahrgenommen hatte. Er erkannte die wohlgeformte Silhouette einer Frau, die nun aus ebendieser Tür auf ihn zukam und auf der anderen Seite des Tisches Platz nahm. Ein riesiger Hut war ihr ins Gesicht gezogen, so dass er lediglich ihre vollen roten Lippen und das zierliche Kinn erkennen konnte. Sie schenkte ihm ein warmes Lächeln – die freundlichste Geste seit seiner Gefangennahme. Fasziniert musterte er ihren engen schwarzen Hosenanzug, der hervorragend zu dem ebenso dunklen Hut und den vermutlich schwarzen Haaren passte. Genaugenommen konnte er ihre Haare gar nicht sehen, aber er hatte das Gefühl, sie wären seidig und rabenschwarz, denn diese Farbe passte perfekt zu ihrer schneeweißen Haut. Langsam hob sie den Kopf und ließ ihn endlich ihr Gesicht sehen. Es war atemberaubend schön. Sie wirkte wie ein Engel auf ihn. Ein fleischgewordener Traum. Die grünen Augen strahlten förmlich. Sie betrachtete seinen geschundenen und bis auf einen Lendenschurz nackten Körper. Von oben bis unten. Und er fühlte sich plötzlich schrecklich schäbig, ihrer gar nicht würdig. Ihr Blick verweilte zwischen seinen Beinen.

»Du bist mir gleich aufgefallen«, meinte sie und schmunzelte.

Offenbar hatte sie im Publikum gesessen. Das musste bedeuten, dass sie eine hohe Dämonin war. War sie möglicherweise sogar dafür verantwortlich, dass er jetzt hier, vor ihr, saß? Sie lachte plötzlich. Er wusste zunächst nicht, worüber, aber dann bemerkte er, dass sein Körper auf die unbekannte Frau mit äußerst eindeutigen Symptomen reagierte. Die riesige Erektion war ihm unendlich peinlich.

»Wir warten draußen«, sagte der große Wächter, und beide Männer verließen den Raum. Knallend fiel die Tür hinter ihnen ins Schloss.

»Du willst also Gladiator werden…«

Von Wollen konnte gar keine Rede sein.

Die Fremde erhob sich, kam zu ihm herüber und ging einmal um ihn herum, ihn von oben herab musternd. Erneut konzentrierte sich ihr Blick auf seinen Schritt.

»Welche Verschwendung.« Sie musterte ihn genauestens. »Sehr hübsch«, stellte sie anerkennend fest. »Man hat mir gesagt, dass du schön bist.« Sie blieb neben ihm stehen und fuhr ihm mit den Fingern durchs Haar. »Aber sie haben noch untertrieben.«

Schön war er vielleicht einmal gewesen. Vor langer Zeit. Nun war er schmutzig, stank nach Angst und Schwefel. »Heute ist ein guter Tag für dich, Gargoyle.« Ihre Stimme klang angenehm sanft, sehr sanft. Und verführerisch. »Versuch dich zu entspannen.«

Sie wusste, dass er kein Dämon war, und doch schien sie ihm freundlich gesinnt. Warum, wollte er fragen, aber seine blutigen Lippen brachten keinen Laut hervor.

»Ich glaube, du bist der Richtige.«

Sie kniete sich hin, legte eine Hand auf seinen nackten Oberschenkel und beobachtete seine Reaktion. Dieses Mal hatte er sich unter Kontrolle. Kein Zucken, kein Zittern.

»Wovon sprichst du?« Seine Stimme klang belegt.

»Von einem lukrativen Angebot.«

Er verstand noch immer nicht.

»Ich möchte, dass du für mich arbeitest.«

»Und was für eine Arbeit soll das sein?« Steine klopfen? Gladiatoren ausbilden? Sexuelle Dienstleistungen?

»Nur ein paar Aufträge für meine Agentur, nichts, was du nicht könntest. Im Gegenteil, durch deine Nähe zu den Menschen bist du besser geeignet als jeder andere. Niemand weiß so gut wie du, wie sie denken, fühlen und funktionieren.«

Sie beugte sich zu ihm vor, so dass ihre Lippen sein Ohr streiften. Sie fühlten sich heiß an. Heiß und weich. Zugleich bohrten sich drei ihrer Fingernägel in die linke Seite seines Halses, so als wollte sie ihn markieren.

»Sei nicht dumm. Dir steht die Welt offen. Du willst doch nicht den Rest deines Lebens in der Hölle verbringen, habe ich nicht recht?«, fragte sie verführerisch.

Nein, das wollte er mit Sicherheit nicht.

Kapitel 1

217 Jahre und zwei Monate später

»Ups, die war neu.« Cynthia betrachtete kichernd den feuchten Fleck auf ihrer Bluse, der sich herzförmig auf ihrer Brust ausbreitete. Sie spürte das Prickeln der winzigen Bläschen durch den Stoff hindurch, der sich an ihre Haut schmiegte, so dass man die Form ihres Busens durchschimmern sah. Ungeschickt wirbelte sie mit dem Glas in ihrer rechten Hand herum und verschüttete den Sekt auf den Läufer. »Anna wird schimpfen.« Seltsamerweise fand sie diesen Gedanken äußerst komisch.

»Das ist doch egal«, sagte Tom. Er griff nach ihrer Bluse und zog sie aus der Hose, um sie Knopf für Knopf zu öffnen.

»He, was machst du denn da?« Ihre Zunge fühlte sich geschwollen an.

»Das weißt du doch genau, Süße.« Er beugte sich zu ihr herunter, so dass sie seinen heißen Atem auf ihrer Haut spürte. Weiche Lippen hauchten ihr zarte Küsse auf den Hals. Dort prickelte es sinnlich. Oder kam das noch vom Sekt?

Was für eine Party! Wer hätte gedacht, dass sie hier oben, in Annas Schlafzimmer, enden würde?

Vorsichtig nahm er ihr das inzwischen leere Glas ab und stellte es auf den Tisch. Ihre Bluse war nun geöffnet, und die kleinen, festen Brüste lugten unter dem dunkelblauen Satinstoff hervor. Tom hob erstaunt eine Braue, während er sie sichtlich angetan musterte. »Du trägst keinen BH?«

Cynthia ließ sich rücklings auf das Bett fallen, darauf vertrauend, dass sie den Abstand richtig eingeschätzt hatte und auf der weichen Matratze landen würde. Sonst schliefen hier Anna und Gregor miteinander. Aber heute Abend war das große Doppelbett ihre Spielwiese.

»Stört dich das?«

Tom schüttelte den Kopf und zog eine Grimasse, die sie erneut zum Lachen brachte. Sie war noch immer ein bisschen nervös, schließlich hatte sie nicht alle Tage Sex mit einem Mann, den sie gerade erst kennengelernt hatte. Um genau zu sein, war es das erste Mal, dass sie sich auf so etwas einließ. Ihr vorheriger Partner hatte viel Geduld aufbringen müssen, um sie so weit zu bekommen, wie Tom sie jetzt hatte, denn Cynthia war alles andere als ein Vamp. Doch nach ein paar Gläsern Sekt war sie überraschend schnell aufgetaut.

Tom war an ihrem Zustand nicht ganz unschuldig. Er hatte ihr immer wieder nachgeschenkt, und das obwohl sie ihm erklärt hatte, dass sie nur selten Alkohol trank und ihn ziemlich schlecht vertrug. Ob er schon da Hintergedanken gehabt hatte?

»Ich finde es äußerst verführerisch.«

Plötzlich lag er neben ihr. Seine Hand schob sich unter den Stoff und umfasste ihre rechte Brust. »Klein, aber oho«, sagte er mit einem Zwinkern, das sie erleichterte. Ihr Exfreund hatte ihre Brüste nicht sonderlich gemocht, ihr sogar zu einer OP geraten. Das war dann auch der Grund ihrer Trennung gewesen. Cynthia wusste selbst, dass ihre Brüste nicht perfekt waren, aber sie mochte sie trotzdem, fand sie praktisch, da sie weniger mit sich herumzuschleppen hatte als manch andere Frau. Außerdem war Größe nicht alles. Sie hatten eine schöne Form, sehr weiche Haut, und ihre Brustwarzen schimmerten angenehm rosa.

Trotzdem hatte der Kommentar ihres Ex immer einen kleinen Schmerz bei ihr hinterlassen. Umso besser also, dass Tom ihre Brüste sehr zu mögen schien, das nahm ihr die Hemmungen. Er streichelte sie äußerst ausdauernd, und sie musste zugeben, dass sich das verdammt gut anfühlte.

Vorsichtig schob er die Blusenhälften zur Seite, klappte sie wie Geschenkpapier auseinander und entblätterte, was sich darunter verbarg, einen sehr schlanken Körper, an dem kein Gramm Fett zu viel war.

Sein Lächeln wurde breiter und sogar noch schöner, aber dann senkte er den Kopf, und sein Mund liebkoste zärtlich ihre Brustspitze, die sich ihm sehnsüchtig entgegenstreckte. Warm und weich umschlossen seine Lippen Cynthias Nippel, sogen an ihm. Sie spürte sogar seine Zähne, aber nur ganz leicht. Sie zwickten.

Die zarte Berührung seiner Lippen sandte einen Schwall Endorphine durch ihren erhitzten Körper. Alles in ihr schien zu prickeln und zu kribbeln, als bewegten sich winzige Ameisen durch ihren Unterleib. Es machte sie verrückt, heizte sie an, und Tom schien das zu merken, denn er ließ sich nun noch viel mehr Zeit. Aber das war völlig in Ordnung. Cynthia mochte es genau so, wie es war, und sie bereute es nicht, zu Annas Geburtstagsparty gekommen zu sein. Auch wenn diese sie hatte überreden müssen, weil Cynthia kein Partylöwe war. »Gib dir einen Ruck. Tom Henning von Henning Advertising kommt auch. Wenn du dich nicht allzu dumm anstellst, kannst du ihm sicher ein paar Insiderinfos aus der Werbebranche entlocken«, hatte die Freundin gesagt.

Wenn Anna wüsste, dass sie nun mit eben jenem Tom in ihrem Bett lag … Sie musste schmunzeln. Wie war das überhaupt gekommen? Sie versuchte sich zu erinnern, aber ihr Kopf fühlte sich leer an. Und dann lenkten sie seine wilden Küsse viel zu sehr ab, um weiter darüber nachzudenken. Seine Lippen waren überall, bedeckten ihren Oberkörper mit feuchten Andenken, die ihre heiß gewordene Haut wohltuend abkühlten. So etwas hatte Cynthia noch nie erlebt. Nicht so intensiv, nicht so leidenschaftlich. Tom arbeitete sich von ihren Brüsten bis zu ihrem Bauchnabel vor. Den umkreiste er mit seiner Zungenspitze, tauchte hinein, so dass es kitzelte, und öffnete dabei die Knöpfe ihrer Hose, schob die Jeans so weit hinunter, bis der Bund ihres Höschens sichtbar wurde. »Du bist mir noch viel zu sehr angezogen«, meinte er und zupfte verspielt an ihrem Slip. Vorsichtig versuchte er die Jeans abzustreifen, aber Cynthia presste die Beine zusammen und wackelte mit dem Zeigefinger. »Und du bist ein bisschen unfair.«

»Ich?«, fragte er erstaunt. »Wie kommst du denn darauf?« Er ließ von ihrem Slip ab, beugte sich über sie und küsste sie innig. Wild öffnete er mit seiner Zunge ihre Lippen und erkundete ihren Mund, füllte ihn aus. Er schmeckte herb und sinnlich. Der Geruch von Moschus stieg ihr in die Nase. Zärtlich nahm er ihr Gesicht in die Hände, und sie erwiderte den Kuss leidenschaftlich.

Da spürte Cynthia seine Krawatte zwischen ihren Brüsten, wie sie sacht über ihren nackten Oberkörper strich, und sie ergriff die Initiative, schnappte sich den Schlips und wickelte ihn sich straff um den Finger. Verwundert richtete sich Tom so weit auf, bis die Krawatte spannte. Das grünblaue Streifenmuster schien im Dunkeln zu leuchten. Keine besonders schöne Krawatte, aber Tom Henning stand zweifellos alles. »Weil ich schon fast vollständig ausgezogen bin und du noch deinen Anzug anhast.« Sie zog verspielt an der Krawatte.

»Das lässt sich ändern.« Er zwinkerte, und Cynthia nickte zufrieden, denn sie war sehr neugierig darauf, ob sein Körper ohne den adretten Anzug genauso umwerfend aussah wie mit.

Tom entledigte sich der Krawatte und der Jacke, knöpfte sein teures Hemd auf, streifte es ab und offenbarte eine muskulöse Brust und ein atemberaubendes Sixpack. Seine Haut war solariumgebräunt, aber es wirkte nicht übertrieben, sondern sehr natürlich, als käme er gerade aus dem Urlaub.

»Wow«, raunte sie. Tom grinste ein bisschen überheblich. Ihre Reaktion schien ihm nicht unbekannt. Sicherlich hatten ihm schon viele Frauen Komplimente gemacht.

»Gefällt dir, was du siehst?«, hakte er nach, obwohl er ihre Antwort längst kennen musste.

Cynthia nickte. Sehr gut sogar. Männer wie ihn sah sie sonst nur im Modekatalog auf der Seite für Herrenunterwäsche.

Vorsichtig und ziemlich neugierig streckte sie die Hände aus. Und als ihre Fingerspitzen seine Haut berührten, war sie erstaunt, wie warm sie war. Ganz langsam tastete sie seinen Oberkörper ab, brachte schließlich nicht nur die Fingerspitzen, sondern auch ihre Hände zum Einsatz. Die Muskeln waren hart, doch seine Haut fühlte sich wunderbar weich an. Ihre Hände wanderten tiefer, über seinen Bauchnabel hin zu der teuren Hose, die er immer noch anhatte und unter deren Stoff sich eine verführerische Beule abzeichnete, die sie schon bald befreien würde. Und das alles würde heute ihr gehören. Ihr Herz klopfte in freudiger Erwartung. Sie war aufgeregt, erregt, fast wie bei ihrem ersten Mal. Flink und doch geschickt begann sie, den Reißverschluss zu öffnen, als plötzlich der Vibrationsalarm seines Handys losging. Cynthia zuckte erschreckt zusammen, und Tom wühlte hektisch in seinen Hosentaschen, bis er das Mobiltelefon endlich fand und es herauszog. Sichtlich genervt starrte er auf das Display und seufzte. »Das ist ziemlich wichtig. Ich muss kurz rangehen. Bin gleich wieder da.«

Er kletterte aus dem Bett, verschwand im Nebenzimmer, während Cynthia auf das weiche Kissen zurücksank. Ausgerechnet jetzt musste er gehen. Jetzt, wo ihre Leidenschaft endgültig erwacht war und sie das Prickeln zwischen ihren Schenkeln kaum noch aushalten konnte. Unruhig rieb sie ihre Oberschenkel aneinander, versuchte das Feuer in ihrer Mitte etwas einzudämmen, es aber nicht ganz zu löschen, damit es auf Sparflamme blieb, bis er wieder da war. Aber Tom ließ auf sich warten.

Sie lauschte seiner markanten Stimme durch die dünne Wand, konnte aber kein Wort von dem, was er sagte, verstehen. Er klang erhitzt, aufgeregt, vielleicht sogar wütend. Leg schon auf, dachte sie und biss sich auf die Unterlippe, in der Hoffnung, der leichte Schmerz könne sie irgendwie von ihrem Begehren ablenken. Aber das Gegenteil war der Fall. Tom redete weiter, es schien ein längeres Gespräch zu werden. Cynthia schaute sich in Annas Schlafzimmer um, doch sie entdeckte überall nur Dinge, die ihr noch mehr einheizten. Eine Stehlampe, die eine äußerst zweideutige Form hatte, was ihr unter anderen Umständen vermutlich nie aufgefallen wäre, die blinkende Lichterkette am Fenster, die vermutlich nur einen harmlosen Weihnachtsbaum darstellen sollte, doch in ihrer Phantasie an etwas ganz anderes erinnerte, und schließlich das riesige Wandposter, auf dem der muskulöse Oberkörper eines Mannes zu sehen war, der eine zierliche Frau in den Armen hielt. Beide waren nackt. Wahrscheinlich ein Appetitanreger für Gregor und Anna. Auch bei Cynthia tat er seine Wirkung. Ihre Hand verschwand in ihrem Slip, und sie begann, sich mit Zeige- und Mittelfinger sanft zu massieren.

Plötzlich ging die Tür auf, und Tom kam endlich zurück. Sie war so erleichtert, denn viel länger hätte sie sich jetzt wirklich nicht mehr zurückhalten können. Aber warum hatte er sein Hemd wieder zugeknöpft? Und weshalb sprintete er quer durch den Raum auf die Tür zu, wo sie doch hier, zu seiner Rechten lag?

»Wo willst du denn hin?«, fragte sie erschrocken, denn es sah ganz so aus, als wollte er flüchten.

»Der Akku ist leer. Ich muss vom Festnetz aus noch mal anrufen. Tut mir leid, Süße. Aber mein Vater braucht dringend ein paar Informationen über ein neues Projekt. Das ist gerade megawichtig. Ich … bin gleich wieder da … versprochen …«

Die Tür knallte hinter ihm zu, und das Feuer in ihrem Inneren erlosch mit einem Schlag, gleich einer Feuerstelle, über die man einen Eimer kaltes Wasser kippte. Sie war enttäuscht, fühlte sich leer und merkwürdigerweise sehr, sehr müde. Es schien, als würde ihr Körper mit einem Mal alle Funktionen auf ein Minimum herunterfahren. Cynthia musste gähnen. Auch der Appetitanreger an der Wand funktionierte jetzt nicht mehr. Das Paar ließ sie sogar kalt. Der monotone Farbwechsel der Lichter, die im immer selben Takt erst rot, dann grün und schließlich blau leuchteten, schläferte sie noch mehr ein. Ihre Sicht verschwamm. Cynthia konnte jetzt nicht einmal mehr die Gesichter des Pärchens an der Wand klar erkennen. Es waren nur noch zwei verschwommene Flecken. Ihr fielen die Augen in immer kürzeren Abständen zu. Es war unendlich anstrengend, sie offen zu halten, kostete sie enorme Kraft, aber sie wollte jetzt nicht einschlafen, vielleicht kam er ja doch wieder? Sie streckte die Arme und Beine aus, genoss die wohltuende Wärme, die sie einlullte. Nur für einen kurzen Moment ließ sie die Augen geschlossen, gönnte ihnen eine Ruhepause, da hörte sie ein sinnliches Flüstern an ihrem Ohr. »Cynthia?« Jemand rief ihren Namen aus weiter Ferne.

»Cynthia, bist du wach?«

Sie schrak auf. Tom lag plötzlich neben ihr. Sie hatte gar nicht gemerkt, dass er wieder zurückgekommen war. Aber etwas anderes bemerkte sie hingegen sofort. Seine Hose war weg. Tom lachte herzlich, als er ihren orientierungslosen Blick bemerkte, und noch viel mehr, als sich ihre Augen bei dem Anblick weiteten, der sich ihr zwischen seinen Beinen bot.

»Du bist eingeschlafen«, klärte er sie auf.

Sie brauchte einen Moment, um klar zu denken. Wie viel Zeit war inzwischen vergangen? Sie wusste es nicht.

»Tut mir leid, ich konnte meinen Vater nicht abwimmeln. Aber jetzt bin ich wieder ganz für dich da, um dich zu verwöhnen, dich zu streicheln, zu küssen.«

Seine Lippen glitten über ihre nackte Schulter, in der offenkundigen Absicht, dort weiterzumachen, wo sie vorhin aufgehört hatten. Es hätte sich toll anfühlen sollen, aber ihre Erregung war verflogen. Ihr Körper fühlte sich immer noch betäubt an.

»Ich langweile dich doch nicht?«, fragte er erschrocken, weil sie plötzlich nur noch steif wie ein Brett dalag.

»Nein, nein«, versicherte sie. Das klang jedoch wenig überzeugend, wie sie selbst merkte. Der Alkohol schien seine Wirkung nun richtig zu entfalten. Sie war zu keinem leidenschaftlichen Gefühl mehr fähig.

»Vielleicht sollten wir für etwas mehr Spannung sorgen?«, schlug er vor und setzte sich zwischen ihre Beine. Vorsichtig zog er ihr den Slip aus und ließ seine Lippen über die Innenseite ihrer Schenkel wandern. Es fühlte sich schön an, war herrlich entspannend. Cynthia schloss die Augen. Er sagte irgendetwas, doch seine Stimme klang so fern, dass sie im nächsten Moment schon gar nicht mehr wusste, was es eigentlich war.

Sie kämpfte gegen ihre Müdigkeit an. Aber die sanften, rhythmischen Bewegungen seiner Zunge machten es ihr alles andere als einfach. Ihr Körper wurde schwer. Sehr schwer.

»Holst du mir einen Kaffee?«, murmelte sie. Vielleicht kam sie dann wieder auf Touren?

Tom lachte leise. »Du bist süß.« Zärtlich streichelte er ihren Bauch. Aber das verstärkte ihre Müdigkeit nur noch mehr. »Na schön, ich hole dir einen. Du hättest vielleicht wirklich nicht so viel trinken sollen.«

Ein zarter Kuss landete auf ihrer Schläfe.

»Aber du kommst zurück, ja?«, fragte sie.

»Natürlich. Und deinen Kaffee habe ich dann auch dabei«, versprach er.

»Schön. Ich brauche nur etwas Koffein, dann bin ich schnell wieder wach. Versprochen.«

Kapitel 2

»Aufstehen, du Schlafmütze!«

»Tom?«, murmelte sie.

Ein rundes Gesicht erschien vor ihren Augen. Das war nicht Toms. Dafür waren diese Züge viel zu weich. Und die Haare zu braun!

»Ich bin's! Anna.«

Cynthia schreckte hoch. Wo war sie? Die Freundin reichte ihr ein Glas Wasser und eine Kopfschmerztablette. Sie wollte fragen, wofür, aber im selben Augenblick hämmerte ein heftiger Schmerz gegen ihre Schläfen.

»O Gott«, stöhnte sie auf. Sie fühlte sich wie gerädert. Rasch schluckte sie die Tablette hinunter.

»Da hat gestern jemand ganz schön tief ins Glas geguckt. So kennt man dich ja gar nicht.« Anna setzte sich neben sie. Erst jetzt merkte Cynthia, dass sie sich in Annas Schlafzimmer befand und ihre Bluse aufgeknöpft war. Aus einem Reflex heraus hielt sie sich die Arme vor die Brüste.

»He, vor mir musst du nichts verbergen. Ich weiß genau, wie das bei einem Mädchen aussieht.«

Cynthia ließ die Arme wieder sinken und knöpfte sich die Bluse zu.

»Du hast großes Glück, dass Gregor übers Wochenende auf Geschäftsreise ist. Sonst wäre es ziemlich eng hier drin geworden.« Anna klopfte mit der flachen Hand auf die Matratze und lachte.

»An deinem Geburtstag?«

»Ja, ließ sich leider nicht anders machen. Aber wir feiern nach.«

»Wo hast du denn geschlafen?«, fragte Cynthia noch immer desorientiert.

»Neben dir natürlich. Das meinte ich doch gerade, als ich sagte … ach, was soll's.«

Cynthia warf einen Blick auf das zerwühlte Bett. »Ich dachte, Tom wäre hiergeblieben.«

»Tom? Nein. Der ist um zwei Uhr nachts gegangen. Wie die anderen Gäste auch.«

Cynthia fuhr sich mit beiden Händen über die schmerzende Stirn. Verdammt, es waren doch nur ein paar Gläser Sekt gewesen. Wieso zeigten die gleich solche Wirkung?

»Mist«, murmelte sie, weil ihr das Ausmaß ihrer Situation erst langsam klar wurde. »Ich glaube, ich bin gestern mitten beim Petting eingeschlafen.«

Anna lachte, hielt sich dann aber aus Anstand eine Hand vor den Mund. »Ist nicht wahr.«

»Doch.« Armer Tom. Er war sicherlich tödlich beleidigt.

»Davon hat er mir gar nichts gesagt«, meinte Anna, und Cynthia war ihm sehr dankbar dafür. Dann tastete sie das Bett mit einer Hand ab.

»Kann man dir helfen? Was suchst du denn?«

»Nichts … ich dachte nur … vielleicht …«

»Ja?«

»Vielleicht hat er mir eine Nachricht hinterlassen. Eine Telefonnummer. Oder einen Guten-Morgen-Gruß. Hat er irgendwas zu dir gesagt?« Cynthia wusste zwar, dass ein

One-Night-Stand nur in den seltensten Fällen mit echten Gefühlen zu tun hatte, aber es wäre sehr schade, wenn sie Tom nicht wiedersehen würde.

»Nein.«

»Ach, Mann.«

»Alles halb so wild.« Anna zog eine Visitenkarte aus ihrer Hosentasche und reichte sie Cynthia, die das Stückchen Karton wie einen wertvollen Schatz entgegennahm.

»Woher hast du … die?«

»Schon vergessen? Tom und ich sind alte Bekannte.« Ja, richtig. Das hatte sie erwähnt. Und zwar mit einigem Stolz, denn Tom Henning war kein Unbekannter, sondern der Erbe von Henning Advertising, der größten Werbeagentur Berlins.

»Ich hoffe, ihr habt auch über Geschäftliches gesprochen? Schließlich habe ich ihn nur deinetwegen eingeladen.«

»Ja, das auch.« Sie erinnerte sich nicht so genau daran, was sie besprochen hatten. Nur dass sie es getan hatten. Wahrscheinlich hatte sie ihm von ihrer kleinen, nicht besonders gut laufenden Ein-Frau-Werbeagentur erzählt und sich nützliche Tipps erhofft. Ob er ihr die gegeben hatte, wusste sie nicht mehr. Überhaupt war ein großer Teil ihrer Erinnerung an den gestrigen Abend im Nirwana verschwunden. Vom missglückten Sex einmal abgesehen.

»Und was kam dabei raus?«, hakte Anna ungeduldig nach.

»Ich weiß es nicht mehr.«

Die Freundin schlug sich mit der Hand gegen die Stirn. »Du wolltest ihn doch nach einem guten Photographen fragen, der dir vielleicht einen Freundschaftspreis für die Bodyline-Prospekte macht.«

Anna hatte nicht nur den Kontakt zu Tom Henning hergestellt, sie war auch diejenige, die sie an Hubert Graun vermittelt hatte. Dieser war ein angesehener Leichtathlet, der die nicht besonders gut laufende Studiokette Fit & Easy aufgekauft hatte, um daraus sein eigenes Ding zu machen. Eins hatte zum anderen geführt, Cynthia hatte ihm eine Mappe mit Entwürfen vorgelegt, und Herr Graun war begeistert gewesen, hatte sie sofort engagiert, obwohl sich ihre Agentur noch im Aufbau befand oder vielmehr momentan noch in ihrem eigenen Schlafzimmer.

»Meinst du, ich kann ihn anrufen?«, fragte Cynthia. Aber ihr Hintergedanke war keineswegs, Tom Henning um die gewünschte Information zu bitten. Das spielte natürlich auch eine Rolle, aber nicht die größte. »Oder wäre das unpassend?«

»Unsinn. Das ist genau das Richtige«, bestärkte sie Anna.

Cynthia würde ihn wirklich gern wiedersehen. Außerdem hatte sie das Gefühl, sich bei ihm entschuldigen zu müssen. Hoffentlich nahm er die Sache mit Humor. Ihr Blick fiel auf die Anzeige des Digitalweckers. Himmel! Es war schon nach zehn. Sie hätte längst im Laden sein müssen.

Eilig sprang sie aus dem Bett, doch ihr Elan wurde jäh gebremst. Ein heftiges Pochen breitete sich in ihrem Schädel aus. Sie hielt sich den schmerzenden Kopf. Warum wirkte diese verdammte Tablette noch nicht?

»Ich mache dir einen Kaffee«, bot Anna hilfsbereit an. Und der half. Zumindest vorübergehend. Als Cynthia sich tagestauglich zurechtgemacht hatte, drückte ihr Anna plötzlich eine Cognacflasche in die Hand. »Ist von gestern übriggeblieben. Ich dachte mir, du willst sicher mit Herrn Graun anstoßen, seit du dem Alkohol nicht mehr ganz so abgeneigt bist. Wär doch eine schöne Geste, nach dem Vertragsabschluss, meinst du nicht?«

»Wow, du denkst ja wirklich an alles.«

Anna zuckte mit den Schultern. »So bin ich eben. Außerdem muss ich jetzt auch ein bisschen kürzertreten.«

»Ach ja? Wieso denn? Bist du krank?« Sie hatte auch gestern nichts getrunken, was nicht nur Cynthia, sondern auch den anderen Gästen aufgefallen war, weil Anna normalerweise dazu neigte, auf Partys oft einen über den Durst zu trinken.

Anna schüttelte den Kopf und strahlte plötzlich über das ganze Gesicht. »Nein, ganz im Gegenteil.« Liebevoll strich sie sich über den Bauch. Cynthia beobachtete die Geste, und plötzlich wurde ihr klar, was sie bedeutete. Sie stieß einen Freudenschrei aus und schloss die Freundin in die Arme.

»Herzlichen Glückwunsch! Seit wann weißt du es denn?«

»Erst seit gestern Nachmittag.« Sie grinste von einem Ohr zum anderen.

»Das heißt, Gregor ahnt noch nichts von seinem Glück?«

»So ist es. Das wird eine Überraschung, wenn er wieder da ist.«

»Das glaube ich. Mensch, das ist toll. Ich freue mich so für dich!«

Anna hatte sich immer eine kleine Familie gewünscht. Genau wie sie. Aber ihr fehlte noch der richtige Mann.

Eine halbe Stunde später kämpfte sich Cynthia durch das Großstadtgewimmel, was bei einer Körpergröße von eins fünfundfünfzig alles andere als einfach war. Die meisten Leute übersahen sie und rempelten sie an. Heute fühlte sie sich durch ihre Kopfschmerzen noch stärker gehandicapt als sonst. Ein junger Mann rannte sie auf dem U-Bahnsteig fast um und brüllte sie danach noch wegen ihrer Unachtsamkeit an. Dann fuhr ihr der Bus direkt vor der Nase weg, doch sie war sicher, dass der Busfahrer sie gesehen hatte! Sie konnte es nach diesem Erlebnis kaum erwarten, ihren Wagen endlich aus der Werkstatt zu holen! Schließlich stand sie gegen elf in dem kleinen Zoogeschäft ihres Bruders Nick, wo sie sogleich von einer betagten Dame überfallen wurde, die bei der Wahl des richtigen Hundefutters beraten werden wollte. Mehrere Marken hatten zu akutem Durchfall und Erbrechen bei ihrem Schoßhündchen geführt. Cynthias Kopf kannte keine Gnade. Er fühlte sich an, als hätte man ihn in einen Schraubstock geklemmt und würde ihn an den Schläfen enger drehen. Ein lästiger, sehr schmerzhafter Druck entstand, der sie schwindeln ließ.

»Hören Sie mir überhaupt zu?«, schnauzte die Dame sie an und spielte dabei mit ihrer edlen Perlenkette. »Ich sagte Ihnen doch gerade, dass wir dieses Futter bereits ausprobiert haben.«

Zur Bestätigung kläffte es aus der Handtasche der Dame, die ihr über der Schulter hing.

»Gibt's ein Problem?«

Das war Nick, ein korpulenter Mann mit runden Pausbacken und einem freundlichen Lächeln. Er merkte sofort, dass etwas nicht mit ihr stimmte. Noch ehe die Dame ihre Wut an ihr auslassen konnte, nahm er sie zur Seite und führte sie an einem Regal mit dem besten Hundefutter vorbei. Cynthia war ihm dankbar, dass er ihr diese schwierige Kundin abnahm, und verschwand eilig auf der Toilette. Als sie wieder herauskam, stand Nick neben der Tür und blickte sie besorgt an.

»Alles in Ordnung, Schwesterherz?« Er musterte sie fürsorglich.

Cynthia schüttelte den Kopf. »Ehrlich gesagt, geht's mir

ziemlich bescheiden«, gab sie zu. Es rumorte verdächtig in ihrem Magen. Hoffentlich musste sie sich nicht noch mal übergeben. Von den Kopfschmerzen wollte sie lieber gar nicht erst anfangen.

»Du bist diejenige mit den heilenden Händen. Worauf wartest du?«, fragte er. Es war eine familieninterne Geschichte mit starken esoterischen Einflüssen, an die Cynthia selbst nur bedingt glaubte. Tatsächlich hatte es in ihrer Familie aber Spontanheilungen gegeben, wenn sie zuvor Hand aufgelegt hatte. Üble Kopfschmerzen waren verflogen, und verstimmte Mägen hatten sich versöhnlich gezeigt.

»Das wirkt nur bei anderen. Bei mir selbst sind sie völlig nutzlos.« Sie hielt ihre Hände hoch und bewegte die Finger.

»Und was wirkt bei dir?«, erkundigte er sich, über ihre Geste schmunzelnd.

»Ich weiß nicht. Ein Tag Ruhe vielleicht?«

Er nickte verständnisvoll. »Na schön, dann leg dich besser hin. Ich komme schon allein zurecht. Heute ist nicht viel los. Außerdem kommt Susanne heute Abend, um mir zu helfen.«

Nick war wirklich der Beste. Sie schloss ihn dankbar in die Arme und machte sich auf den Weg nach Hause. Es war überraschend windig und schneite heftig. Schnee häufte sich am Straßenrand. Und die Kälte war nur schwer zu ertragen. Sie war froh, als sie endlich zu Hause ankam. Doch die Luft in ihrem Schlafzimmer war alles andere als wohltuend. Sie hatte gestern, kurz vor ihrem Aufbruch, die Heizung voll aufgedreht. Nun war es geradezu stickig in dem zehn Quadratmeter großen Raum. Sie öffnete die Glastür ihres Balkons, der sowohl vom Schlaf- als auch Wohnzimmer begehbar war, um frische Luft hereinzulassen, weil es aber schrecklich kalt war, zog sie sich vorher rasch ihre Winterjacke über.

Von hier oben hatte sie einen phantastischen Ausblick über die Stadt und das Museum auf der anderen Straßenseite. Es war ein ehemaliges Gerichtsgebäude mit steinernen Verzierungen an den Fenstern und am Dach. Heute wurden darin antike Fundstücke ausgestellt. Obwohl sie sehr neugierig auf die Ausstellung war, hatte sie bisher kein einziges Mal die Zeit gefunden, hineinzugehen.

Cynthia atmete tief durch und versuchte sich zu entspannen. Der Schnee fiel in dichten Flocken, blieb auf der steinernen Brüstung ihres Balkons, den Dächern der umliegenden Gebäude und den kahlen Ästen der Bäume liegen. In den letzten Jahren hatte es kaum einmal geschneit. Aber dieser Winter verdiente seinen Namen. Auf den Straßen fand ein wahres Hupkonzert statt. Der Nachteil, wenn man an einer Hauptstraße wohnte. Heute war es sogar noch verhältnismäßig ruhig, weil bei dem Wetter nur wenige Leute unterwegs waren. Dennoch verstärkte die Geräuschkulisse ihre Kopfschmerzen. Sie ging wieder hinein, legte sich hin und schlief schnell ein. Als sie wieder aufwachte, war es draußen bereits dunkel. Ein Blick auf die Uhr verriet ihr allerdings, dass es noch nicht allzu spät war. Um genau zu sein, immer noch früh genug, um einen wichtigen Anruf zu tätigen.

Cynthia griff in ihre Hosentasche und suchte nach Toms Visitenkarte. Die hatte einen unschönen Knick abbekommen, der sich quer über die Schrift zog. Während sie die Delle gedankenversunken mit dem Finger zu glätten versuchte, überlegte sie, wie sie das Gespräch am besten beginnen sollte.

»Hallo, Tom. Tut mir leid, dass ich gestern Abend mitten beim Sex eingeschlafen bin. So etwas ist mir noch nie passiert! Was hältst du davon, wenn wir das Treffen wiederholen?« Nein, das war nicht gut. Er würde denken, dass es doch an ihm lag. Oder er hielt sie für langweilig oder beides zusammen.

Wahrscheinlich war es besser, wenn sie einfach spontan blieb. Authentischsein, darauf kam es an. Zitternd glitt ihr Zeigefinger über die Tasten und wählte seine Nummer. Das Tuten auf der anderen Seite wollte nicht enden.

Tut. Tut. Tut.

Aber Tom ging nicht ran. Cynthia legte auf und überlegte, ob sie auf seinem Diensthandy anrufen sollte. Die Nummer stand auch auf der Visitenkarte. Aber das wäre sicher unpassend. Vielleicht war er ja gerade in einer Geschäftsbesprechung. Da fiel ihr Blick auf seine Homepageadresse. Es war nicht die von Henning Advertising, sondern offenbar eine private Seite. Sie holte den Laptop in ihr Bett, fuhr ihn hoch und gab die Adresse in die Browserleiste ein. Das Foto auf der Startseite ließ ihr Herz höherschlagen. Toms Gesicht nahm den halben Bildschirm ein. Er lächelte charmant, die blonden Haare wehten ihm aus dem Gesicht, und seine Augen funkelten so blau, als wären sie mit einem Graphikprogramm nachbearbeitet worden, was wahrscheinlich auch der Fall war. Nach einer privaten Homepage sah die Seite allerdings nicht aus. Im Gegenteil. Tom stellte hier seine Ideen vor. Eine Werbekampagne für Kosmetikartikel. Ein Logo für eine Baufirma. Das Maskottchen für einen Tierfutterkatalog. Und … Cynthia traute ihren Augen nicht. Das war doch nicht möglich! Tom Henning, der Mann, der ihr seit gestern Abend nicht mehr aus dem Kopf ging, bei dem sie glaubte, etwas wiedergutmachen zu müssen, hatte ihr Projekt geklaut! Bodyline, die neue Studiokette von Hubert Graun!

Fassungslos überflog sie die Seite. Woher wusste Tom von

alldem? Herr Graun hatte sich doch bisher immer in Schweigen gehüllt, was seine Projekte betraf. Cynthia war ja nur über Anna an ihn herangekommen, weil er zufällig ein Mandant von Annas Chefin war. Es musste eine undichte Stelle geben. Nur wo? War etwa sie selbst … nein, so dumm konnte sie doch nicht gewesen sein. Oder doch? Sie musste Tom gestern Nacht von Bodyline erzählt haben. In ihrem angetrunkenen Zustand, den er ausgenutzt hatte. Ja, jetzt glaubte sie sich sogar dunkel zu erinnern. Das war der Aufhänger ihres Gesprächs gewesen, deswegen hatte er sich überhaupt erst für sie interessiert.

»Eine Zusammenarbeit zwischen Leichtathlet Hubert Graun und Henning Advertising. Vertrauen Sie in die Zukunft! Ihr Tom Henning.« Widerling!

Er hatte sie in voller Absicht betrunken gemacht, um sie auszuhorchen. Und das hatte bestens funktioniert.

Zitternd griff sie nach dem Telefon und rief Anna an. Sie konnte noch immer nicht fassen, was hier passiert war.

»Er hat was getan?«, brüllte die ihr aus dem Hörer entgegen.

»Ja … er hat … mir meinen wichtigsten Kunden … geklaut.« Sie schluckte die Tränen hinunter. Dieser verfluchte Mistkerl! Und sie war voll auf ihn hereingefallen.

»Das kann ich nicht glauben. Ich kenne Tom, er ist eine ehrliche Haut.«

»Offenbar hast du dich in ihm getäuscht, Anna. Genauso wie ich. Scheiße. Was mach ich denn jetzt?«

»Bleib erst mal ruhig. Wir regeln das schon.«

»Aber wie denn?«, kreischte Cynthia. »Der wird doch alles leugnen. Ich habe keine Beweise, dass Graun und ich bereits mündlich übereingekommen waren!«

»Ich weiß es, und ich würde es auch bezeugen.« Das beruhigte sie tatsächlich ein bisschen. Dennoch war es einfach ärgerlich, dass sie sich diesen Mist selbst eingebrockt hatte. Und sie hatte auch noch von einem Wiedersehen mit diesem skrupellosen Kerl geträumt.

Eins stand nun fest, sie würde ihn wiedersehen. Aber das würde keine Freude für ihn werden! So leicht würde er ihr nicht davonkommen!

»Ich werde morgen mit Marita darüber sprechen. Wenn jemand weiß, was man in so einem Fall tun kann, dann sie.«

»Danke«, flüsterte Cynthia.

»Kein Problem. Ich melde mich bei dir, sobald ich was Neues weiß.«

Nach diesem Telefonat fühlte sie sich besser. Aber das war nicht von Dauer. Marita war zwar eine gute Anwältin, allerdings vertrat sie auch Herrn Graun. Wahrscheinlich würde sie ihm nicht in den Rücken fallen. Aber eine Beratung war sicherlich trotzdem drin.

Wütend griff sie nach dem Telefon, in der Absicht, Tom die Meinung zu geigen, aber der war noch immer nicht zu Hause. Vielleicht rechnete er sogar mit ihrem Anruf und ging absichtlich nicht ran. Dem Mistkerl traute sie inzwischen alles zu.

Die größte Wut hatte sie allerdings auf sich selbst, weil sie dumm und naiv gewesen war, weil sie mal wieder an das Gute im Menschen geglaubt hatte und auf die Schnauze gefallen war.

Kapitel 3

Der Wecker klingelte um 8.30 Uhr. »Scheiße«, murmelte sie und versuchte vergeblich, ihn auszustellen. Der Knopf musste klemmen. Was für eine Nacht. Sie war in regelmäßigen Abständen immer wieder schweißgebadet aufgewacht, weil sie das alles noch immer derart aufregte, dass ihr Puls ohne Unterlass auf 120 war. Nun war sie hundemüde und wollte am liebsten liegen bleiben. Aber sie konnte Nick nicht noch mal im Stich lassen.

Das Klingeln nahm einfach kein Ende. Schlaftrunken richtete sie sich auf, packte den Wecker mit beiden Händen und registrierte erst jetzt, dass er überhaupt nicht klingelte. Es war ihr Telefon. Sie fuhr sich durch die Haare und langte nach dem Apparat.

»Ich habe mit Marita Bohn gesprochen. Wegen deinem Tom Henning«, dröhnte es aus dem Hörer. Es war Anna, die bereits im Büro war.

»Er ist nicht mein Tom Henning«, empörte sich Cynthia und war mit einem Mal hellwach. Dieser Mann war der Letzte, den sie als den ihren bezeichnet hätte. Auch wenn das zugegeben vor zwei Nächten noch ganz anders ausgesehen hatte.

»Wie dem auch sei. Sie hat gerade einen Termin, daher konnte ich ihr deinen Fall noch nicht in allen Einzelheiten schildern. Aber sie nimmt sich nachher extra für mich Zeit, damit wir alles besprechen können.«

»Deswegen rufst du an?«

»He, ich dachte, das würde dich interessieren?«

»Schon gut. Tut's ja auch. Ich bin nur grade erst aufgewacht und kämpfe noch immer mit den Folgen meines leichten Katers.«

»Oh, das tut mir leid, das wusste ich nicht.«

»Du, wir reden nachher weiter, ja? Ich muss mich beeilen. Hab verschlafen.« Cynthia nahm nach dem Telefonat eine heiße Dusche und machte sich anschließend auf den Weg in die Zoohandlung.

Dort war Nick Guthan bereits zugange, allerdings kümmerte er sich weniger um seine Tiere als vielmehr um die nette Studentin, die er als gelegentliche Hilfe eingestellt hatte. Sie hieß Susanne und war eine Schönheit. Nick konnte den Blick nicht von ihren vollen, wohlgeformten Brüsten losreißen. Sie waren ihm schon beim Einstellungsgespräch aufgefallen, und er wusste noch sehr genau, was sie an diesem Tag getragen hatte. Ein mintfarbenes Top, unter dessen feinem Rippstoff sich die Form ihrer Brüste und ihrer Nippel deutlich abgezeichnet hatten. Sie hatte den Job natürlich bekommen, bei solchen Qualitäten. Nick hatte sie seitdem beobachtet. Nicht ohne schlechtes Gewissen, denn er kam sich jedes Mal wie ein Spanner vor. Vielleicht war er sogar einer. Aber der Anblick der jungen Frau hatte ihn gefangen genommen. Auch jetzt konnte er die Blicke kaum von ihr lassen. In diesem Moment beugte sie sich in ein leeres Aquarium, um es mit einem speziellen Schwamm von Algen zu befreien. Bei jeder Bewegung, die sie mit der Hand ausführte, um die Pflanzen vom Glas zu kratzen, wippten ihre Brüste so verführerisch mit, dass Nick seine Tarnung völlig vergaß. Ach, wie gern hätte er Susanne aus ihrem engen Rollkragenpulli befreit und diese wunderbaren Rundungen gestreichelt. Wie sie sich wohl anfühlten? Weich oder eher fest? Er konnte sich beides sehr gut vorstellen und fand sowohl das eine als auch das andere äußerst verführerisch.

Susannes Oberkörper verschwand vollständig im Aquarium, und ihr Po in den engen Jeans ragte dabei prall in die Höhe. Was für ein Anblick. Nick spürte, wie ihm das Wasser im Mund zusammenlief und sein Körper auch in tieferen Regionen erste Reaktionen zeigte. Er musste sich ablenken, irgendwie, oder er würde noch verrückt werden. Also blätterte er in einem Katalog und tat so, als würde er etwas nachbestellen. Immer wieder ertappte er sich jedoch dabei, wie er Susanne aus dem Augenwinkel beobachtete und ihr süßer Anblick seine Phantasie beflügelte. Als sie schließlich fast das Gleichgewicht verlor und komplett ins Aquarium zu fallen drohte, stürmte er heldenmutig zu ihr und hielt sie galant an den Armen fest.

»Oh.« Sie lachte verlegen. Und was für ein süßes Lachen das war. Hell und freundlich. »Danke.«

»Gerne.« Er konnte sich nicht erinnern, ihr jemals zuvor so nah gewesen zu sein, und auf die ihn fast schon verzehrende Frage, wie sie sich anfühlen mochte, schien zum ersten Mal eine Antwort greifbar. Greifen. Ja, das war tatsächlich das, woran er gerade dachte. Nach ihrem süßen Po greifen, der in diesen unglaublich engen Jeans steckte …

»Sie Perversling!«, fuhr sie ihn plötzlich an. Nick merkte erst jetzt, dass seine Hand tatsächlich tiefer gewandert war, als ihm zustand. Auch jetzt lag sie noch auf ihrem Hintern.

»Sie spinnen wohl!« Sie klatschte ihm den nassen kalten Schwamm ins Gesicht. Er spürte, wie ein paar Algen an seinen Haaren hängen blieben.

Wutentbrannt eilte Susanne zur Umkleide, um ihre Jacke vom Bügel zu nehmen. Nick stand schon hinter ihr. »Ich bitte Sie, Susanne, das haben Sie völlig falsch verstanden. Ich war in Gedanken. Es sah nur so aus, als würde ich Sie ...«

»... angrabschen.«

»Bitte entschuldigen Sie. Kommt nicht wieder vor. Das verspreche ich.«

Aber Susanne war unversöhnlich. »Glauben Sie, ich habe Ihre notgeilen Blicke nie bemerkt? Und jetzt können Sie nicht mal mehr Ihre Finger bei sich behalten. Wissen Sie, was das ist? Das ist Belästigung! Aber nicht mit mir! Mich haben Sie hier zum letzten Mal gesehen!«

Sie streifte ihre Winterjacke über, warf sich den Schal um und rauschte an Nick vorbei.

»Bitte, Susanne, überlegen Sie es sich noch mal«, rief er ihr hinterher, aber sie drehte sich nicht einmal nach ihm um. Enttäuscht, vor allem aber wütend auf sich selbst, ließ er sich zu Boden sinken. Das hatte er wirklich nicht so gemeint. Verdammt, wieso hatte er die Kontrolle verloren? Das hätte nicht passieren dürfen. Und doch war er auch sauer auf Susanne. Deshalb, weil ein Mann wie er bei ihr nie eine Chance hatte, weil Frauen in ihm entweder einen guten Kumpel oder einen Perversling sahen, nie aber einen Mann zum Begehren. Dabei sehnte er sich so nach einer Beziehung. Nach Zweisamkeit, nach Berührungen, nach Sex. Und der schien für ihn nur dann möglich, wenn er dafür bezahlte. Darauf hatte er aber keine Lust mehr. Das törnte ihn nicht an. Er wollte auch einmal begehrt oder aus Leidenschaft geküsst werden.

Aber wer interessierte sich schon für einen großen, pausbackigen Typen wie ihn?

Die Türglöckchen bimmelten und rissen ihn aus seinen Gedanken.

»Guten Morgen«, sagte Cynthia, und noch ehe sie die Umkleide erreichte, war er auch schon wieder auf den Beinen, wischte sich übers Gesicht und hoffte inständig, dass man ihm seine Niedergeschlagenheit nicht anmerkte.

»Morgen«, erwiderte er.

Es schneite mal wieder, und Cynthias Mantel war von oben bis unten weiß. Kaum hatte sie den Wintermantel aufgehängt, rumorte ihr Magen so laut, dass Nick begann, sich Sorgen zu machen, denn es klang wie das Grollen eines ausgehungerten Tieres.

»Hast du heute noch nichts gegessen?«, erkundigte er sich fürsorglich, was sie mit einem Augenverdrehen quittierte. Er war nun mal ihr Bruder, der Ältere von ihnen beiden noch dazu, und er konnte nicht aus seiner Haut.

»Bin nicht dazu gekommen.«

»Hast du dich gestern wenigstens etwas ausgeruht?«, wollte er wissen. Sie sah schlecht aus. Blass. Irgendetwas stimmte nicht mit ihr, das merkte er.

»Mach dir um mich keine Sorgen«, versicherte Cynthia und verteilte frisches Heu in den Meerschweinchenkäfigen.

»Ich wünschte, ich könnte das so leicht abstellen.« Er widmete sich dem Aquarium, an dem bereits Susanne gearbeitet hatte. Ein paar Algen klebten noch am Glas.

Cynthia seufzte. »Läuft im Moment alles nicht so, wie ich es mir wünsche.«

»Geht wohl um deine großen Pläne, mh?«

»Auch.«

Er fand es gut, dass sie sich selbständig machen wollte, und würde sie unterstützen, wann immer er konnte. Nur was Geld anging, da sah es bei ihm im Moment nicht besonders rosig aus. Er hatte Schulden machen müssen, um einige Reparaturen im Laden zu bezahlen, und stotterte es nun in Raten ab.

»Ja, solche Tage gibt's. Aber dafür hat man Familie. Die fängt einen auf. Wenn ich dir also helfen kann, sag Bescheid.«

»Danke, Nick.« Sie lächelte. Jetzt bekam sie wieder etwas Farbe ins Gesicht.

»Und wie schaut's bei dir aus, großer Bruder?«

»So lala.«

Sie wusste von seinen Problemen mit Frauen. Leider hatte auch sie ihm bisher keinen guten Rat geben können. Zwar sagte sie immer, er sei ein toller Mann, und jede Frau, die ihn zum Freund hätte, könne sich glücklich schätzen, aber was sollte sie schon anderes zu ihrem Bruder sagen?

»Wo steckt denn eigentlich Susanne?«, erkundigte sie sich. Nick hätte ihr das Theater am liebsten verschwiegen, aber Cynthia konnte man nichts vormachen, außerdem wäre es albern, ihr nicht die Wahrheit zu sagen. Früher oder später würde sie es ohnehin herausbekommen. Also erzählte er ihr die ganze traurige Geschichte. Eigentlich rechnete er sogar mit einem Tadel von Cynthias Seite, aber sie zeigte sich sehr verständlich.

»Ich weiß, du hattest sie gern. Sie ist dumm, dass sie nicht sieht, wie toll du bist.« Ihre Worte waren Balsam für seine Seele. Er wünschte inständig, auch andere Frauen würden das so sehen.

Da ertönte erneut das Eingangsglöckchen, und eine kleine

Frau mit zwei dunklen Zöpfen und einer überdimensionalen Brille trat in den Laden.

»Dein Typ wird verlangt«, sagte Cynthia und deutete zu seiner Stammkundin, Frau Nibel vom Museum für Antike, die ihn stets mit einem strahlenden Lächeln begrüßte.

»Guten Morgen«, sagte sie leise. Sie hatte etwas von einem Frettchen.

»Guten Morgen. Wie immer?«

»Ja, eine Packung Heu bitte.«

Nick brachte ihr das gewünschte Produkt und kassierte ab. Frau Nibel lächelte ihn immer noch wie ein Honigkuchenpferd an. »Ist noch etwas?«, fragte er verunsichert. Dieses Persönchen hatte für seine zierliche Statur einen wirklich großen Mund. Er musste an Julia Roberts denken. Wenngleich die Lippenform die einzige Gemeinsamkeit zwischen den beiden Frauen war.

»Nein, nichts. Auf Wiedersehen.«

Und schon war sie verschwunden, und Nick wusste nicht, was er von alldem halten sollte.

»Ganz so ein hoffnungsloser Fall bist du doch nicht.« Cynthia trat neben ihn und legte ihm die Hand auf die Schulter.

»Sehr witzig, mach dich nur über deinen unglücklichen Bruder lustig.« Er wusste selbst, dass er kein Adonis war.

»Ich meinte das ernst. Die Nibel, die steht auf dich«, war Cynthia überzeugt.

»Klara Nibel? Unmöglich.«

»O doch.«

»Ach, und wie kommst du denn darauf?«

»Sie hat überhaupt keine Nager.«

»Was? Aber wieso kauft sie dann Heu bei uns?«

Cynthia verdrehte die Augen. Auch Nick schien nun zu

begreifen. Klara Nibel kam nur in seinen Laden, um ihn zu sehen. Der Gedanke schmeichelte ihm durchaus, war es doch genau das Richtige für sein lädiertes Selbstbewusstsein.

»Woher weißt du das eigentlich?«, hakte er nach.

Cynthia zuckte mit den Schultern. »Ich habe gesehen, wie sie eine ungeöffnete Tüte Heu wegwarf, kurz nachdem sie die bei uns gekauft hatte.«

»Das ist ja unglaublich.«

»Warum sprichst du sie nicht einfach mal an?«

Nun fing er an herumzudrucksen. »Och ... na ja ... das hat ... sich noch nicht so ergeben.«

»Eben war doch Gelegenheit.«

»Ja ... aber ... da wusste ich doch nicht, dass sie ... auf mich ... und überhaupt.«

Cynthia schüttelte den Kopf und sah ihn an, als hätte sie ihn längst durchschaut. »Die Nibel ist dir wohl nicht gut genug, wie?«

Er seufzte. Das klang so negativ. Ihm war schon klar, dass er kaum eine große Auswahl hatte. Dennoch war die Nibel einfach nicht sein Typ. Das musste Cynthia doch verstehen. Er wollte lieber eine Frau mit Kurven, mit wallender Mähne, mit sinnlichen Lippen.

»Also wenn du so wählerisch bist, wundert es mich nicht, dass du noch solo bist.« Cynthia schüttelte den Kopf und lachte, wahrscheinlich über ihn. Aber Nick war überzeugt, dass er schon noch seine Traumfrau finden würde. Notfalls half er nach! Er hatte nämlich einen Trumpf im Ärmel, den er noch nicht ausgespielt hatte. Bisher war es nur ein Gedankenspiel, ein Was-wäre-wenn gewesen. Aber nun formte sich allmählich der Entschluss, Nägel mit Köpfen zu machen. Ja, wieso nicht? Er wollte endlich Sex. Leidenschaftlichen Sex, der mit echten Gefühlen zu tun hatte. Entschlossen ging er in sein Büro, um zu telefonieren.

Cynthia hoffte, ihren Bruder nicht allzu sehr verärgert zu haben. Nun war er plötzlich schnurstracks in sein Büro marschiert, hatte die Tür hinter sich zugeworfen, und nichts deutete darauf hin, dass er allzu bald wieder herauskommen würde. Sie verstand ihn nicht. Die Nibel war doch ganz nett. Wieso genügte sie ihm nicht? Männer. Sie würde sie nie verstehen. Zumindest ging es ihrem Magen allmählich besser, die Kopfschmerzen waren fast gänzlich verschwunden, und die Arbeit lenkte sie so wunderbar ab, dass der Kater schließlich ganz abklang. Kurz vor Ladenschluss holte sie die bunten Lichterketten aus dem Lager und befestigte sie am Schaufenster. Die Straßen sahen mittlerweile weihnachtlich aus, und »Nicks Zoopuls« war eins der wenigen Geschäfte, die noch nicht mit Weihnachtsdekorationen aufwarteten. Sie löste die Kette aus der Pappverankerung und stellte amüsiert fest, dass sie an mehr als einer Stelle verknotet war, was auf Nicks Konto ging, denn der hatte die Lichter letztes Mal an- und abgemacht. Also entwirrte sie die Kette und überlegte, welches Motiv sie ans Fenster bringen sollte. Nick war da einfacher gestrickt. Er hatte die Kette einmal um den Rahmen herumgelegt, und damit hatte sich die Sache für ihn erledigt gehabt.

Vielleicht würde sie es schaffen, aus der Kette einen Tannenbaum zu formen? Sie stellte sich einen Stuhl ans Fenster, kletterte hinauf und versuchte die Lichter in Form zu bringen. Das war alles andere als einfach, weil die Klebestreifen nicht halten wollten und sie mehrere benutzen musste.

Hinzu kam, dass sie schlecht sehen konnte, was sie da eigentlich machte, denn es war inzwischen ziemlich dunkel draußen. Vielleicht wäre es schlauer gewesen, die Kette irgendwann am Mittag anzubringen, aber da hatte reger Betrieb im Laden geherrscht. Nun musste sie das Beste daraus machen. Während sie gerade die Spitze des Baumes formte, fiel ihr ein Mann auf der anderen Straßenseite auf, der einfach nur dastand und zu ihr herüberstarrte. Sie war nicht ganz sicher, ob er sie überhaupt sehen konnte, sie jedenfalls hatte Schwierigkeiten, sein Gesicht zu erkennen.

Er wirkte sehr dunkel, trug einen schwarzen Mantel, der ihm bis zu den Knien reichte, und hatte die Hände in den Taschen vergraben. Im ersten Augenblick hielt sie ihn für einen Schatten, aber dann machte er einen Schritt nach vorne, ins Licht der Straßenlaterne, und sie erkannte die schneeweiße Haut seines Gesichts. Seine Mimik war völlig starr. Wie die einer Statue. Nur seine schwarzen Haare bewegten sich im Wind. Es sah unheimlich aus, als sei dies gar kein lebendiger Mensch, sondern nur eine menschengroße Skulptur, die sie noch dazu anstarrte. Sie beeilte sich mit den Lichtern, als sie jedoch das nächste Mal hinausblickte, war der Mann verschwunden, und lediglich einige Passanten gingen an dem Geschäft vorbei, ohne sie weiter zu beachten.

»Das sieht toll aus!«

Cynthia erschrak fast zu Tode, als Nick plötzlich hinter ihr stand und begeistert den Daumen hob. »Wirklich, du solltest das jedes Jahr machen«, sagte er und lächelte.

»Mann, hast du mich erschreckt!«

»Sorry.«

Sie brachte die leere Kiste ins Lager zurück und suchte nach Eimer und Wischmopp. Das wäre die letzte Aufgabe für heute, noch mal gründlich den Boden zu wischen. Das hatte der nämlich mal wieder nötig.

»Ach, lass doch«, meinte Nick und winkte ab, dabei blickte er immer wieder auf die Uhr, als hätte er es irgendwie eilig. »Das kann bis morgen warten.«

»Ich will es aber jetzt machen.« Sie war gerade so schön in Schwung, und die Sache wäre in ein paar Minuten erledigt. »Oder erwartest du noch jemanden?«, hakte sie nach, als Nick erneut auf die Uhr sah.

»Ich? Wie kommst du denn darauf?«

»Du starrst dauernd auf die Uhr.«

»Was? Ach, das bildest du dir nur ein.« Er ging zur Kasse und kümmerte sich um die Abrechnung. Einen kurzen Blick warf er ihr aber noch zu. »Na gut, dann tu, was du nicht lassen kannst. Aber beeil dich, ich würde gerne pünktlich zu Hause sein.«

»Zu Befehl, Sir!« Sie salutierte zum Spaß und ging mit dem Eimer ins Badezimmer, um Wasser zu holen. Als sie wieder in den Ladenbereich kam, bekam sie gerade noch mit, wie Nick mit einem Fremden im Büro verschwand. Er hatte also doch noch jemanden erwartet. Aber warum hatte er sie dann angelogen?

Cynthia tauchte den Mopp ins Wasser und brachte den Eimer nach vorne, direkt vor der angelehnten Tür des Büros stellte sie ihn ab. Neugierig versuchte sie hineinzuspähen. Sie wollte wissen, wer der geheimnisvolle Besucher war, den Nick ihr verschwiegen hatte. Durch den Spalt konnte sie den fremden Mann sehen. Seine schwarzen Haare und der dunkle knielange Mantel kamen ihr äußerst bekannt vor. Was hatte das zu bedeuten? Warum war ausgerechnet dieser unheimliche Kerl hier?

Ihr Herz begann schneller zu schlagen. Vorsichtig drückte sie den Mopp aus, ganz leise, aber es plätscherte dennoch.

Sofort ruckte der Kopf des Fremden zu ihr herum. Seine Augen starrten sie direkt durch den Türspalt an. Sie waren von einem extrem hellen Blau. Der Blick eines Killers. O Gott, jetzt ging die Phantasie mit ihr durch.

Sie wich rasch zurück, damit der Kerl sie nicht sah. Aber dafür war es vermutlich schon zu spät.

»Ist alles in Ordnung?«, hörte sie die Stimme ihres Bruders.

Der Mann wandte sich ihm wieder zu. »Ja, ich war nur einen Moment abgelenkt.«

Wer immer das auch war, sie hoffte nur, dass er Nick nicht in Schwierigkeiten brachte. Irgendwie wurde ihr dieser Mann immer unheimlicher. Sie versuchte sich auf ihre Aufgabe zu konzentrieren und war heilfroh, als der Fremde Nicks Büro endlich verließ.

»Einen schönen Abend noch«, sagte er zu ihr und lächelte sie an.

Cynthia nickte nur und umklammerte den Stiel ihres Wischmopps. Erst als sie das erlösende Bimmeln der Glöckchen vernahm, atmete sie auf. Nick stand grinsend da und wirkte äußerst zufrieden.

»Wer war das?«, fragte sie aufgeregt. Bei ihr hatten nicht nur Türglöckchen gebimmelt, sondern auch alle Alarmglocken geschrillt.

»Nur ein Geschäftspartner.«

»Ich kenne deine Geschäftspartner, Nick, und der Herr gehört nicht dazu.«

Ganz sicher war einer wie der nicht im Tierfuttergeschäft. Wahrscheinlich arbeitete er für eine Kreditfirma. Ihr Bruder steckte in finanziellen Schwierigkeiten, schrieb mehr rote als schwarze Zahlen. Das war ein offenes Geheimnis. Er hatte sogar Schulden machen müssen.

»Unser Kontakt besteht auch noch nicht lange. Aber er entwickelt sich sehr vielversprechend.« Nick schien diesen Mann für völlig harmlos zu halten. Wie merkwürdig, dass sie seinen »Geschäftspartner« so gänzlich anders wahrnahm. Sein Blick hatte ihr eine Gänsehaut bereitet. Sie wusste, dass es albern klang, dennoch hatte sie es so empfunden, als läge etwas »Böses« in seinen Augen.

»Herr Mandrake ist sehr freundlich und zuvorkommend, durch ihn werde ich ein paar meiner Sorgen los.«

Also hatte sie doch recht! Es ging um einen Kredit. Sie musste Nick irgendwie klarmachen, dass es ein Fehler war, sich mit Kredithaien einzulassen.

»Du weißt, wie so etwas endet, Nick, lass dich bloß nicht auf irgendwelche krummen Touren ein.«

Er lachte plötzlich, und Cynthia fühlte sich nicht von ihm ernst genommen. »Ach, Schwesterherz, mach dir keine Sorgen. Ich weiß, was ich tue.«

Daran hatte sie allerdings erhebliche Zweifel. Auch wenn Nick der Ältere war, er war schon immer der Unvernünftigere von ihnen beiden gewesen. Ihr Vater hatte seinetwegen sehr früh graue Haare bekommen.

»Ich will nur nicht, dass du dich in Schwierigkeiten bringst.«

»Das werde ich nicht.«

Sein Wort in Gottes Ohr! An diesem Abend ging sie mit einem unguten Gefühl nach Hause.

Kapitel 4

Menschen streben nach Glück. Macht, Ruhm, Geld. Das ist es, was sie antreibt. Zauberworte, mit denen man sie für das Dunkle gewinnt. Besonders dann, wenn sie ihr Ziel nicht erreichen können, unzufrieden mit sich und ihrem Leben sind, weil ihnen etwas im Wege steht, das sie aufhält oder zum Stolpern bringt. Hier griff das Geschäftsmodell Lady Ovidas und ihrer Agentur Hell Express, in deren Auftrag er seit mittlerweile 217 Jahren arbeitete. Ihr Anliegen war es, unglückliche Menschen glücklich zu machen. Und das für einen kleinen Preis. Wenn das nicht nach einem guten Geschäft klang?

Nick Guthan war keiner dieser machthungrigen Kerle. Ihm fehlte die düstere Aura. Doch er hatte eine ganz andere Schwachstelle. Und diese Schwachstelle waren Frauen. Er würde alles tun, um eine von ihnen ins Bett zu bekommen. Koste es, was es wolle. Somit gehörte er zu der zweiten Kategorie von Kunden, die seltener, aber deshalb nicht uninteressanter waren. Sie handelten aus sexueller Lust beziehungsweise, wie in Nicks Fall, aus sexuellem Frust.

Mandrake hätte ihn überzeugen müssen, den Vertrag gleich vor Ort zu unterschreiben. Aber er war abgelenkt gewesen und war es noch immer. Schuld daran war die Schwester seines neuen Klienten, die etwas umgab, das er nur als magisch bezeichnen konnte. In all den Jahren, in denen er mit den Menschen Geschäfte machte, hatte er nie eine solch helle Aura an einem von ihnen bemerkt. Bis auf den heutigen Tag.

Mandrake hatte im Verborgenen auf die Frau gewartet. Sie, die so viel interessanter für ihn war als jede zuvor. Endlich verließ sie das kleine Geschäft. Einem Schatten gleich folgte er ihr durch die nächtlichen Straßen. Er musste wissen, wo sie wohnte, mehr über sie erfahren. Seit er sie gesehen hatte, ließ sie ihn nicht mehr los. In den Augen der meisten Menschen mochte die zierliche Frau unscheinbar sein. Für ihn war sie das Schönste, was er jemals zu Gesicht bekommen hatte. Er fühlte angenehme Wärme, ihren leisen Herzschlag, der ihn beruhigte, ihre Sanftheit und Freundlichkeit. Nach all den Jahrhunderten in der Dunkelheit war ihre Erscheinung wie ein Licht, das ihm entgegenleuchtete, das Hoffnung spendete, ihn daran erinnerte, am Leben zu sein. Sie überstrahlte alles, erleuchtete förmlich die Dunkelheit der Nacht.

Für ein Wesen wie ihn, das aus der Finsternis kam und dorthin zurückging, das den Tag nie erlebte, war alles, was mit Licht zu tun hatte, sehr verführerisch und anziehend. Es handelte sich um jene Anziehung, die man auch bei Magneten beobachten konnte. Plus und Minus. Licht und Dunkelheit. Starke Gegensätze, die einander brauchten.

Cynthia Guthan drehte sich um und blickte in seine Richtung. Hatte sie ihn bemerkt? Er konnte sehr unauffällig sein, wenn er es wollte. Und die Nacht war sein Freund, legte ihre Hand über ihn, so dass das Mädchen ihn nicht sehen konnte. Sie ging weiter, lief die Treppe der U-Bahnstation hinunter und wartete dort auf ihre Bahn. Viele Menschen fuhren jetzt nach Hause. Unter ihnen fiel er nicht auf. Und so gelang es ihm, ihr bis in die Koppenstraße zu folgen.

Bis hierhin war alles gutgegangen, aber dann wurde er unvorsichtig, konzentrierte sich mehr auf ihr Strahlen als auf seine Tarnung. Und so knackte der Zweig, auf den er trat und zerbrach. Cynthia, die hektisch in ihrer Handtasche nach ihrem Schlüssel kramte, drehte sich erneut ängstlich um. Gerade noch rechtzeitig verbarg er sich hinter einem nahestehenden Baum. Ihr Herz schlug nun schneller, das hörte und spürte er. Sie hatte Angst. Vielleicht fühlte sie sogar, dass er hier war.

Endlich hatte sie den Schlüssel gefunden, steckte ihn ins Schloss und drehte ihn um. Die Tür ging auf und fiel kurz darauf krachend zu. Er wartete, harrte aus, und nur wenige Augenblicke später, nachdem er sich versichert hatte, dass niemand ihn sah, breitete er seine Schwingen aus und flog hinauf, setzte sich auf den Balkon, von dem aus er ihre Präsenz am stärksten spürte, und wartete ab.

Wenig später betrat sie in ihrem Nachthemd das Schlafzimmer. Ihr Strahlen war einnehmend, berauschend, übersinnlich schön. Er konnte sich nicht an ihr sattsehen, verspürte den Drang, sie zu berühren.

Cynthia schaltete das Licht aus, und für ihn sah sie nun wie ein Geisterwesen aus, das im Dunkeln leuchtete. Dann legte sie sich ins Bett und schlief kurze Zeit später ein.

Er legte beide Hände auf die Fensterscheibe und blickte hindurch, wohlwissend, dass er keine Fingerabdrücke hinterlassen würde. Sie drehte sich im Schlaf, bewegte die Beine, schien zu träumen. Dieses unschuldige kleine Ding. Ein Arm fiel herunter, und ihre Finger berührten fast den Boden. Zu gern wollte er diese kleine Hand aufheben und festhalten.

Die Seelen, die er für Ovida sammelte, interessierten ihn in der Regel nicht. Er hatte nur ein Interesse: sich endlich freizukaufen! Und er wäre besser beraten, seinen Auftrag schnell zu erledigen. Aber der war ihm plötzlich nicht mehr so wichtig. Er wollte diesem Leuchten nahe sein, so nah und so lange, wie es eben ging. Es übte eine starke sexuelle Anziehungskraft auf ihn aus. Bis die Sonne aufging und seine Haut in Stein verwandelte, würde er hierbleiben und sich ganz seinen dunklen Gelüsten hingeben. Er spürte seine Erektion, wie sie gegen den Stoff seiner Hose stieß. Seine Hand fuhr in die Hose, um sich Erleichterung zu verschaffen, und während er sich berührte, wurde ihm klar, dass ihm das allein nicht reichen würde. Er wollte mehr.

Kapitel 5

Nick lag in seinem Bett und las ein- und dieselbe Seite seines Krimis inzwischen zum vierten Mal, ohne dass er einen Sinn hinter den Buchstaben ausmachen konnte. Sein Blick glitt immer wieder zu dem Vertrag, der auf seinem Nachtschränkchen lag und zu der kleinen Phiole, die danebenstand.

»Ein Vorgeschmack auf das, was sein könnte«, hatte Herr Mandrake gesagt, und Nick hatte verstanden. Nun, da diese magische Phiole immerzu in seinem Blickfeld war, konnte er sich kaum auf etwas anderes konzentrieren. Er war fasziniert von der grünlich schimmernden, klaren Flüssigkeit, die schwach zu glühen schien. Es sah aus, als befände sich eine kleine Lichtquelle in dem Trank, die sich im Glas reflektierte. Neugierig, aber auch argwöhnisch, denn mit Magie hatte er sonst nicht viel am Hut, nahm er sie in die Hand, betrachtete sie von allen Seiten, stellte sie dann aber wieder zurück und gab seinem Krimi eine zweite Chance.

Der Inhalt wollte sich ihm noch immer nicht erschließen. Dabei war er an einer spannenden Stelle, die ihn unter normalen Umständen geradezu gefesselt hätte. Entnervt gab er auf, legte den Krimi beiseite und schloss die Augen, um sich eine Frau vorzustellen, die seinen Wünschen entsprach. Die perfekt war! Denn auch das, hatte Herr Mandrake gesagt, war Teil der Abmachung. Er musste sich nicht mit einem kleinen Fisch zufriedengeben, er konnte sich den besten Fang im Becken aussuchen. Alles war möglich, der Magie keine Grenzen gesetzt. Und so sah er sie vor sich. Langes wallendes Haar, glänzend und kräftig. Eine schlanke Taille, dazu runde Hüften und eine samtweiche Haut. Brüste, die perfekt in seine Hände passten. O ja, solche Frauen gab es, er hatte sie schon gesehen, in der U-Bahn, auf den Straßen, aber keine von ihnen hatte ihn auch nur eines Blickes gewürdigt. Dass Susanne ihn für einen Perversling gehalten hatte, kränkte ihn ungemein, auch wenn er ihre Sicht durchaus verstand. Nur warum verstand sie nicht, wie einsam er sich fühlte, wie sehr er sich nach Berührungen sehnte. Er wusste, dass er ein guter Mann war, der eine Frau glücklich machen konnte, wenn sie ihm nur die Chance dazu gab. Aber keine schien bereit dazu. Er war nicht ihr Typ, war zu dick, zu gewöhnlich, keiner jener maskulinen Muskelprotze. Oh, er hatte die Nase voll davon. Er wollte auch mal *das* Mädchen abbekommen.

Seine Hand tastete nach der Phiole. Das Glas fühlte sich kühl an. Er nahm das Fläschchen zu sich herunter. Ob das Absinth war? Angeblich sollte es zumindest ähnlich wie purer Absinth schmecken, aber was danach kam, würde ihn für alles entschädigen, hatte Herr Mandrake behauptet, und der musste es wohl wissen.

Vorsichtig zog er den winzigen Korken aus der Flasche und roch daran. Anis. Das war eindeutig Anis. Er schwenkte den klaren Inhalt hin und her, wie man es sonst bei einem guten Wein tat. Ganz geheuer, das musste er zugeben, war ihm das alles nicht. Schließlich konnte er nicht mit Sicherheit wissen, was tatsächlich in diesem Gebräu war. Dennoch setzte er die

Flasche an die Lippen und nahm einen winzigen Schluck. Sogleich überzog ein extrem bitterer Geschmack seine Zunge. Er musste husten, vor Ekel, und weil es im Hals brannte. Dann wurde ihm heiß, extrem heiß, und er glaubte das süße Flüstern von Sirenen zu hören. Benommen schüttelte er den Kopf. Riefen sie tatsächlich seinen Namen, diese Flüsterstimmen?

»Teufelszeug«, murmelte er und zwang sich dazu, es in einem Zug auszutrinken. Der Gedanke an bessere Zeiten, an weibliche Hände, die ihn verwöhnten, und Lippen, die ihn überall liebkosten, bestärkte ihn. Er wollte Sex haben, und er war bereit, alles dafür zu tun, was nötig war. Brennend lief das Gesöff seine Kehle hinunter. Es schmeckte widerlich. Er hustete, würgte, hustete nochmals. Grüne Flecken tanzten vor seinen Augen, formten Bilder wie aus einer Geisterwelt. Traumbilder, obwohl er doch gar nicht schlief. Was zum Henker war das für ein Gemisch, das ihn halluzinieren ließ? Irgendeine neumodische Droge?

Er konnte den Gedanken nicht zu Ende führen, denn die Bilder waren so eindrücklich, dass sie ganz und gar in den Vordergrund rückten. Er befand sich im Laden. Mit einer Kundin, die ein grünes Kleid trug. Es war sehr enganliegend, schimmerte und glitzerte, betonte ihre aufregenden Kurven.

»Was siehst du mich denn so an?«, fragte sie, und Nick zuckte vor Schreck zusammen, weil er fürchtete, erneut für einen Perversling gehalten zu werden. Aber ihre Züge hellten sich auf, und ein freundliches Lächeln erschien auf ihren sinnlichen roten Lippen, die ihn an eine aufgehende Rosenknospe erinnerten.

»Ich steh drauf«, offenbarte sie und spielte am Saum ihres Minikleids.

»Was?«

»Auf Spontansex. Du etwa nicht? Der Gedanke, dass Leute da draußen vorbeilaufen und uns beobachten könnten, gibt mir den Kick.«

»Wer sind Sie?«

Sie lachte glockenhell. »Nenn mich die grüne Fee.«

Nick sah zu dem Fenster, in dem Cynthias Lichterkette hing. War das alles doch echt? Er war sich nicht mehr ganz sicher. Jedenfalls fühlte es sich verdammt realistisch an.

»Nicht so schüchtern«, flüsterte sie und kam näher, fuhr ihm mit dem Zeigefinger über die Lippen und ließ ihn dann tiefer wandern, bis er sich in seinem Hosenbund verhakte und verspielt an der Jeans zog. Nick wurde ganz anders. Er spürte, wie sein Glied wuchs, wie es pulsierte und befreit werden wollte aus der engen Unterhose und der ebenso engen Jeans, die nun mindestens eine Nummer zu klein schien.

»Was … soll ich tun?«, fragte er verunsichert. Er hatte nicht viel Erfahrung, doch ein Gefühl sagte ihm, dass die Dame in Grün dafür die Erfahrung für sie beide hatte.

»Dich ausziehen, natürlich.«

Sie drehte sich um und zog ihr Kleid über den Kopf. Ein sehr schlanker Körper kam darunter zum Vorschein, der jedoch an den richtigen Stellen perfekte Rundungen aufwies.

Nicks Hände fingen an zu zittern, während er sich an seinem Reißverschluss zu schaffen machte. Vor lauter Aufregung bekam er den gar nicht auf. Die junge Frau beobachtete ihn amüsiert, dann bückte sie sich und half ihm dabei, sich auszuziehen. Ihre grünen Augen leuchteten förmlich, während sie ihn anblickte und zugleich Jeans und Unterwäsche bis zu den Knien herunterzog. Dann stand sie wieder auf und ließ ihn den Rest erledigen. Sie selbst stieg aus ihrem grünen Höschen, und das wesentlich eleganter als er, denn sie hatte etwas Elfen- oder Feenhaftes an sich. Ihre nackten Füße schienen kaum den Boden zu berühren, wenn sie sich bewegte.

Nick spürte, wie seine Kehle trocken und seine Stimme belegt wurden. Er wollte fragen, was als Nächstes käme, da ging sie auf alle viere und reckte ihm ihren ansehnlichen Po entgegen. Er kniete sich hinter sie, immer noch unsicher, aber von dem unbändigen Verlangen erfüllt, ihren Hintern fest anzupacken. Ihr Geruch verbreitete sich überall. Ein sehr weibliches, mildes Aroma, das eine leichte süße Note hatte.

»Komm schon, Nick, worauf wartest du denn noch?«

Ganz vorsichtig legte er ihr beide Hände auf die Pobacken. Die Haut war ganz zart und weich, so wunderbar samtig, er wollte mehr davon spüren. Seine Finger glitten über ihren Po, hinauf zu ihrer Taille und wieder zurück. Nie hatte sich in seinen Händen etwas so gut angefühlt!

»Gefällt dir das?«, fragte sie amüsiert.

»O ja.« Dieses Gebräu hatte es wirklich in sich.

Er hauchte ihr einen Kuss auf die schneeweiße Haut, da rieb sich ihr süßes Hinterteil an seinem Gesicht, vorsichtig, aber doch bestimmt. Die herrlich runden Backen präsentierten sich ihm. Er konnte die Wärme spüren, die jedoch nicht von ihrem Po, sondern von ihrer Scham zu ihm hinaufstrahlte. Die Luft schien immer stickiger zu werden, und das Atmen fiel ihm schwerer, dennoch war er sich sicher, nur der Himmel konnte sich so anfühlen! Wie gern würde er ihre Scham berühren, herausfinden, wie sie sich anfühlte. Ganz vorsichtig streckte er die Hand aus, immer noch von der Angst beseelt, doch noch zurückgewiesen zu werden. Das war einfach so oft passiert, dass ihm das Selbstvertrauen fehlte. Nur wenige Millimeter trennten ihn noch von ihrer Süße. Seine Finger zitterten, und der Mut verließ ihn. Konnte er das wirklich tun? Und wenn es ihr nicht gefiel? Der Anblick ihrer rosigen Schamlippen faszinierte und erregte ihn sehr, und als sie ihm auch noch fordernd ihren Unterleib entgegenreckte, packte ihn die Leidenschaft und er tat das, wovon er schon immer geträumt hatte. Seine Hand verschwand zwischen ihren Beinen. Dort glühte es regelrecht. Ihre Schamlippen waren weich, bewegten sich mit seiner Hand mit, und er spürte ihre Feuchtigkeit an seinen Fingern. Er rieb abwechselnd sanfter und stärker. Dann zog er vorsichtig seine Hand zurück und betrachtete das Glitzern auf seinen Fingern. Wie sie wohl schmeckte? Er beugte sich zu ihrem Hintern hinunter, steckte gierig den Kopf zwischen ihre Schenkel und tauchte mit der Zunge in ihre Enge, die noch ganz fest war. Ihr weiblicher Geschmack verteilte sich auf seinen Lippen. Er konnte nicht genug davon bekommen. Immer tiefer tauchte er seine Zunge in sie, bereitete sie auf sein Glied vor.

Ihr Atem hatte sich beschleunigt, wurde immer lauter und war an ihrem ganzen Körper zu spüren. Ein leises Stöhnen begleitete jeden Atemzug. Nicks Hände glitten über ihren Rücken, packten sie bei der Taille und hielten sie fest. Ihr Unterleib bebte, winzigste Erschütterungen schienen durch ihn zu gehen, sich auch auf Nick zu übertragen, der jetzt nicht länger an sich halten konnte und sich aufrichtete, um in sie einzudringen.

Dieser Hintern war ein Traum. Und ihre schneeweiße Haut zum Dahinschmelzen. Er konnte nicht genug von diesem seidigweichen Gefühl an seinen Händen bekommen. Die Tatsache aber, dass sie sich ihm hingab, sich nicht angewidert zurückzog, sondern ihn aufnahm, versöhnte ihn mit der Welt. Er fühlte sich gut, genoss es, sie unter sich zu spüren, die feinen Härchen an ihrem Nacken zu fühlen. Die intime Nähe berauschte ihn fast noch mehr als der Akt selbst. Als er in sie drang, hatte er das Gefühl, eins mit ihr zu sein, zu einem Wesen zu verschmelzen, und sie passte sich bereitwillig seinem Rhythmus an.

»Lass uns noch etwas ausprobieren«, sagte sie dann, und Nick hielt inne.

»Was denn?«, fragte er voller Neugier, wie jemand, der Blut geleckt hatte und jetzt noch mehr erfahren, noch mehr herausfinden und erkunden wollte.

Sie wandte ihm den Kopf zu und kicherte leise. »Klopf doch mal an meine Hintertür.«

»Was?«

Er verstand wie immer nichts.

»Ich will's anal.«

»Aber …« Damit hatte er nicht gerechnet. Für einen Mann wie ihn, der nicht viel Erfahrung hatte, war das ein ungewöhnlicher Wunsch.

»Keine Angst.« Sie lachte. »In diesem Traum passiert nichts, das du nicht selbst möchtest.«

Also war es doch nur ein Traum? Kurz flammte Enttäuschung in ihm auf. Aber dann konzentrierte er sich auf das Hier und Jetzt, zog sich aus ihr zurück, und sie streckte ihm ihren sexy Po noch mehr entgegen, ging dabei tiefer in die Knie und reckte ihn so hoch, wie es ihr nur möglich war. Ihr Po hatte eine Apfelform. Nick hatte mal gelesen, dass es Apfel- und Birnenformen gab, aber nie hatte er verstanden, was damit gemeint war. Jetzt wusste er es. Sie hatte ganz eindeutig einen Apfelpo. Er war so herrlich rund, so süß, dass er seine Finger kaum von ihm lassen wollte.

Er schob ihre Backen leicht auseinander und musterte skeptisch ihre Rosette.

»Bist du dir sicher, dass du das willst?« Das musste ihr doch wehtun! Er hatte Hemmungen.

»Ja, ich bin sicher. Es macht mich scharf«, versicherte sie.

Nick wusste, dass dies nur eine Phantasie war, wenn auch eine äußerst lebendige. Also massierte er zärtlich ihre Rosette und richtete dann seine Schwanzspitze auf ihren Hintern. Die Fee wackelte verspielt mit ihrem Po, als wollte sie ihn locken, ihn reizen. Aber das war gar nicht mehr nötig. Er würde es tun. Nick war extrem aufgeregt. Seine Hände legten sich zitternd auf ihre Backen. Dann schob er sich in die Spalte, drückte die Backen auseinander, so dass er vorsichtig in sie dringen konnte. Der Ring war fester als ihre Enge, aber genauso warm. Ihre bebenden Muskeln umschlossen ihn. Es fühlte sich besser an als erwartet. Und er war erstaunt, wie weit er in sie eindringen konnte. Langsam bewegte er sich in ihr. Vor und zurück.

»Ja, das machst du gut.«

Ihr Stöhnen verriet ihm, wie sehr sie es genoss. Also machte er weiter. Und die Tatsache, dass es ihr gefiel, erregte auch ihn. Er konnte das Vibrieren in ihrem Inneren spüren. Das törnte ihn unwahrscheinlich an.

Das Stöhnen wurde lauter, immer lauter, schließlich verwandelte es sich in ein Schreien. Hatte er ihr doch wehgetan? Rasch wollte er sich zurückziehen, da sah er, wie sich ihre Hand auf ihre Scham legte und an ihr rieb. Es glitzerte zwischen ihren Fingern, und er spürte, wie etwas in ihrem Inneren zuckte, pulsierte und schließlich glaubte er sogar, ihren Herzschlag zu spüren. Das Zucken erfasste ihren ganzen Unterleib. Alles zog sich um ihn zusammen. Für einen kurzen Moment. Nick hatte nie den Orgasmus einer Frau so intensiv wahrgenommen. Er hatte auch nicht viele Frauen gehabt, und das war zudem lange her. Aber eine solche Explosion, die sich auch auf seinen Körper übertrug, war für ihn völlig neu und unglaublich aufregend. Die Fee sank zu Boden, atmete schwer und blieb vor Erschöpfung reglos liegen.

»Das war … wunderbar«, säuselte sie. Seine Hände liebkosten ihre Pobacken. »Was meinst du?«, fragte sie.

»Mh?« Er war so sehr in Gedanken versunken, dass er nicht wusste, was sie wollte. Seine Hände massierten noch immer ihren Po.

»Ob uns jemand durch das Schaufenster gesehen hat?«

Er hielt in seiner Bewegung inne. Bei Gott, er hoffte nicht. Dieses Mädchen war ja durchgeknallt.

»Danke, Nick.« Sie stützte sich auf ihre Arme, die noch immer zitterten, drückte sich hoch und drehte sich zu ihm um. Ihre Haare bedeckten nun die nackten runden Brüste. »Das war wunderbar«, sagte sie, beugte sich zu ihm vor und küsste ihn. Es war ein inniger Kuss, der seine Lust nach mehr entfachte. Doch der Druck, den ihr Mund auf seinen ausübte, ließ schnell nach. In dem Moment erlosch die Wirkung des Tranks, und die Fee löste sich in grünen Nebel auf, während Nick in seinem Bett landete. Er war wieder der alte Loser, ohne Sexleben, aber er hatte einen Vorgeschmack erhalten, inwiefern es sich ändern könnte, wenn er es nur wollte.

Und diese Vision hatte ihn eigentlich schon überzeugt. Wenn er das immer, zu jeder Tages- und Nachtzeit haben konnte, dann war er bereit, alles zu unterschreiben. Er nahm einen Kugelschreiber und den Vertrag. Drei Wünsche würde man ihm erfüllen. Und den ersten gab er sogleich aus …

Kapitel 6

Das schrille Klingeln ihres Telefons riss sie aus dem Schlaf. Cynthia tastete nach dem Apparat, und als sie ihn zu fassen bekam, warf sie blinzelnd einen Blick auf das Display. Es war Anna. Mal wieder. Sie drückte auf die grüne Taste, um das Telefonat anzunehmen.

»Guten Morgen«, sagte Anna in einem Ton, der üble Laune verriet. Vielleicht war sie mit dem falschen Fuß aufgestanden?

»Was ist denn los? Ist dir eine Laus über die Leber gelaufen?«

»Schlechte Nachrichten«, sagte die Freundin. »Marita hält es für keine gute Idee, gegen Henning Advertising vorzugehen.«

Nun war Cynthia hellwach und saß kerzengerade im Bett. »Was? Wieso denn nicht?«

»Hab ich zuerst auch nicht verstanden. Aber Marita erklärte mir, dass Ansgar Henning mehrere Staranwälte beschäftigt, die dich vor Gericht in Stücke reißen würden. Gegen solche Leute kommt man nur schwer an.«

»Und was heißt das jetzt im Klartext?«

Sie kletterte aus dem Bett, schleppte sich in die Küche und setzte Wasser auf.

»Dass sie dir davon abrät, die Sache vor Gericht zu bringen. Sie meint, es würde nichts nützen, aber eine Menge kosten. Tja, so sieht's aus.«

»Und Tom kommt einfach damit durch.«

»Ich weiß, das ist total blöd für dich.«

Total blöd, das konnte man wohl sagen! Ihre ganze Existenz hing von Hubert Graun ab, der eben mal entschieden hatte, sich eine andere Agentur zu suchen. Hätte er zumindest von Anfang an fair gespielt, dann hätte sie sich nicht solche Hoffnung gemacht. Nun sah es danach aus, als würde sie für immer im Zooladen ihres Bruders arbeiten müssen.

»Tut mir wirklich leid.«

Cynthia goss heißes Wasser in ihre Tasse und gab ein paar Löffel Instantkaffee hinein. Vorsichtig nahm sie einen Schluck und verbrannte sich sogleich die Zunge. »Aber du kannst doch bezeugen, dass er mir den Graun ausgespannt hat.«

»Herr Graun ist ein freier Mann, der, solange er keinen Vertrag unterschrieben hat, auch zur Konkurrenz wechseln darf.«

Autsch, ihre Zunge brannte. Vor lauter Wut biss sie auch noch ausgerechnet auf die empfindliche Stelle.

»Also muss ich meinen Traum aufgeben«, murmelte sie und sog Luft an die verbrannte Zungenspitze.

»Das nicht. Wirst schon noch andere Kunden finden.«

Ja, ja und im Himmel ist Jahrmarkt. Dieser gemeine Kerl! Wieso hatte er ihr das angetan? Henning Advertising hatte doch bereits einen großen Kundenstamm, warum hatte er ihr ihren einzigen Auftraggeber weggeschnappt?

»Du, Anna, ich muss das alles erst mal verdauen, sei mir bitte nicht böse, ja? Ich melde mich, wenn ich mich beruhigt habe«, sagte sie und legte auf, um unter der Dusche zu verschwinden. Das kalte Wasser kühlte wunderbar ihr erhitztes Gemüt ab. Und nachdem sie sich tatsächlich langsam wieder gefasst hatte, föhnte sie sich die Haare, die jedoch partout nicht sitzen wollten. In letzter Zeit ging aber auch alles schief. Ihre Miniagentur drohte zu floppen, noch bevor sie überhaupt richtig gestartet war, es kamen keine Aufträge rein. Rechnungen wollten bezahlt werden, und das kleine Gehalt, das sie von Nick bekam, reichte vorne und hinten nicht aus. Aber den Todesstoß hatte ihr Tom Henning verpasst.

Warum zog sie das Unglück an? Cynthia wollte endlich auch mal auf der Sonnenseite des Lebens stehen, Erfolg haben, zufrieden sein, einen Mann finden, der sie liebte, und einen guten Job als Sahnehäubchen obendrauf. Und dann wollte sie hin und wieder guten Sex. War das wirklich zu viel verlangt? Anderen schien das alles zuzufliegen, sie aber musste für jeden noch so kleinen Erfolg kämpfen. Und selbst dann drohte sie noch zu scheitern.

»Ein neuer Tag, ein neues Glück«, sagte sie sich und fuhr sich noch einmal durchs Haar, zog die Winterstiefel an und beeilte sich, ihren Bus zu bekommen. Sie fuhr zwei Stationen und eilte die Ruprechtstraße hinunter, bis sie vor Nicks Zooladen stehen blieb. Irgendetwas sah anders aus. Sie wusste nicht genau, was, bis ihr Blick auf die riesigen Buchstaben über dem Eingang fiel. Die waren eindeutig neu. Früher waren sie verstaubt gewesen. Zwei Buchstaben hatten sogar gefehlt, ein dritter war in der Hälfte durchgebrochen. Jetzt waren sie durch viel hellere und deutlich größere ersetzt worden. »Nicks Zoopuls« stand dort, sie war hier also tatsächlich richtig. Kein Laden in der Straße hatte größere Eingangslettern. Das musste Nick noch gestern Abend gemacht haben. Sie hieß das ganz und gar nicht gut, er sollte sein Geld nicht zum Fenster rauswerfen. Zumal er in finanziellen Schwierigkeiten steckte.

Cynthia trat ein und erschrak über den lauten Signalton, der ihre Anwesenheit ankündigte. Offenbar hatte Nick auch die kleinen Glöckchen abgeschafft, die sonst bimmelten. Dann folgte der Hammer. Eine äußerst attraktive Rothaarige stand hinter der Kasse und streckte ihr die Hand entgegen. Ein wahnsinnig großer Klunker glänzte an ihrem Ringfinger. »Guck mal, Cynthia, den hat dein Bruder mir geschenkt«, sagte sie und kicherte.

»Bitte, was? Wer sind Sie?«

»Deine künftige Schwägerin!« Sie breitete die Arme aus, stürmte auf Cynthia zu und drückte sie fest an sich.

»Nick hat mir so viel über dich erzählt und mir euer Familienalbum gezeigt. Ich habe dich sofort erkannt. Hach, ich bin ja so aufgeregt. Mein Name ist übrigens Maddy. Das kommt von Madeleine.«

Wann und vor allem wo zum Geier hatte Nick diese Prostituierte aufgeschnappt? Das es eine war, daran gab es kaum einen Zweifel, wer sich im Winter wie im Sommer kleidete, musste dem professionellen Gewerbe angehören. Die hohen Stiefel, der kurze Rock, sogar der Bauch war frei. Und woher hatte Nick das Geld, ihr einen solchen Klunker zu bezahlen. Die Antwort lag auf der Hand. Er musste tatsächlich einen Deal mit diesem Kredithai eingegangen sein, anders war nicht zu erklären, dass er plötzlich so viel Geld hatte. Wieso nur verprasste er es jetzt auch noch für solche Unnötigkeiten?

»Freust du dich denn gar nicht für uns?«

»Nein, tut mir leid, Maddy.«

Nick hatte den Verstand verloren!

»Wo ist mein Bruder?«

»Hinten, im Lager.«

Den jungen Herrn würde sie sich gründlich vorknöpfen. »Bist du von allen guten Geistern verlassen?«, fuhr sie Nick an, der gerade dabei war, Kisten zu stapeln.

»Wieso bist du nicht im Büro?«, konterte er und lachte sie an.

»Im Büro?«

Er nickte seelenruhig und fuhr mit seiner Arbeit fort, als sei nichts geschehen. Das konnte sie so was von aufregen! Erst brachte er alle in Schwierigkeiten, und dann war er nicht mal bereit, darüber zu reden. Plötzlich vibrierte etwas in ihrer Manteltasche. Wahrscheinlich Anna, die noch mal mit Marita gesprochen hatte. Rasch griff sie nach ihrem Handy, gab Nick aber durch einen strengen Blick zu verstehen, dass sie noch nicht fertig mit ihm war.

»Das sind sie sicher«, sagte Nick.

Auf ihrem Display war eine unbekannte Nummer angezeigt, und als Cynthia ranging, meldete sich eine ihr fremde männliche Stimme.

»Raoul Peters von Henning Advertising. Spreche ich mit Cynthia Guthan?«

»Ja …« Was wollte denn Henning Advertising von ihr?

»Es geht um Ihr Bodyline-Konzept, das Sie uns mit Ihrer Initiativbewerbung geschickt haben. Das hat uns sehr gut gefallen, und wir würden Sie gern zu einem Bewerbungsgespräch einladen.«

Sie traute ihren Ohren nicht. Plötzlich war es wieder IHR Bodyline-Konzept? Woher hatten sie das überhaupt? Sie hatte sich doch gar nicht bei Henning Advertising beworben.

»Frau Guthan, sind Sie noch dran?«

»Ja … bin ich …«, stammelte sie aufgelöst.

»Können Sie heute vorbeikommen?«

»Heute?«

»Um drei Uhr nachmittags im Büro von Ansgar Henning.«

Das konnte doch alles nicht wahr sein.

»Ja … sicher …«

»Wunderbar. Dann bis nachher.« Klick. Er hatte aufgelegt.

»Das … war … Henning Advertising«, stotterte sie. Henning Advertising! Das musste man sich auf der Zunge zergehen lassen. Die hatten jedes Jahr Hunderte von Bewerbern, weil sie ein renommiertes Unternehmen waren. Aber nur die Wenigsten wurden genommen. In der Regel hatte man nicht die geringste Chance. Und ausgerechnet sie wollten sie nun kennenlernen. »Die … wollen mich … als Mitarbeiterin gewinnen …«

»Wurde auch langsam Zeit, ich dachte, die Burschen wären schneller.«

Das war unglaublich. Aber woher wussten die, dass das Bodyline-Konzept von ihr war? Hatte Tom seine Finger im Spiel? Das konnte sie sich nicht vorstellen. Aber sie würde herausfinden, was dahintersteckte.

»Am besten kaufst du dir noch etwas Schickes für dein Vorstellungsgespräch.« Er drückte ihr plötzlich ein paar Hundert Euro in die Hand. Cynthia verstand die Welt nicht mehr. Nick war noch nicht aus der Sache raus, aber jetzt musste sie sich erst mal auf das Gespräch vorbereiten. Sie steckte ihm das Geld wieder in die Hemdtasche und machte sich auf den Weg nach Hause, um zumindest ihre schrecklichen Haare noch mal in Ordnung zu bringen.

Um kurz vor 15 Uhr erreichte sie den Potsdamer Platz, wo

Henning Advertising seine Geschäftsräume hatte. Es war ein riesiger Bürokomplex mit verglasten Wänden. Cynthia konnte die Mitarbeiter auf allen Etagen sehen. Wie geschäftige Ameisen huschten sie hin und her. Alle trugen Businessoutfits, die sie an Uniformen erinnerten, weil alle gleich aussahen.

Cynthia atmete tief durch und betrat die Lobby, ging zum Fahrstuhl und zupfte nervös an ihrer Bluse.

Der Fahrstuhl kam unten an, und die Tür öffnete sich mit einem Pling. Sie stieg ein, drückte auf den obersten Knopf und versuchte ihre Haare im Spiegel zu ordnen, die inzwischen schon wieder zerzaust aussahen. Ihr Herz hämmerte so heftig in ihrer Brust, dass sie fürchtete, jeden Moment vor Aufregung umzufallen oder zu hyperventilieren. Mit einem weiteren Pling glitt die Tür auf und sie betrat einen langen Flur. Sie ging auf den Empfang zu, hinter dem eine Dame mit Brille stand, die sie abschätzend musterte.

»Kann ich Ihnen helfen?«

»Guten Tag. Ich bin Cynthia Guthan. Ich habe heute ein Bewerbungsgespräch bei Ansgar Henning.«

»Einen Augenblick bitte.«

Die Dame gab etwas in den Computer ein, doch sie schien nicht zu finden, wonach sie suchte. Vermutlich war alles doch nur ein Missverständnis. So viel Glück konnte ihr einfach nicht beschert sein.

»Ah, hier haben wir es. Setzen Sie sich bitte noch einen Augenblick. Herr Henning ist noch in einem Gespräch.«

»Natürlich.«

Sie nahm auf einem der leeren Stühle im Flur Platz und betrachtete die großen gerahmten Bilder mit Werbeanzeigen von Henning Advertising. Die meisten stammten aus den 80er Jahren, manche sogar aus den 70ern. Das erkannte man vor allem an den Frisuren der abgebildeten Personen, aber auch die Farbgestaltung war anders als heutzutage. Alle paar Minuten kam jemand aus seinem Büro, aber niemand interessierte sich für sie. Die Angestellten schienen immerzu in Eile. Sie huschten hin und her und erinnerten bei genauerer Betrachtung auch aus dieser Perspektive an einen Ameisenstaat.

Sie bemerkte, dass die Tür des Büros, das sich ihr direkt gegenüber befand, nur angelehnt war. Neugierig neigte sie den Kopf zur Seite und versuchte aus ihrer sitzenden Position heraus, einen Blick in das Zimmer zu erhaschen. Sie war gespannt, wie die Büros bei Henning Advertising eingerichtet waren. Ob der alte Henning seinen Mitarbeitern allzu viel Luxus gönnte? Aber sie erblickte etwas völlig anderes als erwartet. Etwas, das ihr zugleich unangenehm war und doch ihre Neugier steigerte. Sie sah den runden Hintern einer Frau, der in einem knielangen Rock steckte. Er war wirklich prall. Die Dame hatte eindeutig ein paar Kilo mehr auf den Rippen, aber es sah nicht schlecht aus. Im Gegenteil. Dies war der größte Knackarsch, den sie jemals gesehen hatte. Das allein war es aber nicht, was ihre Aufmerksamkeit fesselte. Die Frau war über den Tisch gebeugt, so dass Cynthia nur eben jenen Po und auch ihre Beine erkennen konnte. Auf ihren Hintern legte sich eine männliche, große und kräftige Hand. Besitzergreifend krallten sich die Finger in das in Stoff gehüllte Fleisch der Frau. Dann gab er ihr einen Klaps, woraufhin die Frau leicht zusammenzuckte. Cynthia konnte den Mann nicht ganz erkennen, von seinem Arm und seiner Hand einmal abgesehen. Nun fuhren seine Finger unter den Rock, und sie sah deren Bewegungen durch den Stoff hindurch. Er schien die Frau zu streicheln, der wiederum schien es zu gefallen, denn sie reckte ihm ihr Gesäß entgegen. Da setzte es wieder einen Klaps, dieses Mal mit der anderen Hand.

Unglaublich, was hier vor sich ging! Und das auch noch während der Arbeitszeit. Bei Henning Advertising! Sie kam sich mehr wie in einem Schmuddelfilm vor. Cynthia sah sich im Flur um. Vielleicht gab es hier Kameras, die sie gerade dabei filmten, wie sie diesen schlüpfrigen Moment beobachtete? Vielleicht handelte es sich um einen Test? Man wollte herausfinden, wie sie sich in einer solch pikanten Situation verhielt. Aber Cynthia hatte nicht die geringste Ahnung, wie man sich in so einem Fall korrekt benahm. Sie beschloss, einfach nicht mehr hinzusehen, und konzentrierte sich erneut auf die Werbeposter. Die Colabüchsen hatten es ihr besonders angetan. Die Farben waren kräftig, und das Motiv blieb in Erinnerung. Ja, hier sah man, dass sich die Leute aus der Kreativabteilung etwas bei ihrer Arbeit gedacht hatten. Man bekam regelrecht Lust auf eine Cola. Und so sollte es ja auch sein. Sie versuchte die Schriftaufteilung zu analysieren, als sie ein leises Stöhnen vernahm. Es klang erregt, aber auch leidend. Cynthia war sich nicht bewusst, dass sich ihr Kopf langsam wieder zur Seite neigte. Erst als sie den, inzwischen vollständig entblößten, Hintern der Frau sah, merkte sie, wie ungehörig es war, was sie tat.

Die Haut der Unbekannten wirkte sehr fest und durchtrainiert. Offensichtlich trieb sie Sport. Jetzt sah er auch ein bisschen dünner aus als zuvor, wo er noch in dem engen Rock gesteckt hatte. Der Mann schob ihr die Beine auseinander, gab ihr noch einen Klaps, der sie wie beim Mal zuvor zusammenschrecken ließ, und spielte nun mit ihrer Scham, die sich ihm völlig schutzlos präsentierte. Er rieb sie, streichelte sie, und die Frau stöhnte erneut, dieses Mal noch lauter. Cynthia war überrascht, dass weder die Dame am Empfang noch sonst irgendjemand etwas davon mitbekam, denn das Stöhnen war nun wirklich nicht mehr als dezent zu bezeichnen. Vielleicht war es ja doch ein Test für sie? Cynthia versuchte wegzuschauen. Aber sie konnte es nicht. Sie war viel zu neugierig, fand es aufregend, was die beiden da trieben, die nicht mal ahnten, dass sie beobachtet wurden.

Die Hand des Mannes verschwand für einen kurzen Moment aus Cynthias Blickfeld. Im ersten Augenblick glaubte sie, das Spiel sei bereits beendet, und es wunderte sie, dass die Frau nicht einfach wieder aufstand und sich anzog. Dann aber tauchte die Männerhand wieder auf. Cynthia kniff die Augen zusammen, um besser sehen zu können. War das etwa ein Dildo in seiner Hand? Sah ganz so aus. Aber wer, um alles in der Welt, nahm denn einen Dildo mit ins Büro?

Die beiden trafen sich wahrscheinlich öfter, überlegte sie und staunte nicht schlecht, als er ihr den Dildo zwischen die Beine schob und ihn nun vor- und zurückbewegte.

Just in dem Augenblick öffnete sich die große Tür am Ende des Ganges und ein älterer Herr im grauen Anzug in der Begleitung einer Dame in einem schicken Kostüm trat heraus. Cynthia kam das Gesicht der Frau sehr bekannt vor. Es musste sich um eine Prominente, vielleicht sogar um eine Schauspielerin handeln. Doch ihr Name fiel ihr partout nicht ein.

Der Mann begleitete die Dame zum Fahrstuhl. Gott sei Dank fiel ihm überhaupt nicht auf, was in dem Büro ihr gegenüber vor sich ging, stattdessen verwickelte er die elegante Frau in ein Gespräch. Diese gestikulierte wild mit den Händen. Sie wirkte sehr affektiert, aber so waren sicherlich viele in der Branche. Cynthia warf einen raschen Blick in das Büro und hoffte inständig, dass die beiden endlich fertig waren, denn der Mann am Fahrstuhl verabschiedete sich bereits von der Dame, küsste sie auf die Wangen und kam dann zielstrebig auf sie zu.

Jetzt macht schon! Sie sah das verräterische Zucken des Frauenkörpers, sah, wie ihre Beine nachgaben und sie schlaff auf dem Tisch liegen blieb. Ihr Gespiele zog gerade den Dildo aus ihr heraus.

»Cynthia Guthan?«

Sie nickte und erhob sich, um dem Mann die Hand zu schütteln. Es war Ansgar Henning, daran gab es keinen Zweifel. Sie hatte ihn schon einige Male in Zeitungen und sogar im Fernsehen gesehen. In natura wirkte er kleiner und etwas schlanker. Die Stirnglatze, die sein Markenzeichen war, und die kleinen Tränensäcke sahen jedoch genauso aus, wie sie es von seinen Pressebildern her kannte. Er stand direkt vor dem Büro und versperrte ihr die Sicht auf das Paar.

»Folgen Sie mir bitte«, sagte er und ging voran. Cynthia blickte schnell durch den Spalt, aber weder der Mann noch die Frau waren jetzt noch zu sehen. Rasch lief sie hinter dem alten Henning her, der sie in sein Büro geleitete, wo sie vor einem riesigen Schreibtisch Platz nahm. Auch in diesem Büro hingen Werbeplakate. Eine Frau, die ein neues Waschmittel ausprobierte und begeistert lächelte, eine Limonadenflasche mit Gesicht und ein Rocker auf einem Motorrad, der sich gerade einen Schokoriegel in den Mund steckte.

»Möchten Sie etwas trinken?«, fragte der König der Werbebranche freundlich.

»Ein Glas Wasser vielleicht.« Himmel, sie war so nervös, hoffentlich erzählte sie keinen Mist.

Ansgar trat an die kleine Bar am Fenster und schenkte ihr Mineralwasser ein. Auf seinem Tisch lag ihr Konzept. Sie erkannte die Skizzen wieder, die sie angefertigt hatte. Die Frage war nur, wie er daran gekommen war? Sie hatte es ihm ganz sicher nicht geschickt, und Tom kannte ihre Zeichnungen auch nicht, er wusste nur, dass sie etwas für Graun entworfen hatte. Vielleicht hatte Nick seine Finger im Spiel? Der wusste von ihrer Arbeit.

»Das ist ein sehr interessantes Konzept«, sagte der alte Henning anerkennend, und sie freute sich über das unverhoffte Lob.

»Erzählen Sie mir etwas über sich, bitte.« Und das tat sie. Sie brachte ihren ganzen Werdegang dar, schwärmte von ihrer Leidenschaft fürs Zeichnen und für alles, was auch nur im Entferntesten mit Kreativität zu tun hatte. Außerdem berichtete sie von ihrem Studium und den Projekten, an denen sie im Laufe der Semester gearbeitet hatte. Was zwar nicht viele waren, aber es zählte die Qualität, nicht die Quantität.

»Beeindruckend. Aber Sie haben nicht nur bei mir einen bleibenden Eindruck hinterlassen, auch mein Sohn Tom schwärmt von Ihnen in den höchsten Tönen. Um ehrlich zu sein, war er es, der mich überredet hat, Sie einzuladen.«

Diese Aussage verwirrte sie nun wirklich. Tom hatte ihren einzigen Kunden abgeworben, sich nicht für sie eingesetzt, wie es Ansgar Henning nun herüberbrachte.

»Ich will es kurz machen. Mein Sohn glaubt an Sie, und ich tue das auch.« Er blätterte in ihren Unterlagen, lächelte einige Male und blickte schließlich wieder zu ihr auf. »Wann können Sie anfangen?«

Ihr blieb der Mund für einen Moment offen stehen. Aber

dann fand sie ihre Sprache wieder. »Sofort. Ich kann sofort anfangen.«

»Ja, wunderbar. Dann zeige ich Ihnen gleich Ihr Büro.«

Er erhob sich und führte sie aus seinem Arbeitszimmer den Gang hinunter, wo er eine Tür aufschloss und sie hineinbat.

Es war ein Traum! Groß. Hell. Nur die Fensterwand entsprach nicht so ganz ihrem Geschmack. Sie fühlte sich von den Passanten, die unter ihrem Fenster vorbeigingen, beobachtet. Das war auch das einzig Negative. Da sie Jalousien hatte, konnte sie leicht etwas gegen zu neugierige Blicke unternehmen.

»Gefällt es Ihnen?«

»Unglaublich!« Das war es wirklich. Einfach phantastisch! Ein eigenes Büro. Und dann auch noch so eins! Dies war nicht dieselbe Welt, in der sie sonst lebte! Sie musste über Nacht in eine andere Dimension geraten sein. Hier war alles besser. Sie hatte plötzlich eine Glückssträhne, was ganz und gar untypisch war, denn Cynthia war eigentlich der geborene Pechvogel. Diese Dimension gefiel ihr viel besser, und sie hoffte inständig, dass sie nicht wieder aus diesem phantastischen Traum gerissen wurde!

Ansgar Henning lächelte zufrieden. Er schien ihr ihre Freude anzusehen. In dem Moment ging die Tür auf, und Tom Henning kam herein. Er wirkte adrett wie immer, trug natürlich einen Designeranzug und eine edle Krawatte.

»Tut mir leid, ich hatte noch einen Termin. Aber wie ich sehe, habt ihr euch schon angefreundet.«

»In der Tat, das haben wir.« Ansgar Henning lächelte freundlich, beinahe väterlich. Zwischen ihnen war sofort Sympathie. Und auch das war ungewöhnlich. Normalerweise musste Cynthia für jede noch so kleine Anerkennung hart kämpfen. Nun schien ihr alles zuzufliegen. Eine tolle Dimension war das!

»Das Vertragliche regeln wir am besten morgen früh. Seien Sie bitte um halb neun in meinem Büro.«

»Gern.«

Er verabschiedete sich und verließ ihr neues Büro, das ihr noch immer wie in einem Traum erschien. Probeweise setzte sie sich hinter den Tisch und stellte den Bürostuhl auf die richtige Höhe ein. Tom nahm ihr gegenüber Platz und lächelte sie charmant an.

»Wie kommt es eigentlich, dass du mich deinem Vater empfohlen hast?« Das erstaunte sie immer noch.

»Du hast mir doch von Herrn Graun und Bodyline erzählt. Ich habe ihn daraufhin kontaktiert. Wir kamen überein, dass er sein Projekt durch Henning Advertising vertreten lässt. Aber nur unter der Bedingung, dass du ihn weiterhin betreust.«

So war das also! Tom hatte offenbar von Anfang an geplant, sie ins Boot zu holen. Hätte sie das vorher gewusst! Jetzt fühlte sie sich schäbig, dass sie so schlecht von ihm gedacht und sogar mit dem Gedanken gespielt hatte, ihn vor Gericht zu zerren. Sie hatte ihn wirklich ganz falsch eingeschätzt.

»Wie wäre es denn, wenn wir darauf anstoßen? In einem feinen Restaurant oder bei mir zu Hause?« Er zwinkerte ihr verwegen zu.

»Ja, wieso nicht.«

»Und wohin gehen wir?«, fragte er hoffnungsvoll.

»Ich wäre fürs Restaurant.«

Kapitel 7

Tom hatte einen Tisch für halb acht im Rizzo reserviert, und Cynthia war noch einmal nach Hause gegangen, hatte sich frisch gemacht und war nun viel zu früh in dem noblen Restaurant. Glücklicherweise war ihr Tisch frei, so konnte sie schon mal einen Drink nehmen sowie einen Blick in die äußerst ausführliche Karte des Italieners werfen.

»Guten Abend, Frau Guthan«, sagte eine sanfte Stimme, die ihr irgendwie vertraut war. Sie blickte auf und starrte direkt in das Gesicht von Nicks neuem Geschäftspartner. Sie zuckte zurück. Diesen Mann hatte sie hier nicht erwartet. Und seine bloße Anwesenheit bereitete ihr ein unangenehmes Gefühl im Magen.

»Woher wussten Sie, dass ich hier bin?«, fragte sie erstaunt. Wann immer dieser Kerl in ihrer Nähe war, bildete sich eine Gänsehaut auf ihren Oberarmen und ihr wurden die Knie weich.

»Reiner Zufall«, erwiderte er mit einem Grinsen, das genau das Gegenteil vermuten ließ. »Und Sie sind hier ganz allein?«

»Nein, ich warte auf jemanden.« Er starrte sie schon wieder so eigenartig an. Ihr war nicht wohl dabei. Rasch schaute sie wieder in die Karte.

»Haben Sie etwas Interessantes entdeckt?«

Als sie wieder aufsah, hatte sich dieser freche Mensch einfach zu ihr gesetzt. Nicht mal gefragt hatte er.

»Wie ich bereits sagte, erwarte ich jemanden.« Ihr war es lieber, wenn er schnell wieder verschwand. Er war gutaussehend, sehr gutaussehend sogar, das gab sie ja zu, aber seine Ausstrahlung behagte ihr nicht, machte sie nervös.

»Dagegen habe ich auch nichts einzuwenden. Ich werde Sie rechtzeitig verlassen. Versprochen.«

Er nahm die kleine Rose aus der Vase, die auf dem Tisch stand, und roch an ihr. Cynthia widmete sich erneut der Karte. Das war ihr lieber, als ihm in seine eiskalten Killeraugen blicken zu müssen.

»Mache ich Sie nervös?«, neckte er sie, als ahnte er ganz genau, was in ihr vorging.

»Warum sollten Sie?«

»Das frage ich mich auch, wo ich mich doch so gut mit Ihrem Bruder verstehe.«

Nun steckte er die Blume in die Vase zurück, stützte die Ellbogen auf den Tisch und faltete genüsslich die Hände. »Unsere Geschäfte laufen nämlich prächtig, müssen Sie wissen. Und wie ich hörte, profitieren Sie seit Neuestem auch davon. Glückwunsch.«

»Wovon reden Sie? Und was wollen Sie überhaupt von mir?« Ihr Geduldsfaden wurde immer dünner. Sie ließ die Karte sinken und erwiderte seinen Blick, reckte ihm tapfer ihr zierliches Kinn entgegen, in der festen Absicht, sich nicht von seinem Killerblick einschüchtern zu lassen. Aber das schien ihn nur noch mehr zu amüsieren. Er fing sogar zu lachen an. Das verunsicherte sie sehr, noch mehr jedoch verunsicherte sie das seltsame Gefühl zwischen ihren Beinen. Es war ganz plötzlich gekommen, und Cynthia verkrampfte sich augenblicklich, wurde stocksteif und starrte den Mann ungläubig an. Nein, das konnte er nicht wagen. So weit würde er doch nicht gehen. Ein Kloß bildete sich in ihrem Hals, den sie nicht herunterschlucken konnte. Da war etwas zwischen ihren Beinen, direkt vor ihrem Zentrum, und es tippte leicht dagegen. Sie spürte es ganz genau! Es fühlte sich wie ein Fuß an. Instinktiv schlug sie die Beine übereinander und klemmte dieses Etwas dazwischen ein. Ein heißes Prickeln erfasste ihren Schoß, aber das machte sie nur noch wütender.

»Ist alles in Ordnung mit Ihnen?«, fragte er mit Unschuldsmiene.

»Tun Sie doch nicht so! Sie wissen genau … was … los … ist …« Ihr drohte die Stimme zu versagen. Der Fuß rieb unverblümt an ihrer Scham. Nur die enge Jeanshose war noch als Barriere dazwischen. Und doch spürte sie die Berührung so intensiv, als säße sie nackt vor ihm. Schweißperlen bildeten sich an ihren Schläfen.

»Hören Sie auf damit!«

»Womit denn?«

Sie krallte sich an der Tischdecke fest. »Wenn Sie nicht tun, was ich verlange, mache ich Ihnen eine Szene!« Ja, das hatte sie vor. Sie würde schreien, wenn er nicht augenblicklich aufhörte, sie zu belästigen. Das Pulsieren in ihrem Inneren nahm zu, wurde stärker, immer stärker.

»Cynthia, ich kann Ihnen wirklich nicht folgen!«

Nun drückte er direkt auf ihre Klitoris. Es war ein merkwürdiges Brennen, das zugleich schmerzhaft, aber auch äußerst erregend war. Cynthia schnappte nach Luft.

»Das reicht jetzt!«, wurde sie lauter und riss die Tischdecke hoch, doch zu ihrem Entsetzen war da nichts! Kein Fuß, der sie reizte. Die Sitzfläche des Stuhls war völlig leer, von ihren eigenen Schenkeln abgesehen.

Irritiert blickte sie den Fremden an, der sichtlich zufrieden lächelte. Und eben dieses Lächeln machte sie sicher, dass er trotzdem irgendetwas damit zu tun hatte. Sie warf einen Blick unter den Tisch, doch seine Füße steckten offensichtlich in Herrenschuhen, und einen Schuh hatte sie nicht gespürt.

»Nicht so laut, Cynthia. Die Leute gucken schon hierher.« Er schnalzte mit der Zunge, während sie versuchte, ihre Contenance zurückzugewinnen. Hektisch fuhr sie sich durch die Haare und merkte dabei, dass sowohl ihre Wangen als auch ihre Stirn glühten. Vermutlich war sie feuerrot. Aber wer konnte ihr das verübeln, nach diesem Erlebnis. Ein kräftiger Schluck sollte sie abkühlen.

»Lassen Sie einfach Ihre Finger von Nick. Mehr will ich gar nicht«, wechselte sie zum eigentlichen Thema zurück.

»Nick kam auf mich zu. Er war es, der sich an mich wandte.«

»Trotzdem lasse ich nicht zu, dass Sie ihn in irgendwelche dubiosen Machenschaften hineinziehen.« Man hörte ja vieles über Geldeintreiber.

»Das ist sehr lobenswert. Ich hoffe, Sie bringen dasselbe Engagement auch für Ihren neuen Job auf?«

Jetzt war sie wirklich baff. »Woher wissen Sie denn davon? Spionieren Sie mir etwa nach?«

»Fragen Sie Ihren Bruder, Cynthia. Der wird Ihnen alles erklären.« Er lächelte teuflisch, anders waren seine Gesichtszüge nicht zu beschreiben.

»Wieso sprechen Sie ständig in Rätseln?«

»Weil es mir Spaß macht.«

»Störe ich?«, fragte der junge Mann im teuren Designeranzug, der gerade hinter dem ungebetenen Besucher aufgetaucht war.

»Nicht doch, Tom!« O Gott, war sie froh, ihn zu sehen. Glücklicherweise erhob sich Nicks »Geschäftspartner« ohne Murren und machte Platz für ihren Freund, der den Fremden ebenso skeptisch musterte, wie sie es getan hatte.

»Ich wünsche noch einen schönen Abend.«

»Ebenfalls«, erwiderte Tom, dann wandte er sich Cynthia zu.

»Hast du schon was ausgewählt?«

Sie schüttelte den Kopf. Ihr war gar nicht gut. Nein, ganz und gar nicht.

»Du siehst blass aus, ist alles in Ordnung? Hat der Kerl dich eben belästigt?«

»Nein, nein, das ist es nicht.« Sie wollte die Sache schnell vergessen.

Der Kellner brachte Tom eine Karte, und er wählte einen teuren Wein aus, während sich Nicks Geschäftspartner einfach einen Tisch weiter setzte, so dass Cynthia ihn und er sie im Blick hatte. Sein Lächeln jagte ihr einen Schauer über den Rücken. Sie hatte gehofft, der Kerl würde nun endlich verschwinden, aber er hatte offenbar vor, sie noch weiter zu quälen.

»Ich kann dir die Muscheln empfehlen. Die sind erste Klasse«, sagte Tom, aber Cynthia hörte kaum hin. Sie spürte erneut diesen Fuß zwischen ihren Beinen, der sie auf äußerst süße Weise quälte, der genau die richtigen Stellen traf, um sie zu reizen, zu erregen. Aber das wollte sie nicht zulassen. Besonders jetzt nicht, da Nicks Geschäftspartner sie offensichtlich genauestens beobachtete und immer wieder zu ihr hersah. Hitze stieg in ihr hoch. Es fühlte sich an, als würde ihr Blut anfangen zu kochen. Sie presste die Beine fest zusammen, aber das änderte nichts an diesem schrecklich schönen Prickeln, das sich nun in ihrem ganzen Unterleib ausbreitete. Automatisch beschleunigte sich ihr Atem. Tom sah sie irritiert an. Auch er schien allmählich zu merken, dass irgendetwas nicht stimmte.

»Du, Tom, sei mir nicht böse, aber mir geht's nicht gut, ich sollte besser gehen«, brachte sie atemlos hervor.

»Schon in Ordnung, du siehst ja wirklich sehr mitgenommen aus. Soll ich dich nach Hause fahren?«

Sie überlegte einen Moment, schüttelte aber dann den Kopf.

»Ich muss mit meinem Bruder sprechen, ich fürchte, er steckt in Schwierigkeiten.«

»Reicht das nicht morgen noch? Du solltest dich besser hinlegen.«

»Nein. Es muss jetzt sein.« Irgendetwas ging hier nicht mit rechten Dingen zu. Sie musste das schnell aufklären.

Tom zeigte sich erneut von seiner verständnisvollen Seite, bestand aber darauf, sie wenigstens zu fahren, um sicherzugehen, dass sie nicht umkippte. Dieses Mal nahm sie das Angebot dankbar an. Sie wusste, dass er ein schnelles Auto hatte, das sie rasch an ihr Ziel bringen würde.

Kapitel 8

Er hörte die Türklingel, ausgerechnet jetzt. Nick lag bereits im Bett und neben der schönsten Frau, die er sich vorstellen konnte, seiner Verlobten Maddy. Wie einfach plötzlich alles ging. Und wie schön es mit ihr war. Ihre dunklen Augen funkelten geheimnisvoll, und ihre vollen Lippen bebten sinnlich. Er beugte sich über sie, wollte sie küssen, aber sie legte ihm den Zeigefinger auf den Mund.

»Willst du nicht nachsehen, wer das ist?«

»Nein, heute Abend gehöre ich nur dir.« Er drehte sich auf den Bauch und sah sie an, denn er konnte nicht genug von ihrer atemberaubenden Schönheit bekommen. Sie war perfekt, sah genau so aus, wie er es sich gewünscht hatte. Ein Abbild purer Sinnlichkeit.

»Du bist süß.«

Etwas schlüpfte unter seine Decke und massierte zärtlich seinen Nacken. Nick seufzte wohlig, als er Maddys sanfte Finger spürte. All die Verhärtungen, die er sich im Laufe des Tages in den Schultern und Nackenmuskeln zugezogen hatte, lösten sich. Ihre Hand fuhr hoch, kraulte sein Haar, dann legte sich Maddy ebenfalls auf den Bauch, rückte nah an ihn heran und massierte auch seine Stirn. Nick schloss die Augen und gab sich ganz dieser wunderbaren Massage hin. Aber dann spürte er plötzlich ihre Lippen an seinem Ohrläppchen, wie sie es umschlossen, sacht an ihm zogen, und er musste leise lachen, weil ihr Atem zugleich in seine Ohrmuschel drang.

Normalerweise schlief er längst um diese Uhrzeit. Er war keiner dieser Nachtmenschen, die durch Bars zogen. Eigentlich lebte er ein recht bürgerliches Leben. Aber jetzt war alles anders. Er fühlte sich Jahre jünger. Maddy hatte so viel Energie, und mit dieser Energie steckte sie ihn an.

Sie kroch unter seine Decke, die leise raschelte. Wieder klingelte es an der Tür, aber sie beide ignorierten den Störenfried.

»Was machst du denn da?«, fragte Nick und richtete sich auf. Maddys Beine lugten unter der Decke hervor, und ihr Po ragte verspielt in die Luft. Ihre weiße Haut schimmerte seidig. Oh, er liebte diese Rundungen.

Maddy schlief immer nackt, hatte sie ihm erzählt. Selbst jetzt, im Winter. So bliebe das Liebesleben ein Abenteuer. Nick fand das toll. Heute Nacht hatte er auch auf einen Schlafanzug verzichtet. Ganz unbürgerlich. Verrucht! Ja, so fühlte er sich. Ein klein wenig sexy und sehr anstößig. Und es fühlte sich obendrein gut an, war ein herrliches Gefühl auf der Haut.

Maddys Hände strichen besitzergreifend über seine Oberschenkel, als wollte sie sagen, du gehörst mir! Er konnte sogar ihre Fingernägel spüren, die sie offenbar zum Markieren einsetzte. Was ihn nicht störte. Im Gegenteil. Er fühlte sich dadurch begehrt, und etwas begann zwischen seinen Beinen zu wachsen. Liebevoll streichelte er ihr den Po. Dann spürte er, wie sich etwas Warmes um seinen Schaft legte, an ihm auf und ab glitt. Oh, sie wusste wirklich, was ein guter Handjob war. Aber dabei blieb es nicht. Ein zarter Kuss bedeckte seine

Spitze, und ein Schauer purer Lust strömte in seinen Unterleib.

Bereitwillig öffnete er die Beine, um ihr Platz zu schaffen. Dann umschloss ihre Hand ein zweites Mal seinen Penis, rieb an ihm, schob die Vorhaut vor und zurück. Nick spürte das Pulsieren seines Blutes. Ihm wurde heiß. Er erkannte die Umrisse ihres Kopfes unter der Bettdecke, beobachtete, wie er sich auf und ab bewegte, da merkte er, dass es gar nicht ihre Hand war, die ihn verwöhnte.

Er dachte an ihre sinnlichen, vollen Lippen und konnte sich bildhaft vorstellen, wie sie ihn umschlossen, an ihm saugten. Maddys Lippen waren von Natur aus sehr rot, schimmerten sanft, so dass es aussah, als würde sie geschminkt zu Bett gehen, aber das war nicht der Fall.

Er liebkoste die prallen Pobacken, beugte sich darüber, bedeckte sie mit Küssen und gab ihnen gleich darauf einen verspielten Klaps, der sie aufstöhnen ließ. Maddy war für alle Spielarten zu haben. Sie behauptete von sich selbst, ein sehr sexueller Mensch zu sein, für den das Lusterlebnis an erster Stelle stand. Und das war für einen verklemmten Kerl wie ihn die beste Therapie, die er sich vorstellen konnte.

Er fuhr die Form ihres Gesäßes mit der Hand nach. Schließlich erreichten seine Finger ihre Scham, die heiß und geschwollen war. Feuchtigkeit benetzte seine Fingerspitzen. Er führte sie zu seiner Nase, sog ihren weiblichen Duft ein und wurde noch erregter. Maddy duftete so gut. Nach Rosen. Betörend!

Vorsichtig zog er die Decke herunter, um sie nun ganz zu betrachten. Ihr Körper war wunderbar schlank, ihre Haut sehr hell, passend zu den natürlich roten Haaren. Er griff nach ihrem Becken, hob sie daran leicht hoch und platzierte sie bäuchlings auf seiner Brust. Nun konnte er zwischen ihre Schenkel tauchen, während ihr Mund sein Glied immer wieder aufnahm. In ihm wuchs das Verlangen, auch etwas für sie zu tun, das genauso schön war wie das, was sie zwischen seinen Beinen tat. Also presste er seine Lippen zärtlich auf ihre Schamlippen, leckte sie sanft, und Maddy stöhnte lustvoll und laut auf. Mit der Zungenspitze tastete er sich ihre Spalte hinauf, bis er die Knospe oberhalb der kleinen Schamlippen erspürte. Erst vorsichtig, dann immer mutiger tippte er mit seiner Zunge gegen diese Stelle, bis er spürte, wie sie anschwoll, größer und praller wurde. Maddys Schamlippen legten sich um seinen Mund, pulsierten heftig, und schließlich spürte er, wie ihre Klitoris anschwoll und sich ihm sehnsüchtig entgegenstreckte.

Er hörte ihren gleichmäßigen, aber schnellen Atem, spürte, wie sich ihre Brüste über seinen Unterleib rieben und ihr Körper immer stärker zitterte, vor Erregung bebte. Nicks Zunge ließ ihn nicht im Stich, während er sie ohne Pause weiter leckte, beschloss er den Reiz des Spiels noch etwas zu erhöhen, indem er mit der Spitze seines Zeigefingers ihre Öffnung umkreiste, was ein unkontrolliertes Zucken ihres Unterleibs auslöste. Eine Weile beobachtete er das Zucken, erfreute sich an ihrem ungestillten, jedoch stetig stärker werdenden Verlangen, bevor er schließlich vorsichtig nur mit der Fingerkuppe in sie drang. Das schien Maddy endgültig verrückt zu machen. Sie stöhnte laut und wackelte mit dem Po, weil sie offenbar nach mehr verlangte. Es erregte ihn, sie so zügellos zu sehen, und er beschloss, ihren Appetit noch etwas weiter anzuregen, indem er sie nur ganz langsam, Stückchen für Stückchen, fütterte. Ihr Unterleib schien in dem Moment, in dem er endlich ganz in ihr verschwunden war, förmlich zu explodieren. Ihre Muskeln umschlossen ihn fest, rieben an ihm. Zu seinem Erstaunen wurde sie noch heißer, so dass er fast glaubte, sich im wahrsten Sinne des Wortes den Finger zu verbrennen.

Angestachelt durch die Bewegung seines Fingers, nahm sie seinen Schwanz immer tiefer in den Mund und passte sich dabei seinem Rhythmus an. Ein heftiges Prickeln fuhr durch seinen Unterleib, denn das war genau sein Rhythmus. Schnell, fest, hart. Er bewegte sein Becken, strebte ihr entgegen, versenkte sich in ihren Mund. Jetzt gab es kein Zurück mehr. Selbst wenn er es gewollt hätte, er hätte jetzt nicht mehr umkehren können. Jede Faser seines Körpers strebte dem Gipfel entgegen. Seine Muskeln spannten sich an, sein Glied zuckte wie wild und er kam gewaltig. In ihrem Mund. Und Maddy nahm das Geschenk begierig auf, um auch ihm gleich darauf eins zu machen. Er konnte ihre Lust auf seiner Zunge schmecken.

Erschöpft blieb sie auf ihm liegen, ihre Scham noch immer in seinem Gesicht. Er schloss die Augen, genoss ihre Nähe und das Gefühl ihres schweißnassen Körpers an seinem. Entspannung, selige Entspannung, suchte ihn heim. Er hätte auf der Stelle einschlafen können. Ein wunderbares Gefühl von Freiheit und Wohlbefinden breitete sich in seiner Brust aus. Sanft legte er die Arme um ihren schlanken Körper, hielt sie fest, fühlte sich rundum wohl.

Da klopfte es plötzlich an ihrer Schlafzimmertür. Maddy und Nick stießen gleichzeitig einen leisen Schrei aus.

»Wer ist das?«, flüsterte sie aufgeregt und kroch schnell unter die Decke.

»Keine Ahnung«, gab er zu, aber ein Schweißfilm bildete sich bereits auf seiner Stirn.

»Hoffentlich kein Einbrecher?«

»Der würde doch nicht anklopfen!«

»Vielleicht ein höflicher Einbrecher?«

»Wohl eher ein dummer.«

Er sprang aus dem Bett, zog sich einen Morgenmantel über und nahm, für alle Fälle, eine leere Vase mit, die er notfalls als Waffe verwenden konnte. Seine Hand umschloss vorsichtig die Klinke, drückte sie dann aber plötzlich herunter, und er war mit einem Satz im Flur, um den Überraschungsmoment voll auszunutzen.

Eine kleine Gestalt wich erschrocken vor ihm zurück, prallte gegen die Kommode und drohte fast zu stürzen. Diese wuschligen Haare kannte er doch.

»Cynthia?«, fragte er fassungslos.

»Wer denn sonst?«

»Wie kommst du hier rein?«

Sie klimperte mit einem Schlüsselbund. Richtig, seine Ersatzschlüssel, die er ihr anvertraut hatte. Darauf hätte er wirklich kommen können.

»Wieso machst du denn nicht auf, wenn ich bei dir klingle?«

»Weil ich bereits im Bett lag.«

»Ich klingle doch nicht ohne Grund um diese Uhrzeit bei dir!«

In dem Moment ging die Schlafzimmertür auf und ein süßer Rotschopf lugte heraus. »Könntet ihr vielleicht etwas leiser sein«, bat Maddy und hob grüßend die Hand in Cynthias Richtung. »Abend.«

Kaum war Maddy wieder verschwunden, packte Cynthia ihren Bruder am Arm und zog ihn ins Wohnzimmer. »Was macht die denn hier?«

»Ich bin mit ihr verlobt, schon vergessen?«

»Okay. Alles klar.« Sie hob die Hände, atmete einige Male tief durch und versuchte sich zu beruhigen.

»Verrätst du mir erst mal, was du um kurz vor Mitternacht von mir möchtest, das auf keinen Fall bis Morgen Zeit gehabt hätte?«

Sie setzten sich.

»Ich habe heute deinen Geschäftspartner getroffen, und der hat so komische Andeutungen gemacht, wegen meines Jobs. Er sagte, ich solle dich dazu befragen.«

Er winkte ab. »Nichts zu danken, das hab ich gern für dich getan. Schließlich hatte ich drei Wünsche frei.«

Er sah ihr an, dass sie total auf dem Schlauch stand. »Das war Teil meines Deals mit Herrn Mandrake.«

»Ich verstehe nur Bahnhof, Nick. Haben dein Liebchen und du getrunken?«

»Sie ist meine Verlobte, meine zukünftige Ehefrau und Mutter meiner Kinder.« Er legte alle Überzeugungskraft in seine Stimme, was nicht allzu schwer war, da er bereits wusste, dass es so kommen würde. Auch das war Teil seines Wunsches gewesen.

»Nick, ich bitte dich, sag mir endlich, was hier gespielt wird, okay? Dann verschwinde ich auch wieder und lasse dich und deine ›Verlobte‹ allein.«

Er atmete tief durch. Vom Gefühl her wusste er, dass ihr nicht gefallen würde, was er ihr zu sagen hatte. Er wusste aber genauso, dass er ihr nur schwer etwas vormachen konnte. Sie würde es merken, wenn er flunkerte. Das hatte sie schon früher.

»Ich habe meine Seele für drei Wünsche verkauft«, sagte er unumwunden und erwartete das schlimmste Donnerwetter, das er jemals gehört hatte. Aber Cynthia lachte. Sie schüttelte sich geradezu, klopfte mit einer Hand auf ihren Oberschenkel und konnte gar nicht mehr aufhören.

»Dann ist dein Geschäftspartner also der Teufel?« Sie prustete erneut los. Nick hingegen fand das alles andere als komisch.

»Ich hatte genug davon, immer nur der gute Freund zu sein, aber nie ein Mädchen abzukriegen, immer nur die Loserstraße langzufahren. Das sollte endlich aufhören. Glaub mir, ich habe es mir nicht leicht gemacht. Das auf keinen Fall. Aber wenn du immer nur zurückgewiesen wirst, immer nur einen Korb kriegst, dann bist du irgendwann so frustriert, dass du alles dafür tun würdest, nur um ein bisschen Sex zu bekommen.«

Ihr Lachen verklang, und sie sah ihn wieder an, wischte sich noch eine Lachträne aus den Augen und zwang sich sichtlich zur Ruhe. »Du meinst das wirklich ernst, oder?«

»Natürlich! Welchen Beweis brauchst du noch? Sieh dir Maddy an. Sie ist super! So eine Frau würde mich normalerweise nicht mal mit dem Hintern ansehen. Aber wir sind verlobt. Ich habe mir Geld gewünscht, sehr viel Geld, Cynthia, mit dem ich den Laden auf Vordermann bringe und meine Schulden bezahle.« Er ging zu einem Bild, hängte es ab und öffnete den darunter befindlichen Tresor. Um ihr zu zeigen, dass er die volle Wahrheit sagte, holte er ein paar Geldbündel heraus. Cynthias Augen weiteten sich ungläubig. Er verstaute wieder alles und setzte sich zu ihr.

»Du warst doch bei diesen Kredithaien, hab ich recht.«

»Nein, Cynthia. Es ist so, wie ich es dir sage. Ich habe meine Seele dafür verkauft. Und meinen letzten Wunsch habe ich für dich ausgegeben, damit du endlich Anerkennung für deine Arbeit bekommst.«

»Nein.« Sie schüttelte den Kopf, lachte erneut, dieses Mal aber aus Verlegenheit, weil sie offenbar nicht wusste, was sie glauben sollte. Ihm war klar, wie verrückt seine Worte klingen mussten. Dennoch war jedes davon wahr.

»Okay, nur mal angenommen, dass das alles so stimmt …«

»Es stimmt«, versicherte er.

»… wieso lässt du dich auf einen Handel mit dem Teufel ein?«

»Das habe ich dir doch gerade erklärt. Ich sah einfach keine andere Möglichkeit.«

Sie ließ sich nach hinten sinken und schüttelte den Kopf. »Ich kann das alles nicht glauben. Mein Bruder ist verrückt geworden.«

»Glaub es ruhig. Du wirst sehen, dass es für uns ab jetzt bergauf geht. Du bist bei Henning Advertising. Da wolltest du doch schon immer hin, und ich habe Maddy. Was hätte uns Besseres passieren können?«

Sie schaute ihn lange und nachdenklich an. Ihre Mimik regte sich nicht. Aber er sah ihr trotzdem an, dass es hinter ihrer Stirn arbeitete.

»Deine Seele sollte dir mehr wert sein als das alles zusammen. Ich kann nur hoffen, dass du betrunken bist.«

Kapitel 9

Cynthia war nach dem Gespräch mit ihrem Bruder völlig durcheinander. Woher hatte er das Geld? Wo war er da nur hineingeraten? Und wenn es doch stimmte, was er sagte? Wenn er mit dem Teufel Geschäfte machte? Sie schüttelte den Kopf über diese Absurdität. Es war wohl offensichtlich, dass Nick und seine neue Lebensgefährtin zu tief ins Glas geguckt hatten. Sie lief die Koppenstraße hinunter. Winzige Schneeflocken rieselten auf sie herab. Wahrscheinlich würde es endlich mal wieder eine weiße Weihnacht geben. Nach all den Jahren. Aber bis dahin war noch etwas Zeit, und sie hoffte inständig, dass sich Nicks Probleme in der Zwischenzeit gelöst hatten. Es war besser, wenn sie etwas nachhalf. Nick hatte zwar schon immer ein besonderes Talent dafür gehabt, sich selbst in Schwierigkeiten zu bringen, aus dem Schlamassel wieder heraus war er aber nie von allein gekommen. Sie würde mit dem Kredithai sprechen müssen. Vielleicht konnte sie ihn überzeugen, das Geschäft rückgängig zu machen.

Einige Meter vor sich bemerkte sie einen dunklen Schatten an ihrer Haustür, der mit jedem Schritt, den sie auf ihn zumachte, menschlichere Formen annahm, bis sie schließlich einen Mann im schwarzen Mantel erkannte. Der Geschäftspartner ihres Bruders. Wenn man vom Teufel spricht.

Wie treffend diese Redewendung plötzlich war. Die Frage war nur, was hatte er tatsächlich hier verloren? Woher wusste er überhaupt, dass sie hier wohnte?

»Guten Abend, Cynthia«, sagte er gewohnt freundlich, aber sein Blick ließ sie frösteln, weit mehr, als es der kühle Wind vermochte, der nun die Schneeflocken zu ihnen herübertrieb. Sie setzten sich in sein pechschwarzes Haar, doch schmolzen sogleich.

»Was wollen Sie von mir?«

»Ich hatte das Gefühl, Sie wollten mit mir sprechen.«

Seine Augen blitzten auf. Cynthia wich instinktiv einen Schritt zurück. Plötzlich kam ihr die Vorstellung, er sei der Teufel, gar nicht mehr so verrückt vor.

»Sie können offenbar auch noch Gedanken lesen.«

»In der Tat.« Er verzog keine Miene.

Cynthia schob sich an ihm vorbei zur Haustür und schloss sie auf. Der Wind rauschte in ihren Ohren, die sich inzwischen regelrecht kaltgefroren anfühlten. Auch in ihren Zehen war kein Leben mehr. Sie fing an zu zittern, doch sie war nicht sicher, ob es an der Kälte lag oder an der Gegenwart des Fremden.

»Wir können über alles reden, auch über Ihren Bruder.« Er schob für sie die Tür auf und lehnte sich dagegen. Himmel, dieser Mann war ein Riese. Mindestens zwei Meter groß! Sie wich seinem Blick aus. Ihr war es eigentlich gar nicht recht, ihn mit hinauf zu bitten. Zum einen war sie selbst völlig erledigt und wollte einfach nur noch ihre Ruhe haben, zum anderen war und blieb ihr dieser Kerl äußerst suspekt. Doch er ließ sich, wie sie es erwartet hatte, nicht einfach so abwimmeln und folgte ihr unverfroren die Treppen hinauf.

»Können wir uns nicht morgen treffen?«

»Ich dachte, die Sache sei Ihnen wichtig.«

Das war sie ja auch. Sehr sogar. Als sie vor ihrer Wohnungstür innehielt, stand der Herr Teufel auch schon wieder so dicht hinter ihr, dass sie seinen Atem auf ihrem Nacken spürte. Er war extrem heiß. Viel heißer, als sie es von einem Menschen gewöhnt war. Ein unangenehmes Prickeln schoss ihr durch den ganzen Körper.

»Ich werde Sie vermutlich nicht so schnell los.«

»Richtig.«

Mit einem Klack ging ihre Tür auf, und Cynthia trat ein, dicht gefolgt von einem Teufel in Menschengestalt. »Hängen Sie Ihre Sachen hier auf«, sagte sie und legte selbst ihre Winterjacke und den dicken Schal ab, dann streifte sie ihre Stiefel ab.

»Möchten Sie etwas trinken? Einen Tee vielleicht?«

»Gerne.«

Wenige Augenblicke später saßen sie in ihrem Wohnzimmer. Cynthia hielt ihre dampfende Tasse in der Hand, wärmte sich an ihr und musterte über ihren Rand hinweg den Mann, dessen dunkle Augenbrauen sehr fein und leicht geschwungen waren. Ja, diese spitzen Züge hatten zweifelsohne etwas Teuflisches an sich. Der Gedanke ließ sie ein weiteres Mal frösteln.

Mandrake konnte ihre Nervosität spüren. Ihre leuchtende Aura flackerte wie die Flamme einer Kerze im sanften Wind. Aber das minderte ihre Perfektion in keiner Weise. Er war berauscht von der Lebendigkeit, die ihr inne war. Menschen faszinierten Kreaturen wie ihn. Auch wenn sie sterblich waren. Doch ihre Energien waren so vereinnahmend, dass er nicht anders konnte, als sich zu ihnen hingezogen zu fühlen.

»Fangen Sie an«, forderte er sie auf.

Cynthia knetete nervös ihre Finger.

»Also schön, lassen wir alle Höflichkeitsfloskeln beiseite. Ich möchte Sie bitten, das Geld meines Bruders zurückzunehmen und ihm die Zinsen zu erlassen.«

»Zinsen? Sie glauben immer noch, ich sei ein Kredithai?« Er lachte. Wie süß. »Und ich hatte gehofft, Sie wären schon einen Schritt weiter.«

Seine Bemerkung brachte sie sichtlich aus der Fassung. Sie wusste nicht, wohin sie blicken sollte. Das amüsierte ihn. Dann erhob sie sich, um sich Tee nachzuschenken. Im Stehen war sie kaum größer als er im Sitzen. Dieses Mädchen war winzig. Aber das gefiel ihm. Er mochte kleine Frauen. Sie weckten uralte Instinkte, aber merkwürdigerweise nicht nur den des Jägers, sondern auch den des Beschützers. Dabei war es lange her, seit er das Bedürfnis verspürt hatte, jemanden zu schützen. Er starrte sie eindringlich an, und ihr Blick wich zum Boden aus, ihre vollen Lippen bebten. Aus Unsicherheit. Aber da war noch mehr. Vielleicht Angst.

»Sie wollen mir nicht auch noch weismachen, dass Sie der Teufel sind?«

Er lachte erneut. »Nicht doch, Gnädigste. Wo käme ich da hin?«

Sie schien für einen Moment erleichtert. Genüsslich legte er die Fingerspitzen beider Hände aneinander, wartete, bis sie sich wieder gesetzt hatte. »Ich bin lediglich ein kleines Rädchen im großen Höllengetriebe. Um genauer zu sein, arbeite ich für die Agentur der Lady Ovida.«

Cynthia blickte ihn verständnislos an.

»Aber das müssen wir jetzt nicht näher erörtern. Wichtig ist lediglich, dass Sie mir glauben.« Er hob die geschlossene Faust über den Tisch, und als er die Hand öffnete, tanzten

Flammen auf deren Innenseite. Sie züngelten hoch, doch er hatte sie ganz und gar unter Kontrolle. Es war ein Trick, den er von Dämonen gelernt hatte und der Menschen immer wieder beeindruckte. »Trauen Sie Ihren Augen mehr als Ihren Ohren?«

Als Cynthia die Flammen sah, sprang sie mit einem leisen Aufschrei auf, stieß dabei ihren Stuhl um, der zu Boden fiel, und wich erschrocken zurück.

»Ganz ruhig«, sagte er besänftigend und schloss die Hand wieder. Die Flammen erstickten sogleich.

»Wer sind Sie?«, stammelte sie nervös.

»Mein Name ist Mandrake.«

»Das meine ich nicht. *Was* sind Sie?«

»Cynthia, wie lange willst du dieses Spiel noch weiterspielen? Sollten wir die Zeit nicht besser nutzen, um über die Seele deines Bruders zu verhandeln?«

Ihre Augen weiteten sich vor Entsetzen. Er konnte ihre Gedanken fast simultan aus ihrem Gesicht ablesen. Erst war da Angst, Unsicherheit, dann Unglauben, und schließlich versuchte sie sich wieder hinter einer Schutzmauer zu verbergen, an der alles abprallte, das nicht in ihr Weltbild passte. Doch zu seiner Überraschung brach diese recht schnell wieder auf, und sie schien zu akzeptieren, was ihre Augen längst als wahr angenommen hatten, als sie die Flammen auf seiner Hand tanzen sahen. Genauer gesagt, schien ihr erst jetzt das ganze Ausmaß dieser Wahrheit bewusst zu werden.

»Sie würden darüber tatsächlich verhandeln?«

»Wenn der Preis stimmt, warum nicht?«

O ja, und ihm schwebte bereits ein Preis vor, der ihm tausendmal mehr wert war als diese läppische Seele eines Dummkopfes wie Nick Guthan, dessen Schwester so atemberaubend schön war, dass er sie am liebsten sogleich aus ihrem Pullover und den Jeans geschält hätte.

Seine Worte machten sie nervös, fast so, als ahnte sie, worauf er hinauswollte. Sie lief durchs Zimmer, fuhr sich immer wieder durchs Haar, rieb sich dann die Arme. »Was für ein Preis? Werden Sie doch konkreter, bitte.«

»Deine Seele.«

Sie hielt entsetzt inne, schüttelte erst langsam, dann immer heftiger den Kopf. »Nein. Niemals.«

»Ich meine es anders, als du denkst.«

Mandrakes Blick glitt über ihren Körper, ihre schlanke Taille, die drahtigen Arme, die kleinen Brüste, die so zart und weich wirkten, dass er sie am liebsten gestreichelt hätte.

»Wie meinen Sie es dann?«, fragte sie aufgeregt und setzte zu einer weiteren Runde durch den Raum an. Als sie an ihm vorbeikam, hielt er sie am Arm fest und zog sie zu sich herunter.

»Kannst du dir das nicht denken?«, flüsterte er ihr ins Ohr. Ihr Körper verkrampfte sich, sie versuchte sich zu befreien, doch nur halbherzig, aber er hielt sie fest. »Wo ich herkomme, heißt es, dass Mann und Frau, so verschieden sie auch sein mögen, die Seele des jeweils anderen nur beim Koitus berühren können.« Seine Lippen erreichten fast ihr Ohrläppchen, und er sog ihren Duft tief ein, berauscht von dieser natürlichen Süße. Er wollte sie spüren, ihrer Energie nah sein. Sein Begehren war so stark, dass es drohte, ihn zu überwältigen. Zwischen ihnen war eine Anziehung, Plus und Minus. Sie musste das einfach auch spüren. Sein Angebot war sehr großzügig. Nie zuvor hatte ein Höllenbewohner einer Sterblichen einen derart profitablen Handel vorgeschlagen. Aber Cynthia schien seine Großzügigkeit nicht zu würdigen.

Sie starrte ihn lediglich ängstlich an. Als sie auch noch zu zittern anfing, wurde er zornig und ließ sie los, weil sie offensichtlich nichts verstand! Cynthia taumelte ein paar Schritte zurück, und er erhob sich zu seiner vollen Größe. Sie sollte sich ihm nicht verwehren, sie sollte sich ihm hingeben! Ihm dankbar sein! Stattdessen blickte sie ihn mit Abscheu an. Er hätte sein Angebot auf der Stelle zurückziehen sollen.

Aber der Drang nach ihrem Leuchten war kaum mehr zu ertragen, schwer unter Kontrolle zu halten, doch es gelang ihm.

»Wenn du wüsstest, was mit den Seelen geschieht, die sich in unser Reich begeben, würdest du dich nicht so zieren. Du würdest alles daransetzen, deinen Bruder zu retten.«

Sie wich weiter zurück, dieses unwissende, ängstliche Ding, das nicht begriff, welche Chance er ihr eröffnete.

»Sei nicht dumm, Mädchen. Du hast es in der Hand, deinen Bruder vor einem grausamen Schicksal zu bewahren. Die Dämonen ernähren sich von eurer Seelenenergie, sie verleiben sie sich ein, bis nichts mehr von euch übrig ist. Und das, was Nick einst ausmachte, wird für immer verschwunden sein.«

Tränen liefen ihr über die Wangen, und er konnte nicht länger widerstehen, wollte sie in den Arm nehmen, sie berühren, ihren Körper an seinem spüren, doch sie stieß ihn weg.

»Lassen Sie mich, Sie … Ungeheuer.«

»Willst du deinen Bruder ins Verderben stürzen?«

»Nein!«, schrie sie ihm entgegen. Ihre Stimme überschlug sich fast vor Wut und Angst.

»Dann hast du keine andere Wahl, als dich mir hinzugeben. Mein Angebot steht.« Er streckte ihr die offene Hand entgegen.

Kapitel 10

Cynthia knabberte nervös an ihren Fingernägeln und bemühte sich vergeblich, sich auf ihre Arbeit zu konzentrieren. Hoffentlich war es kein Fehler gewesen, seine Hand anzunehmen! Wie sollte sie jetzt noch an etwas anderes denken als an diesen verfluchten Deal?

Die Jalousien waren heruntergelassen, niemand konnte von außen in ihr Büro blicken. Das beruhigte sie ein bisschen, denn sie fühlte sich plötzlich verfolgt und beobachtet. Jedes noch so kleine Geräusch ließ sie zusammenschrecken. Die Nacht war äußerst unruhig gewesen. Sie hatte zwei Schlaftabletten genommen, die aber nur bedingt gewirkt hatten. Jetzt fühlte sie sich wie gerädert und zugleich aufgeputscht, wie nach einem starken Kaffee. Sie hätte sich eigentlich auf ihren Termin vorbereiten sollen, stattdessen recherchierte sie im Internet über Dämonen, Teufel und Seelenverkäufe. Eben alles, was ihr zu dem Thema einfiel und das ihr vielleicht einen anderen Ausweg eröffnete als den, den sie gestern Nacht eingeschlagen hatte. Aber zu ihrem Unglück waren die meisten Seiten nicht zu gebrauchen.

Vor Ansgar Henning hatte sie auch keine besonders gute Figur gemacht. Sie hatte abwesend gewirkt, als sie den Vertrag unterzeichnet hatte, ihm kaum zugehört, weil sie mit den Gedanken ständig bei diesem Mandrake war. Hoffentlich bereute der Big Boss seine Entscheidung nicht, sie eingestellt zu haben.

Sie gab einige Begriffe in die Suchmaschine ein, fand aber letztlich nur ein paar Informationen zu Filmen und Büchern, die sich mit dem Thema befassten.

Und schuld an allem war mal wieder ihr unverantwortlicher Bruder! Kaum zu glauben, dass dieser Mann stramm auf die dreißig zuging! Wie konnte man nur so dumm sein und seine Seele verkaufen? Er hätte sich doch denken können, dass das böse ausgehen würde. Und jetzt steckte sie auch noch mittendrin in dem Schlamassel, hatte nun ihrerseits einen Deal mit diesem Teufel. Allein der Gedanke, sich ihm heute Nacht hingeben zu müssen, um so Nicks Seele frei zu bekommen, ließ sie erschauern. Sie schluckte die aufsteigenden Tränen hinunter. Himmel, sie saß wirklich mächtig in der Patsche. Das Schlimmste war, sie konnte sich niemandem anvertrauen. Jeder, dem sie ihre Geschichte erzählte, würde sie für verrückt halten. Und das völlig zu Recht. Sie würde solch eine abstruse Story auch nicht glauben, sondern an dem Verstand der anderen Person zweifeln.

Sie war also völlig allein.

Beim zufälligen Blick auf die Uhr ihres Desktops erschrak sie. In einer halben Stunde war Hubert Graun hier. Und der wollte Ergebnisse sehen. Sie musste sich ranhalten, wenn sie ihren Job nicht nach dem ersten Tag wieder verlieren wollte.

Rasch ging sie ihre Unterlagen durch, und es gelang ihr tatsächlich, wenn auch nur für kurze Zeit, Mandrake aus ihren Gedanken zu verbannen. Gegen zehn empfing sie Herrn Graun, der inzwischen um die fünfzig war, aber dafür sehr fit aussah, so dass man ihn gut und gern zehn Jahre jünger schätzte. Zu seiner Zeit als Leichtathlet hatte er viele bedeutende Erfolge errungen, mehrere Meisterschaften gewonnen, und selbst heute noch war er vielen Menschen ein Begriff. Sein Name stand für Leistungsfähigkeit, für Energie und trotz seines Alters für Jugendlichkeit. Man hatte ihn als den sympathischen Helden des Stabhochsprungs gefeiert, heute war er Geschäftsmann und Bodyline nur eins von vielen Projekten.

Cynthia stellte ihm einige kurzfristige Änderungen ihres Konzepts vor, auch erste Entwürfe aus der Kreativabteilung lagen für ihn bereit. Graun war begeistert. Es gelang ihr, ihre Nervosität so gut zu verbergen, dass er nicht das Geringste merkte. Die Sache war schnell beschlossen, und die ersten Prospekte gingen in Druck. Graun war zufrieden. Was wollte sie mehr?

Kurz nachdem er gegangen war, kehrten ihre Sorgen und Ängste zurück. Aber was konnte sie tun? Sie hatte sowieso keine Wahl.

Der Tag verging viel zu schnell, und ihr graute davor, nach Hause zu gehen. »Gleich am ersten Tag Überstunden? Das nenne ich vorbildlich«, meinte Tom, der ihr einen kurzen Besuch in ihrem Büro abstattete, bevor er selbst Feierabend machte. Wenn der wüsste, warum sie hier bis 19 Uhr saß. Nur sehr widerwillig machte sie sich auf den Heimweg. Misstrauisch beäugte sie die Menschen in der U-Bahn, als könnte jeder von ihnen ein Dämon sein. Sie spielte mit dem Gedanken, für ein paar Tage bei Anna einzuziehen. Aber auch das löste das Problem nicht, sondern schob es lediglich auf. Es gab kein Entrinnen vor Mandrake, solange sie ihren Bruder retten wollte. Und das wollte sie! Beides war eng miteinander verknüpft. Sie ging die Koppenstraße hinunter, wich den Jugendlichen aus, die sich mit Schneebällen bewarfen, und fasste schließlich einen Entschluss. Augen zu und durch. Eine andere Möglichkeit gab es nicht. Vielleicht würde es ja gar nicht so schlimm werden. Mandrake sah zumindest nicht unappetitlich aus. Unter anderen Umständen hätte sie ihn sogar äußerst attraktiv gefunden und sich gefreut, wenn ein Mann wie er sich für sie interessierte. Sie schloss die Haustür auf und war wild entschlossen, alles Nötige zu tun, um Nicks Seele freizukaufen! Doch zuvor brauchte sie unbedingt ein heißes Bad. Sie war erschöpft, hatte kaum noch Energie. Eine kurze Verschnaufpause wäre jetzt genau das Richtige. Kaum hatte sie ihre Wohnung betreten, eilte sie ins Badezimmer und ließ warmes Wasser in die Wanne ein. Wer wusste schon, wie viel Zeit ihr zur Entspannung blieb, bis Mandrake klingelte. Entspannung. Sie zweifelte, ob sie sich überhaupt würde entspannen können, angesichts ihrer ungewöhnlichen Situation. Zumindest würde sie es versuchen. Der Badezusatz aus Wildrosenblättern würde ihr dabei behilflich sein. Sie streifte ihre Bürokleidung ab und betrachtete sich in dem Standspiegel, den ihr Vormieter zurückgelassen hatte. Darin sah sie eine kleine Gestalt in brauner Spitzenunterwäsche mit schmalen Schultern. Ihr Gesicht sah unendlich müde und die Augen sehr traurig aus. Nein, das war kein schöner Anblick, aber es zeigte die Realität. Ihre Ängste. Die heiße Luft beschlug die spiegelnde Fläche. Eine milchige Schicht zog sich erst über die Ränder des Spiegels und breitete sich zur Mitte hin aus, so dass es aussah, als wäre ihr Gesicht eingerahmt. Da bemerkte sie einen Schatten direkt hinter sich, als würde jemand über ihre Schulter in den Spiegel schauen. Ihr Herz setzte vor Schreck einen Schlag aus, und sie drehte sich um. Doch da war niemand. Sie war allein. Cynthia versuchte sich zu beruhigen, schob alles auf ihre Anspannung und ihre Nerven, und als sie wieder in den Spiegel blickte, war dieser vollständig beschlagen, so dass sie nichts mehr erkennen konnte. Auf zittrigen Beinen ging sie zur Wanne und stellte das Wasser ab. Ein merkwürdiges Gefühl stieg in ihr hoch. Das Gefühl, nicht allein zu sein. Verunsichert sah sie sich um, doch das Badezimmer war leer. Sie war die einzige Person in diesem Raum. Ein kühler Luftzug strich über ihren Bauch, hinauf zu ihren Brüsten. Durch den dünnen Stoff ihres Spitzenhemdchens zeichneten sich ihre Brustwarzen ab. Merkwürdig. Wie konnte sie hier frieren, wo es doch so warm war, dass selbst der Spiegel beschlug?

Sie schlüpfte aus ihrer Unterwäsche und stieg in das heiße Wasser, das nach Wildrose duftete. Herrliche Wärme umfing sie. Mit einem leisen Seufzen lehnte sie sich zurück und schloss die Augen. Ihr gelang es tatsächlich, sich zu entspannen. Das heiße Wasser lockerte ihre Muskeln, löste die Anspannung. Wie gut das tat. Fast vergaß sie den Grund für ihre Aufregung, als plötzlich Wasser in ihr Gesicht spritzte. Cynthia riss die Augen auf. Vor ihr war ein düsteres Gesicht. Und die Augen eines Killers!

Sie stieß vor lauter Schreck einen lauten Schrei aus, der wahrscheinlich durch das ganze Haus hallte. Plötzlich lag eine schwere Hand auf ihrem Mund, die jeden weiteren Laut erstickte. In Panik saugte sie sich an seiner Handfläche fest.

Mandrake hockte neben der Wanne auf dem Boden. Ein Schatten lag über seinen Augen, die förmlich glühten. Und er war nackt! Völlig nackt. Cynthias Herz schlug ihr bis zum Hals. Wie war er hier reingekommen? Und was hatte er jetzt vor? Das sah verdammt nach einem Überfall aus, und sie wusste, wie so etwas endete. Die Zeitungen waren voll von solchen Berichten.

Sie versuchte, sich aus seinem Griff zu befreien, riss mit beiden Händen an seinem Arm, um ihn wegzudrücken. Da verstärkte sich sein Druck auf ihren Mund, und er drückte sie noch tiefer ins Wasser, so dass sowohl seine Hand als auch ihr Mund unter der Oberfläche verschwanden und sie nur noch durch die Nase atmen konnte. O Gott, hoffentlich würde sie dieser Typ nicht umbringen!

Doch zu ihrer Überraschung schüttelte er plötzlich den Kopf, fast so, als hätte er ihre Gedanken gelesen. Dann legte er den Zeigefinger seiner freien Hand auf seine Lippen und deutete ihr an, ruhig zu sein. Sie wusste, dass er viel stärker war als sie und dass er sie jederzeit wieder in diese unangenehme Lage bringen konnte, wenn er es wollte. Also gab sie nach und nickte ihm zu, als Zeichen dafür, dass sie verstanden hatte. Er gab sie tatsächlich frei. Cynthia rutschte wieder hoch, schnappte nach Luft, langte schnell nach einem kleinen Handtuch vom Haken und hielt es sich vor die Brüste. Alle weiteren pikanten Details verschwanden unter der dicken Schaumdecke, die auf dem Wasser schwamm.

»Wie bist du hier hereingekommen?«, fragte sie atemlos.

»Glaubst du ernsthaft, jemand wie ich ist auf Türen angewiesen?«

Seine Miene hellte sich auf, und er lachte sogar. Offensichtlich amüsierte ihn ihre Frage. Das ärgerte sie. Noch mehr ärgerte sie allerdings, dass er sie auf so unglaublich sexy Weise anschaute. Seine Augen wirkten plötzlich wie verwandelt, konnten Eis zum Schmelzen bringen, da war sie sicher. Aber Cynthia wollte sich von seinem guten Aussehen nicht täuschen lassen. Was immer dieser Kerl war, er war gefährlich. Und er hatte Kräfte, von denen sie nicht mal zu träumen wagte.

Seine Hand glitt ins Wasser. Andächtig strich er ihr über den Oberschenkel, ganz selbstverständlich, so als gehörte er ihm. Cynthia zuckte zusammen und wollte sich ihm entziehen, aber ein strenger Blick genügte, und sie gab es auf. Es war besser, ihn nicht zu provozieren, sonst endete sie noch als Wasserleiche. Auch wenn seine Berührungen eigentlich sehr zärtlich waren, verkrampfte sie sich ganz automatisch.

»Du hast schöne Beine, lang und schlank. Und deine Haut fühlt sich herrlich seidig an.«

Sie kniff die Augen zusammen und verkrampfte sich noch mehr, als seine Hand etwas weiter nach oben wanderte. Ihre Entschlossenheit, die Sache durchzuziehen, war dahin. Zunichte gemacht durch sein plötzliches Auftauchen, das sie daran erinnerte, es mit keinem menschlichen Wesen zu tun zu haben, sondern etwas anderem, etwas Bösem!

Es fehlte nicht viel und er würde ihre Scham unter dem Schaum ertasten. Sie spürte, wie sich jeder verdammte Muskel in ihrem Körper bis zum Zerreißen anspannte, wie sie starr vor Schreck wurde, die Luft anhielt. Ihre Blicke trafen sich, doch Cynthia konnte nicht lange in seine Augen sehen. Sie machten ihr Angst. Nicht nur wegen ihrer Kälte, sondern auch, weil sie zugleich feurig blicken konnten. Was paradox war, doch für ein Wesen wie ihn nicht unmöglich. Augen zu und durch, erinnerte sie sich. Es war nur für ein kleines Intermezzo, danach war alles überstanden und Nick wäre frei. Sie schloss die Augen, dachte sich an einen anderen Ort und versuchte, das Hier und Jetzt einfach nur zu überstehen. Das Wasser bewegte sich, bildete winzige Wellen, das spürte sie an ihren Schenkeln, aber dann merkte sie auch, dass er seine Hand aus der Wanne zog. Irritiert blinzelte sie und sah, wie er sie wieder auf den Wannenrand legte. Was hatte das zu bedeuten?

Es schien, als merkte er sehr genau, dass sie eigentlich gar nicht von ihm berührt werden wollte. Dass sie Angst vor ihm hatte. Er konnte sie nehmen, wenn er es wollte. Daran gab es keinen Zweifel. Er hatte die Macht dazu. Vielleicht konnte er sie sogar willenlos machen oder ihre Gedanken manipulieren. Was immer Wesen wie er vermochten. Aber nichts davon geschah. Er sah sie lediglich an. Und er schien ihren Willen zu respektieren. Das hatte sie nicht erwartet. Nicht nach diesem unglücklichen Start. Sie blickte ihm noch einmal in die Augen, und dieses Mal meinte sie, etwas wie Sehnsucht darin zu erkennen. Das war mit Sicherheit das Letzte, was sie erwartet hatte. Es überraschte sie, machte es ihn doch menschlicher.

»Möchtest du es dir noch einmal anders überlegen?«, fragte er sanft.

Cynthia atmete tief durch. Wenn sie ehrlich war, war ihre Antwort ja. Aber dann dachte sie an Nick, der verloren wäre, wenn sie jetzt kniff. Sie erinnerte sich an Mandrakes Worte. Dämonen sogen die Astralenergie der Seelen auf, zerstörten sie dadurch, so dass alles, was Nick ausmachte, für immer verschwand. Das konnte sie nicht zulassen! Dieses Schicksal ängstigte sie mehr, als es Mandrakes Berührungen je vermochten.

»Ich bleibe dabei«, sagte sie, überrascht davon, wie entschlossen sie plötzlich klang.

»Dann fürchte dich nicht vor mir«, flüsterte er, und seine Stimme klang wie die eines Engels. So warm, so ruhig, ja sogar freundlich. Wer diese Stimme hörte, der käme niemals auf die Idee, es mit dem personifizierten Bösen zu tun zu haben. Aber wer sagte, dass das Böse nicht in verschiedenen Gewändern auftrat?

Seine Hand tauchte erneut ins Wasser, und wieder strichen ihr seine Finger über die Haut. Ganz sanft, ganz zart. Cynthia fing an zu zittern. Doch zu ihrem Erschrecken nicht nur aus Angst. Es fühlte sich tatsächlich gut an, jetzt, da sie sich ehrlich darauf einließ. Er war behutsam, vorsichtig, geradezu liebevoll, als ginge es ihm tatsächlich um sie und darum, dass sie sich wohlfühlte.

Seine Hand glitt auf die Innenseite ihres Oberschenkels. Dort verweilte sie. Es schien, als wartete er tatsächlich auf ein »Ja« oder »Nein« von ihr. Aber Cynthia war selbst viel zu überrascht, welche starken Reaktionen seine Berührungen plötzlich in ihr auslösten, dass sie gar nichts sagen konnte. Und weil sie nichts einwandte, fuhr er fort.

Sie hörte seinen geräuschvollen Atem, während seine Fingerspitzen über die Innenseite ihres Schenkels strichen. Wo immer sie waren, hinterließen sie ein sanftes Kribbeln, das sich nach und nach in ein immer heftiger werdendes Prickeln verwandelte. Sanfte Wellen entstanden durch seine Bewegungen. Sie schwappten hinauf zu dem Handtuch, das noch immer ihre Brüste vor seinem Blick verbarg. Cynthia krallte sich in den Stoff, aber sie merkte, dass ihre Finger allmählich locker ließen und sich entspannten, wie auch der Rest ihres Körpers.

Wie weit würde er tatsächlich gehen? Wo würde es enden? Sie hatte nicht die geringste Ahnung, was genau er vorhatte, sie wusste nur, dass sich seine Hand an ihrer Scham viel besser anfühlte, als es vernünftig war. Als er auch noch ihre Klitoris fand und diese mit seinem Zeigefinger reizte, zuckte Cynthia so heftig zusammen, dass das Wasser über den Wannenrand und in ihr Gesicht spritzte. Das Handtuch fiel herunter, saugte sich voll und ging unter. Nun war sie schutzlos. Er konnte alles sehen. Der Schaum war zu den Rändern ausgewichen, das Handtuch lag im Wasser. Warme Luft strich über ihre nackten Brüste, die sich bei jedem Atemzug leicht bewegten.

Ein Lächeln umspielte seine Lippen, als er ihre Brüste ausgiebig betrachtete. Es machte sie äußerst nervös, sie wusste nicht, ob sie ihm in die Augen oder doch besser ganz woanders hinsehen sollte, damit er nicht auf falsche Gedanken kam. Aber da entdeckte sie etwas, was ihre Aufmerksamkeit fesselte. Drei lange Narben auf der linken Seite seines Halses. Zuvor waren sie vermutlich von seinen Haaren verdeckt gewesen, so dass Cynthia sie nicht bemerkt hatte. Interessiert musterte sie die vernarbten Striemen, die wie das Andenken an einen Kampf mit einem Raubtier aussahen. Sie hatten eine bläuliche Färbung angenommen. Der kühle Ton passte zu seiner schneeweißen Haut. Alles an ihm sah kalt aus. Besonders diese stahlblauen Augen.

»Meine kleine süße Sklavin«, sagte er liebevoll, »du solltest nicht so schreckhaft sein.«

»Ich bin nicht deine Sklavin.« Sie seufzte. Alles in ihr wehrte sich gegen diese Vorstellung. Sie wusste sehr genau, dass er eigentlich Sexsklavin meinte. Eine Frau, die einem Mann jederzeit zur Verfügung stehen musste, wenn er es wollte. Nein, danke!

Er lachte erneut. »Nur so kannst du deinen Bruder retten.« Sie presste die Lippen fest zusammen und hätte Nick am liebsten verflucht. Dieser Dummkopf wusste nicht einmal, in welche Schwierigkeiten er nicht nur sich, sondern auch sie brachte.

»Entspann dich, lehn dich zurück.«

Sacht drückte er mit einer Hand gegen ihre Schulter. Sie

ließ sich nach hinten sinken, aber nur widerwillig, denn sie ahnte, dass er nun weiter gehen würde als bisher. »So ist es gut«, lobte Mandrake sie und beugte sich über die Wanne, so dass sein Kopf über ihren geöffneten Beinen schwebte. Seine langen Haare tauchten ins feuchte Nass.

»Da dies unser erstes Mal ist, will ich dir einen Vorgeschmack auf all das geben, was dich erwartet. Du wirst erkennen, dass ich ein sehr leidenschaftlicher Liebhaber bin, der dir jeden Wunsch erfüllt, und sei er noch so geheim.« Sein Lächeln wurde breiter und teuflischer. Unser erstes und einziges Mal, dachte Cynthia und fragte sich, was er vorhatte. Sie war unglaublich nervös, presste instinktiv die Beine enger zusammen. Da tauchte sein Kopf vollständig ins Wasser. Das dunkle Haar schwamm wie Vlies an der Oberfläche, bewegte sich, als hätte es ein Eigenleben, und dann spürte sie seine heißen Lippen an ihrer Scham. Cynthia erschrak über die Hitze, die sie ausstrahlten, und darüber, dass sie genau die richtigen Stellen berührten, um ein sinnliches Prickeln in ihr auszulösen. Das alarmierte sie. Sie wollte in dieser Situation nicht die Kontrolle verlieren. Er mochte sie gebrauchen, wie sie es abgesprochen hatten, doch verführen wollte sie sich nicht lassen. Das würde ihre eigene Position schwächen. Noch dazu war er ein verfluchter Dämon, eine Ausgeburt der Hölle! Von solch einer Kreatur wollte sie sich am besten gar nicht erst berühren lassen.

Es war besser, wenn sie ausstieg, denn es verwirrte und beunruhigte sie, dass ihr Körper so erregt auf die Dienste des Dämons reagierte. Aber noch ehe sie den Entschluss fasste, es tatsächlich zu tun, legte sich eine schwere Hand auf ihre Schulter und übte genügend Druck auf sie aus, um sie in ihrer Position zu halten. Nasse, kräftige Finger gruben sich in ihr Fleisch. Sie keuchte auf. Ein süßer Schmerz jagte durch ihren Körper. Es kam ihr vor, als hätte er ihre Gedankengänge mitverfolgt, weil er nun verhinderte, dass sie sich davonmachte. Aber konnte das wirklich sein? Konnte er wirklich ihre Gedanken lesen? Das würde sie noch mehr erschrecken. Aber es ging hier nicht um sie, erinnerte sie sich. Sondern vor allem um Nick, für den sie das alles hier tat. Nur sie konnte seine Seele retten, und es war an ihr, jetzt die Zähne zusammenzubeißen und verdammt noch mal alles daranzusetzen, dass ihr das auch gelang.

Zu ihrem Unglück wusste Mandrake sehr genau, was er tat. Es schien fast, als steckte er in ihr, als spürte er ihr Verlangen. Flink umschmeichelte seine Zungenspitze ihre Klitoris, spielte mit ihr, reizte sie, bis das Prickeln in ihrer Mitte unerträglich wurde. Cynthia versuchte sich gegen die Gefühle zu wehren, stattdessen öffneten sich ihre Beine wie von selbst, als hätte sie die Kontrolle über sie verloren, als machte ihr Körper, was er wollte.

Sie sank tiefer ins Wasser. Sanfte Wellen trieben zu ihr herüber, benetzten ihre kleinen Brüste, die aus dem Wasser ragten, während Mandrake sie unermüdlich, ohne Pause, leckte.

Wie lange war er jetzt schon dort unten? Sie konnte es nicht mit Bestimmtheit sagen. Doch allmählich machte es sie nervös, dass er nicht wieder auftauchte. Sie beobachtete die kleinen Luftbläschen, die nach oben stiegen und an der Oberfläche zerplatzten. Seine Zunge tauchte in ihre Enge, liebkoste ihre Pforte, glitt über ihre Schamlippen. Wieder und wieder.

Das Prickeln wurde stärker, immer heftiger, ihre Beine zuckten unkontrolliert. Cynthia schloss die Augen, versuchte an etwas anderes zu denken, aber das war unmöglich. Sie war diesen süßen Gefühlen buchstäblich ausgeliefert. Ein letztes Mal leckte Mandrake über ihre Scham, und es kam ihr gewaltig. Cynthia hielt den Atem an, erschrocken über das Ausmaß ihres Höhepunktes, der sich immer mehr steigerte, bis er in einer Art Explosion mündete. Erschöpft sank sie ins Wasser zurück, ließ den süßen Schauer über sich ergehen, während Mandrake an die Oberfläche zurückkam. So stark hatte sie noch nie zuvor empfunden. Das mussten dämonische Kräfte gewesen sein! Sie war noch immer atemlos und schockiert von der Intensität. Mit einer Hand strich er sich das nasse Haar aus dem Gesicht und blickte sie triumphierend an. Keine Spur von Luftnot. Ein Wesen wie er musste einen äußerst langen Atem haben.

Er ließ sich wieder auf den Boden sinken, legte die Arme auf den Wannenrand und starrte sie erneut mit seinen durchdringenden Augen an. Es schien, als erwartete er eine Art Feedback, doch ihr schneller Atem, das Beben ihrer Brüste und die geröteten Wangen schienen ihm Bestätigung genug.

»Morgen Nacht wirst du dich bei mir revanchieren, schöne Cynthia«, kündigte er an und erhob sich. Er kam ihr wie ein Riese vor, der fast bis zur Decke reichte. Sein Körper war unglaublich athletisch. Starke Brustmuskeln, ein auffälliges Sixpack.

»Wieso morgen? Ich dachte, mein Bruder sei jetzt frei?«

Er lachte. »Du bist wirklich süß. Aber für die Seele deines Bruders musst du mir deutlich mehr bieten.«

»He, das war so nicht abgemacht!«

»Ich bestimme den Preis, Cynthia. Und du hältst dich besser an meine Anweisung.«

Sie biss sich verärgert auf die Unterlippe. »Wie lange muss ich dir denn zu Diensten sein?«

»So lange, bis ich sage, dass es genug ist.«

»Was? Das kann ja dann noch eine Ewigkeit so weitergehen!«, empörte sie sich.

»Ganz genau.«

Wütend schlug sie mit der Faust ins Wasser, so dass es hochspritzte. Seine Unverfrorenheit brachte sie zur Weißglut. Noch schlimmer war allerdings die Tatsache, dass sie diesen Dämon tatsächlich attraktiv fand und ihr Spiel sehr aufregend gewesen war.

Er beugte sich direkt über sie, griff nach ihrem Kinn und hielt es fest, dass sie seinem Blick nicht ausweichen konnte. Ihr Herz schlug schneller. Direkt vor ihren Augen prangten seine leicht geöffneten Lippen. Und in ihr wuchs der irrationale Wunsch nach einem Kuss. Aber der kam nicht.

»Da ist noch etwas«, flüsterte er. Seine Stimme verursachte eine Gänsehaut auf ihren Schultern und dem Teil ihrer Arme, der über der Wasserfläche lag. »Ich mag es nicht, wenn sich eine Sklavin einem anderen Mann als ihrem Meister hingibt.«

Ihre Augen verengten sich zu Schlitzen. Sie war nicht seine Sklavin! Und sie ließ sich ganz sicher nicht vorschreiben, mit wem sie verkehrte.

»Das gilt insbesondere für diesen Lackaffen, mit dem du im Restaurant warst. Wenn ich seine begierigen Blicke sehe, könnte ich mich vergessen. Und das wollen wir doch beide nicht, oder?«

War das eine Drohung?

»Bis morgen, schöne Cynthia.«

Er drehte sich um und verließ das Badezimmer, nackt, wie er war. Cynthia stieg aus der Wanne, wickelte sich ein Handtuch um und folgte ihm. Aber er war wie vom Erdboden verschluckt. Einfach verschwunden. Sie ging in jedes Zimmer, sah überall nach, aber Mandrake war fort, gleich einem Phantom, einem nicht greifbaren Schatten. Ihr wurde klar, dass sie in ernsten Schwierigkeiten steckte.

Kapitel 11

Ihre Nacht war unruhig, daran hätte sie inzwischen gewöhnt sein sollen. Doch das war nicht der Fall. Entsprechend schlecht war sie am nächsten Morgen gelaunt, als sie den Fahrstuhl knapp verpasste, die Uhr unaufhörlich tickte und die Zeit ihr davonrannte. Heute ging es in den fünften Stock, genauer, in den Konferenzraum von Ansgar Henning. Cynthia war ein bisschen nervös und sich noch nicht ganz im Klaren darüber, was dort eigentlich besprochen werden sollte. Aber sie hatte sich, so gut es eben ging und trotz der schrecklichen Nacht, vorbereitet und sich ihre Mappe mit Entwürfen unter den Arm geklemmt. In fünf Minuten ging es los, und der Fahrstuhl war noch immer nicht unten. Kurzentschlossen sprintete sie die Treppen hoch und kam völlig erschöpft und durchgeschwitzt oben an. Wunderbar, auch das noch! Wenigstens hatte sie immer ein Deo in der Handtasche.

Der Konferenzraum war zur Sonnenseite ausgerichtet und bot elektrische Rollläden, die bei Bedarf heruntergefahren werden konnten. Ein riesiger Tisch dominierte das Zimmer. Hier hatten sicherlich an die zwanzig Leute Platz.

Nach und nach fanden sich Männer und Frauen ein, die sie noch nicht kannte, die aber freundlich grüßten. Schließlich tauchte auch Tom auf, der zielstrebig auf sie zukam und sich neben sie setzte. Ihr fiel auf, wie aufgedunsen sein Gesicht wirkte. Es sah schrecklich aus. Wie ein Ballon.

»Guten Morgen«, grüßte er sie freundlich und lächelte, aber seine Mimik wirkte verzerrt und surreal. Man bekam das Gefühl, sein Gesicht sei um das Doppelte angeschwollen. Auch die anderen Mitarbeiter musterten ihn mit zum Teil mitleidsvollen Mienen. Aber die Blicke schienen ihm zu entgehen.

»Morgen, Tom. Was hast du denn angestellt?«, flüsterte sie.

»Das kam über Nacht. Keine Ahnung, was das ist. Ich habe nachher einen Termin beim Hautarzt. Wahrscheinlich hab ich was Falsches gegessen.«

Oder Mandrake steckte dahinter. Er duldete keinen Nebenbuhler. Das hatte er deutlich gesagt.

»Aber mal was ganz anderes. Was hältst du davon, wenn wir uns noch mal treffen. Unsere Verabredungen standen bisher leider unter keinem guten Stern. Ich würde das alles aber gern vertiefen.«

Er schien ihre Hand greifen zu wollen, aber sie entzog sie ihm rasch. »Nicht doch, nachher ist es ansteckend«, sagte sie eilig, und Tom verstand das Gott sei Dank nicht falsch. Eigentlich hatte Cynthia nicht vorgehabt, sich Mandrakes Regeln zu beugen. Sie war eine erwachsene Frau, die sich nicht vorschreiben ließ, mit wem sie sich traf und mit wem nicht. Aber Toms Gesicht machte ihr doch Sorgen. Was, wenn Mandrake tatsächlich dahintersteckte? War er möglicherweise zu noch grausameren Dingen in der Lage? Noch dazu waren ihre Gefühle für Tom erloschen, seit sie geglaubt hatte, er würde sie hintergehen. Dass das ein Irrtum gewesen war, hatte sie nicht wiederbelebt. Sie fand ihn nett. Mehr aber nicht.

»Ich stelle mir das ganz schön vor. Du, ich, ein tolles

Abendessen, Kerzenschein, eine Flasche Wein.« Er lächelte erneut auf diese grimassenhafte Weise.

»Du, Tom, ich habe einen vollen Terminkalender, ich kann mir einfach nicht leisten, auszufallen.« Sie deutete auf die Schwellungen in seinem Gesicht. Möglicherweise war das ja ein Virus, sie wollte nicht gleich in ihrer ersten Woche krank werden.

»Oh, na gut ... das verstehe ich natürlich.« Er senkte den Kopf. Irgendwie tat er ihr schon etwas leid. Für einen Moment vergaß sie, dass es vielleicht ansteckend war, und wollte ihre Hand auf seine legen, doch noch bevor sie dazu kam, fing er plötzlich an, wie besessen sein stark gerötetes Handgelenk zu kratzen. Die Haut war schon ganz wund, und man sah auf den ersten Blick, dass er an der Stelle schon sehr oft gekratzt hatte. Der Kollege zu seiner Rechten rückte pikiert von ihm ab.

Dieses Mal bemerkte Tom die Reaktion auf ihn, und es schien ihm sichtlich peinlich zu sein. »Vielleicht hätte ich lieber zu Hause bleiben sollen«, murmelte er.

»Ja, das wäre vielleicht wirklich besser gewesen«, gab sie zu, in der Hoffnung, dass er sich vielleicht doch nur eine Hauterkrankung zugezogen hatte. Er seufzte und ließ den Kopf hängen.

»Du, lass uns einfach noch mal drüber reden, wenn du wieder fit bist«, sagte sie aus einem Impuls heraus. Solange das alles auf einer freundschaftlichen Ebene blieb, konnte doch niemand etwas daran aussetzen. Tom lächelte sie dankbar an und nickte.

Da betrat der Big Boss den Raum. »Lassen Sie uns gleich anfangen«, verkündete er, und abrupt wurde es still. Per Knopfdruck auf eine Fernbedienung fuhr er die Rollläden herunter, und an die große weiße Wand wurden Produktbilder projiziert, an denen Ansgar Henning kein gutes Haar ließ, weil sie nicht aus seinem Hause stammten. Die Firma hatte sich nach einer wenig erfolgreichen Kampagne an Henning Advertising gewandt, um ihre Pflegeprodukte wieder gut auf dem Markt zu platzieren. Die alte Kampagne war nach Cynthias Ansicht wenig durchdacht und nicht unbedingt modern zu nennen. In den Achtzigern mochte das funktioniert haben, heute brauchte man mehr Pep.

»Wie Sie sehen, haben wir einiges zu tun«, erklärte Henning, der das Problem erkannt hatte, und fuhr die Jalousien nach der Präsentation wieder hoch. »Ich bin auf Ihre Ideen und Vorschläge gespannt. Wir wollen ein junges, modernes Konzept, das Frauen zwischen achtzehn und fünfundvierzig Jahren anspricht.«

Cynthia blickte sich am Tisch um. Ein Kollege kaute auf seinem Bleistift herum, zeichnete dann ein paar Blümchen auf seinen Notizzettel, während eine andere Mitarbeiterin mehr mit ihrer Frisur als mit der Aufgabenstellung beschäftigt schien.

»Cynthia?«

Sie zuckte zusammen.

»Sie sind doch neu bei uns, vielleicht können Sie mit ein paar frischen Ideen aufwarten?«

»Ja, ich hab etwas dabei.« Sie öffnete ihre Mappe und reichte Ansgar Henning ein paar Entwürfe, die sie heute Morgen noch schnell auf Folie am Frühstückstisch angefertigt hatte. Es waren allgemein gehaltene Skizzen, die sich jedoch auch auf Pflegeprodukte bezogen.

Der Boss studierte ihre Arbeit flüchtig und nickte. »Das ist doch schon mal was, damit können wir arbeiten.«

Er legte die Folien auf einen Overheadprojektor und projizierte die Bilder an die Wand. Es zeigte Frauen mit eher üppigen bis normalen Figuren, die von attraktiven Männern mit den Pflegeprodukten verwöhnt wurden. Cynthias Idee war es, vom schnöden Image der Firma wegzukommen und einen etwas natürlicheren und vor allem sinnlicheren Weg einzuschlagen. Mit umgekehrten Geschlechterrollen gab es etliche Versionen. Doch die normale Durchschnittsfrau wurde in der Werbung so gut wie nie von einem Adonis verführt. Ihre Idee kam bei den Kollegen gut an. Ein zustimmendes Raunen ging durch den Raum. Sie wurde gebeten, ihre Vision zu erklären, und Cynthia redete einfach drauflos. An Ansgar Hennings Gesicht konnte sie sehen, dass er begeistert war.

»Tolles Konzept«, flüsterte Tom ihr anerkennend zu und schien sich ehrlich für sie zu freuen.

Nach der Konferenz war man übereingekommen, dass sowohl an ihrem als auch an zwei weiteren Konzepten gearbeitet würde, die man dem Kunden dann zu gegebener Zeit vorstellte. Cynthia war stolz auf sich und ihren Erfolg. Das hatte sie wirklich gut gemeistert. Die Ideen waren erfrischend, wie Ansgar ihr bestätigt hatte. Cynthia fuhr in den dritten Stock und machte sich auf den Weg ins Büro. Tom folgte ihr und stellte sich schließlich vor ihren Schreibtisch. Er gab eine ulkige Figur ab. Dieses aufgedunsene, dicke und gerötete Gesicht passte überhaupt nicht zu dem ansonsten schlanken, in einem teuren Designeranzug steckenden Körper.

»Ja, was kann ich noch für dich tun?«, fragte sie unverfänglich, da zog Tom seinen Terminplaner aus der Jackentasche und blätterte darin.

»Was wird das jetzt?«, hakte Cynthia nach.

»Ich suche einen Termin für uns.«

»Für uns?«

»Fürs Rizzo.«

Sie begriff und seufzte. Er hatte sie offensichtlich falsch verstanden.

»Wie wäre es Ende dieser Woche. Bis dahin sind die Ekzeme garantiert verschwunden. Und falls nicht, weiß ich dann zumindest, ob sie ansteckend sind oder nicht.«

Seine Hartnäckigkeit beeindruckte sie. Das Treffen schien ihm tatsächlich wichtig zu sein, und ein netter Kerl war er ja auch. Eigentlich sprach nichts dagegen, außer Mandrakes obskure Regeln, an die sie sich aber nicht halten wollte. Außerdem hatte Tom ihr den Job bei Henning Advertising verschafft. Sie konnte ihm jetzt unmöglich einen Korb geben. Zumal er sie aus so hoffnungsvollen Augen ansah, dass es ihr in der Seele weh täte, das zu tun.

»Na schön, meinetwegen«, gab sie nach, und Tom war sichtlich zufrieden. Er grinste von einem Ohr bis zum anderen. Das sah alles andere als gut aus, weil sich seine Wangen ebenfalls verschoben und seine Augen dadurch förmlich zuschwollen. Doch sie zwang sich zu einem höflichen Lächeln. Schließlich konnte er ja nichts für die Entstellung. Jetzt musste sie nur noch zusehen, wie sie das ihrem Dämon beibrachte. Hoffentlich verstand er das Konzept von platonischer Freundschaft zwischen Mann und Frau überhaupt. Und hoffentlich verstand es auch Tom!

Als Cynthia am Abend erschöpft nach Hause kam, stellte sie das Radio an und ließ sich in ihren Schaukelstuhl fallen, um sich zu entspannen. Ihr Nacken schmerzte. Sie knetete ihn vorsichtig und stöhnte dabei leise. Wenn man den ganzen Tag am Computer saß, rächte sich das spätestens am

Abend. Ihre Muskeln waren steinhart und völlig verspannt. Ein leichter Druck legte sich wie ein zu breit geratenes Stirnband um ihren Kopf. Die Musik fing an, sie zu nerven, und sie beugte sich vor, um das Radio wieder auszuschalten, als sie den riesigen Schatten an der Wand bemerkte, der sich unheilvoll über sie schob.

»Sieht so aus, als könntest du heute Abend eine Massage vertragen.« Erschrocken fuhr sie herum und blickte direkt in Mandrakes feine Züge. Er sah wie immer atemberaubend aus, dieser Teufel. Und er konnte schleichen wie eine Raubkatze! Sie hatte nicht die geringste Ahnung, wie lange er schon hinter ihr gestanden hatte.

»Guten Abend, Cynthia. Du hast auf dich warten lassen.« Er klang fast ein wenig beleidigt.

»Ich hatte viel zu tun«, rechtfertigte sie sich.

»Mit diesem Tom, nehme ich an?« Seine Augen blitzten gefährlich.

»Und wenn schon. Er ist ein netter Kerl und ein Kollege.«

»Mit dem Gesicht eines Streuselkuchens«, spottete er.

»Woher weißt du von seinem Ausschlag? Hast du etwas damit zu tun?«

Mandrake zuckte mit den Schultern und setzte eine Unschuldsmiene auf. »Vielleicht«, meinte er vage, doch sichtlich desinteressiert. Für Cynthia war das aber bereits ein Eingeständnis.

»Ich kann das nicht glauben, wieso machst du denn so was? Er hat dir doch gar nichts getan.«

»Er hat sich seine Strafe redlich verdient.«

»Ach ja? Welche Straftat hat er denn begangen?«

»Das fragst ausgerechnet du mich? Er hat dir dein Bodyline-Konzept gestohlen.«

»Unsinn, er hat mich mit ins Boot geholt. Das war sein Plan gewesen.« Tom hatte ihr alles erklärt, und das hatte mehr als glaubwürdig geklungen.

»Nein, ich habe dafür gesorgt, dass sie dich einladen. Es war Nicks Wunsch, und ich habe ihn gern erfüllt, weil du hervorragende Ideen hast, die nicht verschwendet werden dürfen.«

Seine Worte schmeichelten ihr, dennoch war sie immer noch wütend und enttäuscht. Wobei es schwer auszumachen war, ob ihre Wut Mandrake oder Tom galt, der offensichtlich von diesem Dämon manipuliert worden war. Das bedeutete wohl auch, dass er ursprünglich doch vorgehabt hatte, sie zu hintergehen. Konnte sie Tom jetzt überhaupt noch vertrauen? Allmählich verlor sie den Überblick, und ihr anfänglicher Vergleich mit der parallelen Dimension kam ihr wieder in den Sinn, denn so etwas in der Art war es ja auch. Mandrake hatte ihre Realität so weit verändert, dass Tom allen Ernstes glaubte, er hätte von Anfang an vorgehabt, sie für Henning Advertising zu gewinnen. Ihm jetzt noch Vorwürfe zu machen, war sinnlos, denn er würde es nicht verstehen. In seiner Realität hatte er rechtschaffen gehandelt. Dennoch war ihr Vertrauen zumindest angekratzt. Sie würde vorsichtig sein, was Tom Henning anging.

»Ich mache mir jetzt etwas zum Essen«, entschied sie, weil sie allmählich Kopfschmerzen von diesem Durcheinander kriegte, und verschwand in der Küche. Sie musste erst mal einen klaren Kopf bekommen. Außerdem knurrte ihr Magen unerträglich. Sie schlug gerade zwei Eier in die Pfanne, als sie hinter sich seine Anwesenheit spürte. Starke Hände legten sich ihr auf die Schultern, zogen sie nach hinten. Ihr Rücken schmiegte sich an seine warme Brust.

»Davon mal abgesehen, ist es immer noch meine Entscheidung, mit wem ich mich unterhalte, treffe oder ausgehe.«

»Das sehe ich anders«, flüsterte er zärtlich. »Es sei denn, Nicks Seele ist dir nicht mehr so wichtig.«

»Doch, ist sie«, gab sie nach. »Aber dennoch geht es zu weit, dass du Tom entstellst.«

»Ich werde ihm nichts mehr tun, wenn das dein Wunsch ist. Er hat seine Strafe bekommen, und dabei belassen wir es.«

Sie war erstaunt, dass er sich so schnell einsichtig zeigte.

»Lass uns heute Nacht nicht streiten. Ich habe etwas anderes mit dir vor.« Seine weichen Lippen glitten über ihren Nacken. Ein Schauer breitete sich genau an dieser Stelle aus, ging ihr unter die Haut und sorgte dafür, dass sich ihre feinen Nackenhärchen aufstellten.

Cynthia merkte, dass sie eigentlich gar keinen Appetit mehr auf das Omelette hatte, sondern auf etwas ganz anderes. Und das war mehr als unvernünftig! Sie warf die Eier in den Abfalleimer, schaltete den Herd aus und stellte den leeren Teller in die Spüle.

Seine Arme legten sich um ihre Taille, hielten sie fest, so dass sie sich kaum noch bewegen konnte.

»Du machst das mit seinem Gesicht rückgängig?«

»Das wird von allein heilen. Keine Sorge.«

»Aber du lässt ihn von jetzt an in Ruhe?«

»Ja, das sagte ich doch«, erwiderte er zähneknirschend.

Er drängte sie aus der Küche, trieb sie sanft, aber doch bestimmt vor sich her, direkt in ihr Schlafzimmer. Cynthia blickte immer wieder nervös über ihre Schulter, weil sie fürchtete, irgendwo gegenzuprallen. Aber Mandrake lenkte sie gekonnt durch den Flur, und sie blieb erst stehen, als sie das Holzgestell ihres Bettes hinter sich spürte. Hünenhaft ragte er über ihr auf. Er sah gefährlich aus. Die schwarzen Haare umrahmten seine teuflischen Züge, und ein rotes Glühen trat in seine Augen. Ob das Glühen seiner Erregung geschuldet war? Ein einziger Stoß, und sie landete auf weichen Kissen. Sie wollte aufspringen, aber er war schon wieder über ihr, gleich einem bedrohlichen Schatten.

»Das hier«, er fuhr ihr mit der Hand über die Brust, »gehört alles mir.«

Sie erzitterte. Diese Worte, so grausam sie auch waren, lösten nicht die Gefühle aus, die sie sollten. Keine Empörung, keine Wut, nicht einmal Angst. Stattdessen stieg ihr die Hitze in die Wangen. Das war nicht normal!

Auch Mandrake war über seine starken Emotionen verwirrt, die in ihm hochpeitschten, seit er in ihrer Nähe war. Es schien ihn dieses Mal sogar noch stärker zu packen als bei seinem letzten Besuch. Er griff erneut nach ihren Handgelenken und hielt sie über ihrem Kopf zusammen. Sie wehrte sich halbherzig, aber dann schien sie sich ihm ganz zu ergeben, und das weckte ein starkes Verlangen zwischen seinen Beinen und den unwiderstehlichen Drang, sie zu küssen.

Ihr Mund war fast herzförmig. Ihre Lippen wirkten so wunderbar weich, glänzten von ihrem roten Lippenstift. Wie sie wohl schmeckten?

Ja, er wollte sie nehmen. Jetzt gleich. Seine Hose war ihm schon viel zu eng. Doch trotz seiner enormen Erektion wuchs in ihm der Wunsch, zärtlich zu ihr zu sein. Sie zu streicheln, zu berühren, zu liebkosen, ihre samtweiche Haut zu verwöhnen. Er sah in ihr eine Belohnung, die er sich nach einer langen Zeit in der Dunkelheit verdient zu haben glaubte. Ja, dieses Mädchen war sein Lohn, eine Erlösung, ein Weg zurück.

»Nicht so fest, das tut weh.« Ihre Lippen bebten so süß. Und ihre Stimme versagte ihr fast. Es klang nur halbherzig, was sie sagte, aber er lockerte dennoch den Griff um ihre Handgelenke und näherte sich ihr, bis er ihren Atem auf seinem Mund spürte. Cynthia hielt inne, verkrampfte sich am ganzen Körper. Ihre Augen waren geweitet. Ein restliches bisschen Widerstand regte sich in ihnen, doch dieser war gerade im Begriff zu erlöschen.

Sein Mund senkte sich auf ihren, in der Absicht, sie gänzlich zu unterwerfen. Und wie sie schmeckte! Viel besser, als er es sich vorgestellt hatte. So süß, so unschuldig. Vorsichtig öffnete er mit seiner Zunge ihre sinnlichen Lippen, um noch viel mehr von ihr zu erspüren. Cynthia wehrte sich kaum noch.

Mit einem Seufzen ließ sie ihn ein. Mandrake verstand dies als Aufforderung und küsste sie wild und leidenschaftlich, ohne ihre Hände freizugeben. Er legte sich auf sie, aber nicht mit seinem ganzen Gewicht. Ihre Wärme strömte zu ihm hinauf. Sie fühlte sich wunderbar weich und lebendig an. Ja, diese Lebendigkeit zog ihn an. Cynthia war von ihr umhüllt, sie floss durch sie hindurch und in sie hinein. Sie war personifiziertes Licht. Er konnte sich an ihrem Leuchten nicht sattsehen.

»Nein, das darf nicht sein«, unterbrach sie seinen Kuss.

»Warum nicht? Du gehörst mir.« Er lächelte und küsste sie, um es zu beweisen. Erneut erlahmte ihr Widerstand. Dieses Mal sogar schneller als zuvor. Dieses Mädchen wollte von ihm genommen werden, und sie wusste das auch, kämpfte nur noch dagegen an, gegen sich selbst, gegen ihre Begierde. Wenn er mit ihr fertig war, würde sie sich ihm bereitwillig hingeben.

Seine Hand strich über ihren Oberarm. Gänsehaut bildete sich auf ihrer Haut. Cynthia schluckte. Es fühlte sich viel zu gut an.

»Was hast du jetzt vor?«, wollte sie wissen, und ihre Stimme klang fremd in ihren Ohren.

Er lachte leise, und seine Augen funkelten wie zwei Saphire. Sie konnte den Blick nicht von diesen klaren Augen lassen. Sie zogen sie in ihren Bann. Es war hypnotisch.

Hitze stieg ihr in den Kopf. Ihre Wangen prickelten, glühten förmlich. Sie hätte ihn nicht küssen dürfen. Das war ein Fehler gewesen. Ein Kuss war etwas Inniges, etwas sehr Intimes. Und doch hatte es ihr gefallen.

Als Antwort knöpfte er ihr die Bluse auf, befreite die kleinen, festen Brüste, die sich unter dem seidigen Stoff verbargen. Eine Brust umschloss er frech mit der Hand. Cynthia wollte ihn abwehren. Aber das Gefühl seiner warmen Hand auf ihrem Busen gefiel ihr viel zu sehr, als dass sie ernstlich hätte protestieren können. Sie sah ihm in die Augen, verlor sich fast in ihnen und in seiner wohlklingenden sanften Stimme.

»Ich kann deinen Herzschlag spüren. Es schlägt viel zu schnell. Hast du Angst?«

»Ja«, gestand sie.

Seine Stimme war nur ein Hauchen, ein Flüstern, das ihr jedoch durch Mark und Bein ging.

Sanft, aber bestimmt wies er sie an, die Bluse ganz auszuziehen, und Cynthia tat es. Es war, als stünde sie plötzlich unter einem Bann. Sie hatte weder die Kraft noch den Willen aufzubegehren. Sie fühlte sich erschöpft, unfähig, sich zu wehren, schlimmer, sie wollte ihm nichts entgegensetzen. Es prickelte herrlich zwischen ihren Beinen.

»Ihr Sterblichen seid wunderschön«, raunte er andächtig, als er sie in ihrer Nacktheit betrachtete. »Ich will dich ganz erfahren, dich berühren, an meinem Körper spüren …«

Das Wort »Sterbliche« ließ sie erschaudern, erinnerte es sie doch daran, dass sie nicht mit einem normalen Mann im Bett lag. Aber zugleich war es eben auch das, was dieses Zusammensein so aufregend machte. Er war anders.

Er streifte ihr die Hose ab und strich über ihre Nylonstrümpfe. Sie waren schwarz und schmiegten sich wie eine zweite Haut eng an ihre Beine. Das Gefühl des Nylons auf ihrer Haut ließ sie erzittern. Es fühlte sich so hauchdünn wie Spinnenweben an, umschloss ihre Haut, ließ sie nur schwer atmen. Hitze entstand unter seiner Berührung. Angenehme Hitze, die sich bis in ihre Mitte ausbreitete.

»Ah, die hält sicherlich schön warm im Winter«, sagte er, während er mit der Hand die Form ihres Knies nachzeichnete. Das Nylon knisterte und raschelte unter seiner Bewegung.

»Und du trägst sie gern, hab ich recht?«

»Aus praktischen Gründen.«

Sie spürte, wie sich ihre Wangen röteten, wie das Blut in ihr Gesicht stieg, es überall kribbelte und kitzelte.

»Nein, nicht nur. Du liebst es, wenn sie dich umhüllen«, stellte er fest und lachte leise. Seine Hand legte sich zwischen ihre Oberschenkel und berührte flüchtig ihre Scham, die inzwischen so heftig pulsierte, dass Cynthia fast den Verstand verlor.

Sie fühlte sich durchschaut. Einen normalen Mann konnte sie vielleicht täuschen, nicht aber ihn. »Ja, ich mag das Gefühl auf der Haut«, gab sie zu und erinnerte sich, dass sie schon immer ein Faible für Nylon hatte. Als Kind hatte sie heimlich die Strümpfe ihrer Mutter angezogen. In der Pubertät hatte sie Nylonstrümpfe getragen, wenn sie sich selbst befriedigte. Es war ein süßes Spiel gewesen, das jeden Höhepunkt noch etwas süßer gemacht hatte. Niemand hatte von dieser Leidenschaft gewusst.

Mandrakes Gesicht verschwand zwischen ihren Schenkeln. Sie spürte seinen Atem durch das Nylon und den Slip. Er sog ihren Duft ein, seufzte wohlig und blieb einfach nur liegen, während seine Hände auf ihren Oberschenkeln lagen, sie streichelten, so dass sich das Nylon auf ihrer Haut bewegte.

Als er den Kopf wieder hob und sie mit einem unklaren Blick ansah, wirkte er wie berauscht, so als hätte er Drogen genommen.

»Ich verstehe allmählich, was dir am Nylon gefällt. Es fühlt sich wunderbar weich an. Man möchte es immerzu berühren.«

Vorsichtig streifte er die Strumpfhose ab und zwirbelte ein Strumpfhosenbein, bis es sich in ein dünnes Nylonseil verwandelte. »Und es bringt einen auf Ideen.« Plötzlich beugte er sich über sie und schnappte sich ihr Handgelenk. Cynthia erschrak, als sie das Nylon auf ihrer Haut spürte und dieses sich fest um ihren Arm zog.

»Was wird das?«, fragte sie heiser. Sie wusste es längst. Aber sie konnte nicht glauben, dass er das wirklich tat. Sie fesseln. Mit ihren eigenen Strumpfhosen.

»Sklavinnen gehören ans Bett gefesselt. Oder hast du jemals davon gehört, dass eine Sklavin ihren Herrn anbindet?«, fragte er und band auch ihre zweite Hand ans Bettgestell.

»Wir könnten es mal ausprobieren.«

Mandrake lachte und entledigte sich seines Sakkos, des

feinen Seidenhemdes und der Hose. Seine Haut war sehr hell, beinahe weiß wie Schnee. Unter ihr zeichneten sich kräftige Muskeln ab. Die breiten Schultern, die starken Arme und Schenkel und die schmalen Hüften sahen zugegebenermaßen appetitlich aus. Dennoch kehrte Cynthias Nervosität allmählich zurück. Jetzt war sie noch mehr ausgeliefert als am Abend zuvor. Selbst wenn sie es wollte, würde sie sich nicht befreien können. Die Fesselung war echt. Sie zog an den Nylonstrümpfen und spürte, wie stark sie waren. Sie konnte sie nicht einfach zerreißen. Du tust es für Nick, versuchte sie sich zu beruhigen und dazu zu animieren, durchzuhalten.

»Du bist mit den Gedanken woanders«, tadelte Mandrake und stellte sich vor sie, so dass sie ihn in seiner gänzlichen Schönheit sehen konnte. Auch die Narben an seinem Hals fielen ihr auf. Woher die wohl stammten?

Am beeindruckendsten war allerdings sein Glied. Es war sehr groß, sehr dick und stellte alles in den Schatten, was sie an Männlichkeit je zu Gesicht bekommen hatte. Sie zweifelte ernstlich daran, ob sie ihn überhaupt ganz würde aufnehmen können.

Mandrake setzte sich zwischen ihre Schenkel. Seine Hände fuhren unter ihr Gesäß, hoben es leicht an und richteten sie aus, bis er sie in die für ihn ideale Position gebracht hatte.

»Nimmst du kein Kondom?«, fragte sie verunsichert.

Mandrake schüttelte den Kopf. »Keine Sorge, schöne Sklavin, ich trage keinen Samen in mir.«

Noch bevor Cynthia Einspruch erheben konnte, spürte sie seine pulsierende Eichel an ihrer Spalte.

»Es ist verdammt lange her«, sagte er leise. Erstaunlich behutsam drang er in sie ein, fast so, als fürchtete er, ihr wehzutun. Bei dieser Größe war der Gedanke tatsächlich nicht allzu abwegig. Noch viel erstaunlicher war die Tatsache, dass Cynthias Verlangen nun, da sie das Pulsieren seines Glieds spürte, ebenso erwachte. Sie wollte ihn in sich spüren und verstand sich selbst nicht mehr. Normalerweise stand sie nicht auf Bad Boys, aber sie war schon lange nicht mehr sie selbst.

Er drang tiefer in sie, bewegte sich erst langsam, dann immer schneller in ihr, reizte sie mit sachten Stößen, die immer kräftiger und besitzergreifender wurden. Seine Hände lagen auf ihren Brüsten, umschlossen sie ganz und gar, rieben an ihren Nippeln. Mandrake schien genau zu erspüren, wann er sich schneller, wann langsamer bewegen musste. Er war sehr einfühlsam, dennoch hatte er die Oberhand und ließ sie das auch spüren.

Seine Hände glitten über ihren Körper, der nun nicht mehr der ihre, sondern der seine war. Er markierte ihn mit kleinen Kratzern, indem er die Finger zu Klauen formte und sie über ihre Haut streichen ließ. Hatte er etwa lange Nägel? Sie hatte bisher nicht darauf geachtet. Aber nun durchfuhr sie ein Schmerz, der, so verrückt es auch klang, ihr Lust bereitete, ihre Empfindsamkeit steigerte. Alles fühlte sich mit einem Mal intensiver an.

Sie blickte in seine blauen Augen, die merkwürdigerweise gar nicht mehr so blau wirkten, sondern sehr dunkel. Seine Iris hatte sich geweitet, und in der Tiefe dieser unendlichen Schwärze glaubte sie ein rotes Glühen zu entdecken, das in einer feurigen Spirale zu ihr hinaufflammte. Dieses Feuer war es, das ihren Körper zum Glühen brachte. Es breitete sich bis zu ihrer Mitte aus, ergriff Besitz von ihr, ließ ihr Blut kochen. Vor und zurück. Vor und zurück.

Cynthia konnte nicht länger an sich halten, zerrte an den

Fesseln, die sich nur enger um ihre Handgelenke zogen, und dann spürte sie es. Es glich einer Eruption. Ein Vulkanausbruch, dem noch viele kleine folgten, ehe Cynthia erleichtert, aber auch unendlich erschöpft auf ihrem Bett zusammensank.

Mandrake lächelte sie zufrieden an. Sie konnte in seinem Blick sehen, dass es für ihn ebenso schön gewesen war wie für sie. Er band sie los und legte sich neben sie.

»Merkst du nun, dass du keine Angst vor mir zu haben brauchst?«

Sie nickte zögerlich und sah dabei zu, wie er mit der Strumpfhose in seinen Händen spielte, sie langzog, ohne sie zu zerreißen. Er konnte sehr vorsichtig sein, wenn er wollte.

Mandrake beobachtete sie aus dem Augenwinkel, während er sich scheinbar auf das Spiel seiner Finger konzentrierte. Er weidete seine Augen an ihrem leuchtenden Anblick. Menschen waren blind in diesen Dingen. Sie konnten eine Aura nicht sehen, ein paar von ihnen spürten sie vielleicht, aber nur die besonders Empfänglichen unter ihnen. Ein Unsterblicher wie er sah die Welt mit anderen Augen. Er sah die Energien, die durch alles Lebende flossen. Jeder Mensch hatte eine eigene Farbe, die ihn umleuchtete, umhüllte, wie ein durchsichtiger Mantel. Cynthias Farbe war besonders hell, besonders leuchtend, und das war auch der Grund, warum er sich so unglaublich stark zu ihr hingezogen fühlte. Sie war schön. Auf eine andere Weise.

Vielleicht war es falsch, was er tat. Vielleicht war es falsch, seinen Gelüsten nachzugeben. Doch was konnte er tun, wenn solch eine unwiderstehliche Frucht direkt vor ihm auf dem Teller lag?

Ihr Kopf sank an seine Schulter. Er legte die Strumpfhose

beiseite und streichelte Cynthias Wange. Wie müde das Mädchen plötzlich aussah. Als könnte sie auf der Stelle einschlafen.

Ihr friedlicher Anblick beruhigte und besänftigte ihn. Er wäre gern die ganze Nacht hiergeblieben, aber er hatte noch Aufträge zu erledigen, wenn er nicht in Lady Ovidas Ungnade fallen wollte. Er wartete, bis sie eingeschlafen war, dann erhob er sich und trat durch die gläserne Tür auf den Balkon in die Nacht hinaus.

Kapitel 12

Endlich Feierabend. Manchmal hatte Nick das Gefühl, sein ganzes Leben in dem sechzig Quadratmeter großen Laden zu verplempern. Wäre da nicht noch Maddy, er hätte das äußerst beklemmend gefunden. Fast so beklemmend wie den Umstand, dass er seit dem nächtlichen Gespräch mit Cynthia nichts mehr von ihr gehört hatte. Zuerst hatte er gedacht, sie sei noch sauer und würde sich schon wieder beruhigen. Aber nun fing er allmählich an, sich Sorgen zu machen.

»Was ist los mit dir, Liebling?«, fragte Maddy und trat zu ihm hinter die Kasse. Sie stellte sich auf die Zehenspitzen und küsste ihn heiß und innig.

»Es ist wegen Cynthia. Sie lässt nichts von sich hören.«

»Dann sollten wir sie mal zu uns einladen, meinst du nicht?« Ihre dunklen Augen funkelten wunderschön. Er konnte sich in ihnen verlieren.

»Die Idee ist gar nicht so verkehrt.«

»Oh, ich habe eine Menge guter Ideen. Willst du einen Beweis?«

Er lachte leise. Maddy dachte immer nur an das eine. Ehe er etwas antworten konnte, nahm sie ihn bei der Hand, führte ihn ins Büro und gab ihm ein Glas Sekt.

»Lass uns anstoßen«, bat sie und nahm sich ebenfalls ein Glas.

»Wo hast du den denn her?«

»Aus dem Schrank.« Sie deutete in die entsprechende Richtung. Eigentlich war der Sekt für besondere Gelegenheiten. Aber vielleicht war dies ja sogar eine oder würde es zumindest noch werden.

»Und worauf wollen wir trinken?«

»Auf uns natürlich. Dass wir ein unschlagbares Team sind und du der heißeste Mann, den ich jemals in einem Büro verführen durfte.«

»Wie viele hast du denn schon verführt?«, hakte er nach.

Statt einer Antwort gab sie ihm einen Kuss.

Ihre Augen funkelten wie zwei Sterne. Klirrend stießen die Gläser aneinander. Dann nahm er einen kräftigen Schluck. Maddy legte sich derweil auf den Tisch und lockte ihn mit ihrem Finger, bis Nick sich über sie beugte und sie küsste. Mit beiden Händen schob er ihren hautengen Rollkragenpulli hoch und befreite die vollen Brüste, die unter seinen sanften Bewegungen zart wippten. Ihre Brustwarzen hatten sich aufgestellt, und eine Gänsehaut überzog ihren Körper. Vorsichtig fuhr er mit dem Finger die Form ihres Busens nach, bedeckte ihn mit Küssen. Ihre Haut schmeckte noch viel süßer als sonst.

Dann zog er auch ihre Jeans herunter, entblößte ihren Bauch. Maddy hatte einen tollen Körper, schlank, aber an den richtigen Stellen rund. Vorsichtig tastete er nach der Sektflasche, die noch auf dem Tisch stand, und kippte ein paar Tropfen in ihren Bauchnabel. Er hatte das mal in einer Werbung gesehen und immer schon mal ausprobieren wollen. Maddy kicherte.

»Das kribbelt«, sagte sie leise.

»Soll es auch.« Seine Zunge tauchte in ihren feuchten Nabel und schleckte den Sekt auf, dessen winzige Bläschen auf seiner Zunge zerplatzten. Maddys Kichern wandelte sich in ein Lachen. Ihr Bauch bewegte sich ungewollt, und der Sekt trat über den Rand ihres Nabels, lief ihr als kleines Rinnsal über die Seite. Nick beeilte sich, alles aufzulecken, bevor es die Tischplatte erreichte. Erneut zerging ihm der süße Geschmack buchstäblich auf der Zunge. Was war das nur? Honig? Er konnte es nicht zuordnen.

Maddy schnappte sich die Flasche und trank einen großen Schluck.

»He, es wird nicht während der Arbeitszeit getrunken«, mahnte Nick, aber er meinte es nicht ernst.

»Mein Chef drückt bei mir immer ein Auge zu. Außerdem ist jetzt Feierabend.«

Seine Lippen wanderten tiefer, und schließlich erreichte er ihren weißen Slip, auf dem sich ein winziger feuchter Fleck gebildet hatte.

Vorsichtig zog er ihr das Höschen herunter, und zum Vorschein kamen ihre wunderschöne, rasierte Scham und vor Erregung gerötete Schamlippen, die sich bewegten, als würden sie atmen.

Er beugte sich dicht über sie, sog ihren Duft ein und streifte sich rasch seine Jeans und die Unterhose ab.

»Ich werde deine Schwester anrufen und sie einladen«, schlug Maddy vor und steckte sich einen Finger in den Mund. »Das wird sicher wunderschön«, murmelte sie.

Nick war einverstanden und küsste sie. Es war offensichtlich, dass Cynthia nicht viel von Maddy hielt, aber vielleicht würde sich das ändern, wenn sich die beiden Frauen näher kennengelernt hatten.

Maddy stöhnte laut auf, als er in sie drang. Ihr Körper verkrampfte sich für einen kurzen Augenblick, aber dann begann sie sich seinen Bewegungen anzupassen. Mit beiden Händen hielt sie sich am Tisch fest. Nicks Verlangen nach dieser Frau war so groß, dass er sich kaum zurückhalten konnte.

Er bewegte sich schneller, immer schneller, und Maddy fegte mit ihren Armen den Locher, den Stiftebecher und einige Briefe vom Tisch. Ihre feuerroten Haare wirbelten auf, und ihre Brüste wippten im Rhythmus seiner Hüften auf und nieder.

Er hielt sie an der Taille fest, schloss die Augen und gab sich ganz ihrer Leidenschaft hin. »Küss mich!«, rief sie, just in dem Moment, in dem er kam. Er beugte sich über sie, öffnete ihre Lippen zärtlich mit seiner Zunge und schob sie ihr in den Mund. Ehe er es sich versah, spürte er, wie ihre Zähne wild gegen seine schlugen, als wollte sie ihn gänzlich verzehren. Unaufhörlich prickelte es in seinem Hals, und eine starke Hitze stieg in ihm hoch, die sich sogleich in einen eiskalten Schauer verwandelte, als hätte er Fieber. Seine Arme und Beine zitterten, als er sich von ihr hochdrückte und durch den Raum torkelte, als hätte er zu viel getrunken. Der helle Wahnsinn. Maddy lächelte ihn süß an, und er schmolz fast dahin. Aber dann drängte es ihn zur Toilette.

»Ich bin gleich wieder da, rühr dich nicht von der Stelle, meine Schöne«, bat er und eilte hinaus.

»Bravo«, sagte Mandrake und trat aus dem Schatten in Nick Guthans Büro. Die kleine Sukkuba drehte sich erschrocken zu ihm um. Sie hatte seine Anwesenheit offensichtlich nicht erspürt, denn er stand schon eine ganze Weile im Schatten und beobachtete das Paar. Nun zog sich die attraktive Dämonin eilig ihre Kleider wieder an.

»Was suchst du denn hier?«, zischte sie und vergewisserte sich, dass Nick nicht vorschnell zurückkam.

»Ich wollte nur sehen, wie es einer meiner besten Mitarbeiterinnen ergeht.«

»Gut. Sehr gut. Nur dieser Nick langweilt mich.«

»Das tut mir leid. Doch wir können uns unsere Jobs nicht immer aussuchen.«

»Haha. Du kannst das schon.«

»Ich bin sicher, du wirst in den nächsten hundert bis hundertfünfzig Jahren auch befördert. Bis dahin solltest du dich deinem Schicksal fügen und die treuherzige Geliebte mimen.«

»Ja, ja.«

»Sieh es positiv, ein Menschenleben dauert nicht ewig.«

»Ich weiß.« Sie kam hüftwackelnd auf ihn zu und schlich mit den Wimpern klimpernd um ihn herum. »Gut riechst du«, sagte sie anerkennend und blieb direkt vor ihm stehen. »Was hältst du davon, wenn wir zwei Hübschen uns verdünnisieren und uns noch etwas unter dem Sternenhimmel vergnügen? Nur du und ich. So wie früher?« Sie richtete seinen Kragen und wischte ihm ein paar Staubkörnchen von der Schulter.

»Deinem Mann würde das nicht gefallen.«

Sie warf einen verächtlichen Blick zur Bürotür, als könnte Nick jeden Augenblick wieder hereinkommen. »Das ist nicht mein Mann, sondern irgendein armer Trottel, der dumm genug war, uns seine Seele zu verkaufen.«

Als sie ihm näher kommen wollte, schob er sie sacht zurück und schüttelte den Kopf.

»Denk an die Regeln.«

»Was ist los mit dir? Seit wann bist du so ein Spießer?«

Maddy war hübsch, zweifelsohne, aber ihre Aura war dunkel, in keiner Weise so aufregend, so andersartig wie die von

Cynthia. Sie bestimmte noch immer sein ganzes Denken. Ihr Geruch haftete an ihm, stieg ihm immerfort in die Nase.

»Jetzt sei doch nicht so. Ich sehne mich nach den starken Armen eines richtigen Mannes, nicht nach denen eines Möchtegerns.« Sie legte ihm die Arme um den Hals und versuchte ihn zu küssen. Mandrake jedoch löste genervt ihre Hände und schob sie etwas energischer von sich.

»He!«, zischte sie verärgert. »Was ist denn mit dir los? So kenne ich dich ja gar nicht.«

»Du musst lernen, ein Nein zu akzeptieren.«

»Es ist Nicks Schwester, die es dir angetan hat, hab ich recht?« Maddy lachte. Auch sie konnte Cynthias Duft wahrnehmen, weil ihre Sinne viel feiner waren als die der Sterblichen. Und sie konnte auch riechen, dass Mandrake vor kurzem Sex gehabt hatte. Der Sukkuba fiel es nicht schwer, eins und eins zusammenzuzählen.

»Die kleine Guthan ist ja wirklich ein ganz besonderer Leckerbissen. Man kann gar nicht glauben, dass Nick und sie miteinander verwandt sind. Die würde ich auch gern mal vernaschen.« Sie lachte erneut, doch ihre Worte fand Mandrake alles andere als witzig.

»Du lässt deine dreckigen Finger von ihr!«, fuhr er sie, von plötzlichem Zorn gepackt, an. Mädchen wie Cynthia zogen sexhungrige Dämonen an. Und das konnte sehr gefährlich sein. Es war möglich, dass sie Cynthia verdarben, ihr dadurch ihr besonderes Leuchten raubten, das würde er nicht ertragen. Aber Dämonen trachteten danach, Schönes zu zerstören.

»Ich bin sicher, ihre Haut fühlt sich ganz weich an, und ihre Lippen schmecken vermutlich zuckersüß.«

»Ich warne dich, treib es nicht zu weit!« Er baute sich vor ihr auf und funkelte sie zornig an. Cynthia gehörte ihm! Nur ihm! Er hatte sie entdeckt, ihr Leuchten war sein. Die Sukkuba wich erschrocken zurück.

»Schon gut, schon gut, ich wusste doch nicht, dass du noch nicht mit ihr fertig bist. Der Chef hat natürlich Vorrang«, beschwichtigte sie ihn. »Kein Grund, Drohungen auszustoßen!«

Mandrakes Wut kühlte wieder ab. Wenn es um Cynthia ging, war er sehr empfindlich. Empfindlicher, als ihm lieb war.

»Kümmere dich besser um den Kunden«, sagte er mit einer Kopfbewegung zur Tür, die gerade wieder aufging. Einen Moment später befand er sich nicht mehr in Nicks Zooladen, sondern wanderte durch die Straßen Berlins. Schneeflocken wirbelten durch die Luft. Die Welt war in ein glitzerndes Weiß getaucht. Schnee türmte sich auf Autodächern und an Straßenrändern. Aber für die Schönheit des Winters hatte er nun kein Auge. Nur eine Frage beschäftigte ihn. Warum reagierte er so über, wenn es um Cynthia ging?

Kapitel 13

Cynthia stieg aus dem Bett, schlüpfte in ihren Bademantel und die Stoffpantoffeln und öffnete die Glastür ihres Balkons. Kühler Wind wehte ihr entgegen. Ausnahmsweise schneite es mal nicht.

Die Welt um sie herum erwachte zum Leben. Es war noch recht früh, aber bereits hell. Bimmelnd fuhr eine Tram vorüber. Die Leute waren auf dem Weg zur Arbeit. Auch Cynthia musste bald los. Sie spielte mit dem Gedanken, sich einen Kaffee zu machen, als ihr Blick das ehemalige Gerichtsgebäude und nunmehrige Museum streifte. Der Schnee, der sich sanft auf das Dach und die Steinverzierungen gelegt hatte, reflektierte das Sonnenlicht. Direkt über einem großen, mit Schnörkeln geschmückten Fenster machte sie einen kleinen Wasserspeier aus, der ihr nie zuvor aufgefallen war. Mit seinen teuflischen Zügen, den Hörnern am Kopf und den Schwingen auf dem Rücken erinnerte er an einen steinernen Dämon. Er sah aus, als könnte er sich jeden Moment in die Luft erheben und davonfliegen. Eigentlich seltsam, überlegte Cynthia, dass sie ausgerechnet eine dämonische Kreatur auf das Dach eines solch wichtigen Hauses gesetzt hatten. Wäre Justitia nicht passender gewesen?

Allmählich ergriff die Kälte von ihr Besitz. Ihre Zehen fühlten sich trotz der Pantoffeln leblos an. Bevor sie sich eine Erkältung zuzog, ging sie lieber wieder hinein und machte sich einen starken Kaffee. Einerseits, um sich zu wärmen, andererseits, um endlich richtig wach zu werden.

Eine halbe Stunde später verließ Cynthia das Haus. Unsicher blickte sie zu dem Wasserspeier hoch, als sie die Straße hinuntereilte, um ihr Auto aus der Werkstatt zu holen. Endlich war die alte Kiste fertig, und sie war nicht mehr auf die öffentlichen Verkehrsmittel angewiesen. Die Winterreifen waren auch schon dran, und das war gut, denn die Fahrbahn war spiegelglatt. Sie fuhr zum Potsdamer Platz, parkte ihren Fiat in der firmeneigenen Parketage und beeilte sich, ins Büro zu kommen. Heute standen wieder einige Termine an. Doch auf diese konnte sie sich kaum konzentrieren. Was schlimm war! Noch schlimmer war allerdings, dass sie an nichts anderes als an den heißen Sex mit Mandrake denken konnte. Das Gefühl, ihm ausgeliefert zu sein, hatte sie angemacht, obwohl das sonst ganz und gar nicht ihre Art war. Ihr hatte es gefallen, seine »Sklavin« zu sein. Auch wenn das gegen jegliche Vernunft sprach. Er schadete ihr, spielte mit ihr, und er war verdammt gefährlich. Dennoch fühlte sie sich zu ihm hingezogen. Er hatte eine Saite an ihr berührt, die sie selbst nicht gekannt, geschweige denn jemals angestimmt hatte. Es schien fast, als wisse er ganz genau, was ihr gefiel. Viel besser als sie selbst. Wenn sie nur an die gestrige Nacht zurückdachte, wurde sie feucht zwischen den Beinen. Das passierte immer wieder, völlig gleich, ob sie sich gerade im Beratungsgespräch mit einem neuen Kunden befand oder sich um die Akquise kümmerte. Die Kollegen blickten sie schon immer so merkwürdig an – oder bildete sie sich das nur ein? Sie hatte jedenfalls das Gefühl, jeder konnte ihr ansehen, was in ihr vorging.

»Kann es sein, dass du mir aus dem Weg gehst?«, fragte

Tom, als sie zum Studio-Bereich ging. Erste Photos für ihr Konzept wurden geschossen. Die Models waren bereits da. Alles ganz normale Frauen, die teilweise ein bisschen zu viel auf den Hüften hatten, aber von ihren kleinen Makeln abgesehen, wunderschön waren. Beauty Norma hieß die neue Creme, die beworben werden sollte. Auch die männlichen Models waren bereits eingetroffen, und die sahen verdammt gut aus. Waschbrettbäuche, wohin sie blickte.

»Wie kommst du denn darauf?«, fragte sie und wich seinem Blick aus. Tatsächlich war sie nicht mehr ganz sicher, was sie von Tom Henning halten sollte, nachdem Mandrake ihr die Wahrheit gesagt hatte. Der kratzte sich noch immer wie besessen an allen möglichen und unmöglichen Körperstellen, was ihm viele äußerst skeptische Blicke einbrachte.

»Ich habe dich angerufen. Auf deinem Handy. Aber du gehst nicht ran.«

»Ich hatte viel um die Ohren.«

Seine Wange blutete. Sie reichte ihm ein Taschentuch.

»Danke.«

»Was hat denn dein Hautarzt gesagt?«

»Es ist eine allergische Reaktion. Aber ich habe nicht die geringste Ahnung worauf.«

Auf mich vielleicht, dachte Cynthia. Das käme Mandrake doch gerade recht.

»Er hat mir Kortison verschrieben. Jetzt geht's bergauf, ganz bestimmt.«

Der Photograph gab den Pärchen ein paar Anweisungen, die diese rasch und professionell umsetzten. Cynthia fiel besonders ein Paar auf. Er bestach durch ein blendendes Aussehen, hatte viele Muskeln, breite Schultern und war insgesamt ein eher dunklerer Typ. Normalerweise stand sie nicht auf Glatze, aber bei ihm sah es einfach toll aus. Ein Mann zum Dahinschmelzen. Das dachte wohl auch die kleine Blonde, die vor ihm stand und sichtlich erzitterte, als er seine muskulösen Arme um sie legte. Er wirkte sehr stark und neben ihr wie ein Hüne, sein Blick war feurig und intensiv. An wen erinnerte sie das nur. Cynthia schüttelte rasch den Kopf, um auf andere Gedanken zu kommen.

»Zwischen denen stimmt die Chemie«, hörte sie Tom neben sich.

»Findest du?«

»Auf jeden Fall.« Er beobachtete genau dasselbe Paar. »Du solltest sie im Auge behalten, das sind die perfekten Gesichter für Beauty Norma.«

Tom hatte verdammt recht. Die beiden wirkten in Kombination unschlagbar. Der Mann strich zärtlich über die Schulter der Frau, die schmachtend zu ihm hochblickte. Cynthia konnte sich gut vorstellen, dass sie sehr von ihm angetan war. Er hingegen wirkte vor allem professionell. Seine Hand glitt tiefer, über ihren Arm, umfasste dann ihre Taille. Cynthia bekam eine Gänsehaut bei dem Anblick und erinnerte sich an Mandrakes zärtliche Berührungen. Für einen Moment schien nicht nur das weibliche Model, sondern auch Cynthia alles um sich herum zu vergessen.

»Komm, wir sehen uns die Resultate auf dem Computer an«, riss Tom sie aus ihren Gedanken und zog sie mit sich.

Das Ergebnis war äußerst zufriedenstellend. »Ich glaube, mit den Photos habe ich eine echte Chance, die Konkurrenz auszustechen.« Damit meinte sie ihre Kollegen, die ebenso an ihren Konzepten arbeiteten. Das letzte Wort lag natürlich bei der Firma selbst. Aber Cynthia war guter Dinge, dass sie den Auftrag bekam.

»Vielleicht hier noch etwas mehr Licht«, schlug Tom vor und deutete auf die rechte obere Ecke im Bild.

»Um auf deine Frage zurückzukommen. Wie gesagt, ich habe einfach sehr viel zu tun, und daher klappt das auch nicht mit unserer Verabredung. Und ich weiß auch nicht, wann ich mal wieder Zeit für ein ungezwungenes Treffen habe«, erklärte sie, und Tom musste sich gezwungenermaßen damit zufriedengeben. Das Vibrieren in ihrer Hosentasche kam da gerade recht. Ihr Display zeigte Annas Nummer. Die schien ganz aufgelöst und bat Cynthia um ein Treffen in der Mittagspause.

»In Ordnung, beim Inder. In zwanzig Minuten. Ja … genau … ich weiß, wo der ist. Bis gleich, Süße.« Cynthia beendete das Gespräch und steckte das Handy wieder in die Hosentasche.

»Sieht so aus, als könnte ich dich nicht mal zum Essen entführen«, sagte Tom enttäuscht.

»Ja, tut mir leid, das ist ein Notfall.« Annas Stimme hatte heiser geklungen, so als hätte sie kurz zuvor geweint. Cynthia machte sich große Sorgen um ihre Freundin.

Wie verabredet, traf Cynthia zwanzig Minuten später bei Annas Lieblingsinder ein. Die Freundin war bereits da und saß ganz verheult an einem Tisch in der Nähe des Fensters. Sie wischte sich die Tränen aus den Augen und schnäuzte in ihr Taschentuch. Als sie Cynthia entdeckte, hob sie die Hand und winkte sie zu sich.

»He, Süße, was ist denn nur passiert?«, wollte Cynthia wissen und umarmte Anna, die, obwohl sie sonst um einiges größer als Cynthia war, plötzlich geradezu zerbrechlich wirkte.

»Gregor … er … er hat mich betrogen.«

»Was?« Auf den Schreck musste Cynthia sich setzen. Der

Kellner brachte ihr die Karte, verschwand dann aber sogleich wieder.

»Wie … woher … weißt du das?«

Gregor war Annas große Liebe. Sie hatten sich in der Oberschule kennengelernt und waren seitdem ein Herz und eine Seele. Ihre Beziehung war in den letzten zwölf Jahren durch alle Höhen und Tiefen gegangen, die man sich nur vorstellen konnte. Dennoch war eins für Cynthia immer klar gewesen: Die beiden würden ein Leben lang zusammenbleiben, denn sie waren füreinander geschaffen. Bis eben hatte sie das zumindest geglaubt.

»Er hat es mir gestanden. Das Wochenende, an dem wir gefeiert haben. Erinnerst du dich? Mein Geburtstag. Da ist es passiert, auf der Geschäftsreise. Mit seiner Kollegin.«

Autsch, das war wirklich hart. Auch noch an Annas Geburtstag. Sie war über alle Maßen von Gregor enttäuscht.

»Angeblich hat ihn das schlechte Gewissen gequält«, sagte Anna und strich sich über den Bauch. Da fiel Cynthia ein, dass die beiden ja noch weit mehr verband als nur eine wunderbare romantische Beziehung. Anna erwartete ein Kind von Gregor. Sie konnte sich vorstellen, dass die Freundin in dieser schwierigen Situation kaum wusste, wie es weitergehen sollte.

»Es tut mir so leid, Anna.«

Das hatte sie nicht verdient. Sie war einer jener Menschen, die sich für andere einsetzten, sich stark machten. Sie war immer für Cynthia da gewesen. Ohne Anna wäre sie nie an Hubert Graun rangekommen. Und auch Tom hätte sie niemals kennengelernt, was nachträglich zwar ein zweifelhaftes Vergnügen gewesen war, aber dafür konnte Anna nichts. Es tat weh, sie nun so leiden zu sehen.

»Ich werde mich trennen«, entschied sie plötzlich, und ihr Gesichtsausdruck war steinern, so als hätte sie jegliche Emotionen aus ihrem Leben verbannt. Wahrscheinlich war es eine Schutzreaktion.

Cynthia wusste nicht, was sie dazu sagen sollte. »Weiß denn Gregor von dem Baby?«, fragte sie schließlich.

»Ja«, flüsterte Anna und senkte den Kopf. »Ich habe es ihm im Streit gesagt. Du hättest ihn sehen sollen. Er war geschockt. Aber da war auch Freude in seinen Augen.«

Der Kellner kam zurück und nahm die Bestellungen auf. Wenig später brachte er zwei Mango Lassi und Huhn Curry an ihren Tisch.

»Vielleicht solltet ihr euch noch mal aussprechen?«, schlug Cynthia vor. »Wenn der erste Schock verdaut ist, meine ich.«

Anna schüttelte entschlossen den Kopf. »Wir hatten damals eine Regel. Niemals den anderen betrügen. Er hat sie gebrochen, und ich muss jetzt die Konsequenzen ziehen.« Erneut traten ihr Tränen in die Augen. Sie zog das zusammengeknüllte Taschentuch aus ihrer Hosentasche und schnäuzte sich noch mal.

»Willst du dich denn wirklich von ihm trennen?«

Anna atmete tief durch, griff dann mit zitternder Hand nach ihrem Glas und nahm einen großen Schluck. »Ich weiß es nicht«, gab sie zu, und ihre Stimme bebte vor Aufregung.

Cynthia konnte Anna verstehen. Sicherlich war sie sehr verwirrt.

»Mein Kind soll auch einen Vater haben. Ich weiß nur nicht … ob ich ihm das verzeihen kann.«

Ihr wäre es an Annas Stelle kaum anders gegangen. Aber diese Frage konnte jetzt noch nicht beantwortet werden. Sie musste erst einmal zu sich selbst finden. Noch war alles sehr frisch. Und der Schock saß tief. Was Anna jetzt brauchte, war Halt, Zuspruch. Sie legte ihre Hand auf die ihrer Freundin und drückte sie sacht. »Ich stehe hinter dir. Sag mir, wenn ich etwas für dich tun kann.«

Anna nickte dankbar und lächelte zum ersten Mal wieder. »Gut zu wissen, dass du für mich da bist. Ich brauche noch ein bisschen Zeit, um mir über alles klar zu werden.«

»Nimm dir so viel, wie du brauchst. Wenn du möchtest, kannst du bei mir einziehen.« Mandrake würde das nicht gefallen, aber in diesem Fall musste er es akzeptieren. Anna schüttelte jedoch den Kopf. »Ich bleibe in der Wohnung, Greg hat sich ein Zimmer genommen.« Die Art, wie sie seinen Namen aussprach, nämlich geradezu zärtlich, ließ Cynthia erkennen, wie stark Annas Gefühle für Gregor noch immer waren. Vielleicht gab es ja doch noch Hoffnung.

Cynthia spürte, dass ihr Zuspruch und ihre Gegenwart Anna guttaten, und als sich die Freundinnen trennten, wirkte Anna schon etwas gefasster. »Danke, dass du dir so schnell Zeit für mich genommen hast.«

»Ist doch Ehrensache. Du warst immer für mich da, und ich bin froh, dass ich jetzt etwas zurückgeben konnte.«

Kapitel 14

Die letzten Strahlen der Sonne verschwanden am Horizont. Mandrake spürte, wie seine Glieder schmerzten. Ein Zeichen dafür, dass sie zum Leben erwachten. Er hockte in gekrümmter Haltung auf dem kleinen Vorsprung des Museumsdachs. Sein Körper fühlte sich steif, versteinert an, und das war er ja auch. Noch.

Allmählich verwandelte sich der tote Stein in lebende Materie, bröckelte ab wie alter Putz. Er konnte sein Herz spüren, das kräftig und gleichmäßig in seiner Brust schlug. Auch das warme Blut, das durch seine Venen zirkulierte. Und er spürte noch etwas. Etwas sehr Erfreuliches. Die Nähe des Mädchens. Sie war auf dem Weg nach Hause. Ihre Präsenz war so außergewöhnlich stark, dass er sie selbst von hier aus spüren konnte.

Cynthia Guthan war der Grund, warum er sich am Tag hier niederließ, und der Grund, warum ihm die Nacht nun heller erschien. Sie war alles, was er wollte.

Er zog sich in den Schatten zurück, streckte seine müden Glieder, die noch immer etwas steinern waren, und breitete seine Lederschwingen aus. Dann nahm er Anlauf und stürzte sich in die Tiefe, doch sogleich beförderte ihn ein einziger kräftiger Flügelschlag hinauf. Er nahm den kleinen Balkon, der zu ihrer Wohnung gehörte, ins Visier, streckte die mit

Klauen versehenen Hände nach der Brüstung aus, um sich daran hochzuziehen, als plötzlich ein roter Blitz wie aus dem Nichts vor seinen Augen aufzuckte. Er war so hell, dass Mandrake im ersten Moment glaubte, zu erblinden. Er verlor die Kontrolle, ein Schwindel riss ihn zur Seite, er schaffte es gerade noch auf das Dach eines kleineren Wohnhauses. Doch seine mächtigen Klauen verloren den Halt, und er rutschte die Schräge des Daches hinunter, versuchte sich an den Schindeln festzukrallen, aber der Sog der Tiefe hatte ihn erfasst. Rasch breitete er die Flügel wieder aus, um den Sturz abzufangen, doch es war zu spät. Er schlug hart auf.

Plötzlich befand er sich in einem dunklen Raum. Die Wände und der Untergrund waren so schwarz wie flüssiges Pech. Und er spürte eine Präsenz, die dunkel und sehr mächtig war. Langsam richtete er sich auf. Sein Rücken schmerzte. Er blickte auf seine Hände. Statt der grauen Haut und den riesigen Klauen sah er dort die weißen Finger jenes Jünglings, in den er sich verwandelte, wenn er unter den Menschen war. Lady Ovida bevorzugte diese Gestalt. Sie fand sie sinnlicher.

Verwirrt sah er sich um. Vor dem riesigen Panoramafenster stand ein dunkler Schreibtisch und an dem saß eine vertraute Gestalt. Ihr strenger Blick schlug ihm entgegen.

»Guten Abend, Mandrake«, zischelte sie wie eine Schlange. Ihre Haare waren in einem Knoten an ihrem Hinterkopf zusammengefasst. Sie trug einen Hosenanzug, in dem sie wie eine Managerin aussah. Eine perfekte Tarnung. Zumal sich das Hauptquartier der Agentur im obersten Stockwerk eines Bürokomplexes im Zentrum Berlins befand. Niemand ahnte, was hier oben vor sich ging, dass der Hell Express nicht das Exportunternehmen war, als das er sich nach außen hin ausgab. Die Angestellten des Express waren in der Regel dämonischen Ursprungs. Gewiefte Agenten, die im Namen Ovidas so viele Seelen wie irgend möglich für IHN einsammelten. IHN, den großen Boss, den Obersten von allen. Und das Konzept funktionierte. Es war erstaunlich, wofür Menschen bereit waren, ihr kostbarstes Gut zu verscherbeln.

Mandrake nahm vor ihr Platz, schlug die Beine übereinander und klopfte sich penibel den Schmutz von der Hose. »Guten Abend. Was verschafft mir die Ehre?«

Ovida zog ein Dokument aus ihrer Schreibtischschublade und hielt es ihm unter die Nase. »Das ist eine Beschwerde, mein Lieber, von einer Mitarbeiterin, mit der du dich eigentlich bisher recht gut verstanden hast.«

O nein, doch nicht Maddy, dachte er.

»Ich will wissen, was dort vorgefallen ist«, forderte Ovida.

»Und ich will gern wissen, was sie mir überhaupt vorwirft.«

»Beleidigung, Bedrohung. So etwas dulde ich nicht in meiner Agentur.«

Er seufzte lange und gedehnt. »Ich habe die Sukkuba nur in ihre Schranken gewiesen. Die Kleine soll unseren Kunden mit ihren Reizen beglücken und nicht ihren eigenen Sexhunger bei anderen stillen. Wenn der Kunde das merkt, kann er uns zu Recht des Vertragsbruchs bezichtigen.«

Ovida nahm die Brille ab und kaute nachdenklich auf dem Ende des linken Bügels herum.

»Wir haben einen Ruf zu verlieren. Wer mit uns Geschäfte macht, soll auch das bekommen, was er sich gewünscht hat.«

Ovida nickte zu seiner Erleichterung zustimmend. »Nun gut, ich kann die Sache also als erledigt betrachten.« Sie knüllte das Papier zusammen und warf es in den Papierkorb.

»Wunderbar, dann ist ja alles geklärt«, sagte er und klatschte in die Hände. Bereit zu gehen. In seinen Lenden brannte es unerträglich, und er wollte endlich zu Cynthia, ihren Körper spüren, berühren, sich mit ihr vereinen. Er war gerade aufgestanden, um das Büro zu verlassen, da räusperte sich Ovida. »Setz dich bitte. Da ist noch etwas, das ich mit dir besprechen möchte.«

Nur widerwillig setzte er sich wieder hin. Erneut schlug er ein Bein über das andere, um die riesige Erektion zu verbergen, die der bloße Gedanke an das Mädchen hervorgerufen hatte.

»Was hat es mit dieser jungen Frau auf sich? Ich glaube, sie ist die Schwester unseres Klienten.« Ovida setzte die Brille wieder auf, blätterte in ihren Unterlagen und nickte schließlich. »Cynthia Guthan, das ist der Name.«

Als Ovida ihren Namen aussprach, blieb Mandrakes Herz für einige qualvolle Sekunden stehen, ehe es mit einem gewaltigen, schmerzhaften Schlag wieder einsetzte und ihn damit fast vom Stuhl warf. Woher wusste Ovida von dem Mädchen? Seine Finger krallten sich in die Lehne. Das war nicht gut. Das war ganz und gar nicht gut! Aber vielleicht ahnte sie noch nicht, dass Cynthia besonders, eben anders war. Vielleicht ließ sich alles noch zum Guten lenken. Sie gehörte ihm, ihm allein! Und er würde sie nicht teilen. Nicht einmal mit Ovida.

»Ich habe keine Ahnung, was mit ihr sein soll«, erwiderte er schnell – zu schnell. Ovida blickte ihn über die Brillengläser hinweg an. »Ach, nein?«

»Nein«, bestärkte er und hoffte, dass er nicht gerade alles vermasselte. Die Dämonin war sehr mächtig. Ihr etwas vorzumachen war töricht. Sie konnte in anderen lesen wie in einem offenen Buch. Und sie war stets bestens informiert. Nein, ihr konnte man nichts vormachen.

»Die Stadt hat Augen und Ohren. Meine Dämonen bewegen sich unter den Menschen, als wären sie von ihrer Art. Wie sollte mir da entgangen sein, dass du seit Neuestem eine Schwäche für zierliche Blondinen hast? Und eine interessante Blondine ist es ja noch dazu. Man sagte mir, dass sie eine außergewöhnlich helle Aura besäße. Ihre Astralenergie muss sehr schmackhaft und stärkend sein.«

Die Vorstellung, dass einem anderen als ihm dieses wunderbare Leuchten gehören sollte, machte ihn rasend. Unwillkürlich riss er etwas von dem Rattan an der Stuhllehne ab und zerdrückte es in seiner Hand.

Lady Ovida lehnte sich zufrieden zurück, nahm erneut die Brille ab und fing an, sie mit einem Reinigungstuch zu säubern. Dies tat sie äußerst gründlich, hauchte die Gläser an und polierte sie sodann in aller Seelenruhe, als gäbe es gerade nichts Wichtigeres.

»Wie viele Seelen schuldest du mir noch gleich? Sechshundert? Siebenhundert?«

»Über tausend!«, antwortete er zähneknirschend.

»Das ist nicht wenig und wird wohl auch noch einige Jahre in Anspruch nehmen. Ich mache dir einen Vorschlag zur Güte. Ich bin sehr neugierig auf dieses Mädchen geworden. Wenn du mir ihre Seele bringst, vergessen wir deine Schuld, und du bist auf der Stelle frei.« Sie schnippte mit dem Finger.

Nachdem er den ersten Schock über dieses Angebot verdaut hatte, fuhr er sich nachdenklich über das Kinn. Der Deal war nicht schlecht und seine Sehnsucht nach Freiheit sehr groß. Nach all den Jahren war sie in so unerreichbare Ferne gerückt, dass er die Hoffnung eigentlich längst aufgegeben hatte, jemals wieder in sein altes Leben zurückzukehren. Ihm ging es nicht schlecht unter Ovida. Sie hatte ihn aus der Hölle geholt, ihn ausgebildet, ihn unterwiesen und zu dem gemacht, was er heute war. Ein Seelenjäger. Das Abbild eines Dämons. Und wie ein solcher dachte und fühlte er heute, so dass er sich selbst gar nicht mehr Gargoyle nannte. Wie es für Dämonen typisch war, stand er sich selbst am nächsten, und somit ging es ihm weniger um Cynthias Wohlbefinden als vielmehr um das Abwägen, was ihm wichtiger war. Die Freiheit oder dieses leuchtende kleine Spielzeug, das sein Herz erfreute, seine Lenden zum Glühen brachte. Ein Mädchen wie sie hatte er nie zuvor gesehen und vermutlich würde er ein solches auch nicht allzu schnell wiederfinden.

»Du weißt, dass du dich auf mein Wort verlassen kannst«, drang Ovidas Stimme in sein Bewusstsein vor. Bisher hatte sie tatsächlich immer ihr Wort gehalten, und es gab auch dieses Mal keinen Grund für ihn, an ihr zu zweifeln. Und trotzdem fiel ihm die Entscheidung nicht leicht. Cynthia würde ihre Seele nicht einfach so verkaufen, wie es ihr Bruder getan hatte. Er würde also schwere Geschütze auffahren müssen, um sie zu überzeugen. Das war eine Herausforderung. Und er liebte Herausforderungen … Dennoch konnte er nicht einfach zusagen. Etwas hielt ihn davon ab, hemmte ihn. Er wusste nicht, was es war, doch es war stark.

»Jetzt sag mir nicht, dass du für dieses Mädchen auf deine Freiheit verzichtest. Ich bitte dich.« Ovida lachte und machte keinen Hehl daraus, dass sie ihn offensichtlich für den größten Dummkopf aller Zeiten hielt.

»Du könntest wieder dein eigener Herr sein, eigene Entscheidungen treffen, hingehen, wohin du willst. Aber bitte, wenn dir das nicht so wichtig ist …«

Sie deutete zur Tür. Mandrake blieb sitzen, als wäre er in seinem Stuhl festgewachsen. Angestrengt schloss er die Augen. Cynthia war nicht mehr als ein netter Zeitvertreib. Ihr Leuchten war nicht für ein Wesen wie ihn bestimmt. Früher oder später würde er es ohnehin verlieren. Und dann stand er vor dem Nichts, hatte noch immer Schulden bei Ovida, war ihr Eigentum. Steh dir selbst am nächsten, wiederholte er die oberste Regel der Dämonen.

»Einverstanden«, sagte er, doch seine Stimme klang müde, und seine Zunge fühlte sich schwer an. Ovida lächelte erfreut und setzte die Brille wieder auf. »Sehr gut. Aber du musst dich beeilen, Mandrake, bevor dir ein anderer die Beute wegschnappt. Meine Dämonen sind überall. Sie wissen von der Kleinen, und sie sind sehr interessiert.«

Mandrake nickte nur. Er war nun entschlossen, alles zu tun, um seinen letzten Auftrag zu erfüllen, der noch zwischen ihm und seiner Freiheit stand. Ein einziger Auftrag. Etwas Simples. Es würde nicht viel seiner Zeit beanspruchen. Nur warum fühlten sich seine Beine plötzlich so schwer an. Er kam sich vor, als befände er sich in Trance, als er sich erhob und zu dem riesigen Fenster ging, um hinauszublicken.

»Ihre Energie wird uns viel Kraft geben«, prophezeite Lady Ovida und drehte sich in ihrem Bürostuhl zu ihm um. Ja, das würde sie. Cynthias Energie war tatsächlich sehr mächtig. Das hatte er vom ersten Augenblick an gespürt. Doch die Vorstellung, wie die Dämonen sie leersaugten, bereitete ihm plötzlich starkes Unbehagen. Er sah die zierliche Frau vor sich, wie sie von den Kreaturen der Dunkelheit festgehalten wurde, wie sie sich an ihr festsaugten und alles aus ihr wich, was sie am Leben gehalten hatte. Er schüttelte sich.

»Ist alles in Ordnung?«, fragte Ovida gespielt besorgt.

Er nickte. »Ich gehe jetzt«, sagte er dann entschieden und schritt zur Tür. Er sollte es schnell hinter sich bringen, bevor die Zweifel zu sehr an ihm nagten.

»Gutes Gelingen«, wünschte ihm die Lady. Kaum hatte er das Büro verlassen, vernahm er ihr düsteres Lachen. Doch er ignorierte es gänzlich, denn etwas anderes drängte ihn nun viel mehr, und es war nicht der Wunsch, seinen Auftrag zu erledigen, um endlich frei zu sein, sondern das Verlangen nach Cynthias heißem Schoß, ihrer lieblichen Stimme, ihrem sanften Lächeln und ihrer wunderschönen Augen. Es machte ihn fast wahnsinnig. Er musste schnell zu ihr.

Zur selben Zeit lief Cynthia unruhig durch ihre Wohnung. Sie war nervös, knabberte immer wieder an ihren Fingernägeln und fürchtete sich einerseits vor ihrer nächsten Begegnung, konnte sein Eintreffen andererseits kaum erwarten. Ihre Zerrissenheit machte ihr zu schaffen. Nein, das war nicht ganz richtig. Viel mehr machte ihr zu schaffen, dass sie allmählich ihre dunkle Seite entdeckte, dass ihr der Gedanke an die aufregenden Spiele Lust bereitete und sie sich fragte, was er sich als Nächstes für sie überlegte. Und als sie endlich den vertrauten Schatten auf dem Balkon bemerkte, konnte sie nicht an sich halten und eilte in freudiger Erwartung zur Glastür, riss sie auf und spähte in die Kälte hinaus. Er war von oben bis unten eingeschneit und wirkte, als hätte er dort schon seit einer Weile gestanden und nur darauf gewartet, dass sie ihn sah.

»Mandrake?«, flüsterte sie aufgeregt, weil sie sich im ersten Moment nicht sicher war, ob ihre Augen ihr doch nur einen Streich spielten. Aber dann bewegte sich der Schatten, und die dunklen Haare glitten zurück, gaben sein helles Gesicht frei. Er schritt an ihr vorbei, ergriff ihre Hand und trat mit ihr durch die Tür, zog sie hinter sich her ins Wohnzimmer.

»Guten Abend«, sagte er charmant, ein wenig snobistisch, wie es seine Art war. »Ich sehe, du hast mich erwartet.«

O ja, das hatte sie. Sie wusste, dass er auf ihren Bademantel anspielte, unter dem sie ihre beste Unterwäsche trug. Für ihn. Es war töricht, sich für einen Dämon derart herzurichten, dennoch wollte sie ihm gefallen.

»Ein Geschenk für mich?«, fragte er und lächelte.

Sie wollte sich den Bademantel sofort abstreifen, aber Mandrake schüttelte den Kopf. »Nicht so schnell.«

Er trat näher, und ihre Beine fühlten sich weich an, zitterten. Sie konnte es nicht unterdrücken.

Mandrakes Blick glitt zu ihren Knien. Ein Schmunzeln zeigte sich auf seinen sinnlichen Lippen. »Ich mache dich nervös.«

Cynthia fühlte sich nackt, weil er genau zu wissen schien, wie aufgeregt, oder vielmehr erregt, ihr Körper auf seine bloße Anwesenheit reagierte.

»Du hast ein Geschenk für mich«, sagte er und schob seine Hand unter den Bademantel, um ihre Brust zu umfassen. Sie spürte, wie sich ihre Brustwarze aufrichtete, gegen den Spitzenstoff ihres BHs und seine Hand drückte. »Und ich habe ein Geschenk für dich. Ich möchte, dass du es anprobierst.« Er ließ von ihr ab, und für einen kleinen Moment machte sich Enttäuschung in ihr breit. Sie hatte die kurze Berührung sehr genossen.

Erst jetzt entdeckte sie die Schachtel in seiner linken Hand, die mit dunklem Papier umwickelt und einer blauen Schleife versehen war. Er reichte sie ihr.

»Was ist denn da drin?«, fragte sie heiser.

»Mach es auf, dann weißt du es.«

Sie setzte sich, legte die Schachtel auf ihren Schoß und zog mit zitternden Fingern die Schleife auf. Sein intensiver, durchdringender Blick ruhte auf ihr. Sie konnte ihn spüren. Und das ließ sie nur noch nervöser werden. Das Zittern ihrer Finger übertrug sich auf ihre Hände und Arme. Sie kam sich schrecklich ungeschickt vor, dennoch gelang es ihr, die Schachtel vom Geschenkpapier zu befreien, ohne es zu zerreißen. Ein graues Päckchen kam zum Vorschein. Sie nahm den Deckel ab und schaute auf etwas, das so zart und fein war wie das Netz einer Spinne. Erst zaghaft, dann immer mutiger fuhr sie mit der Hand über das Gewebe. Der dunkle Stoff fühlte sich phantastisch zwischen ihren Fingern an. Es erregte sie. Ellenlange Nylonstrümpfe. Sie bekam eine Gänsehaut an allen möglichen und unmöglichen Stellen ihres Körpers. Wie es sich wohl anfühlte, wenn sie die trug? Ob sie sehr eng waren?

»Nimm es heraus«, sagte er.

Sie hielt es hoch und merkte schnell, dass es für eine Strumpfhose viel zu lang war. Außerdem hatte es zu viele Öffnungen. Es war eine Art Ganzkörperanzug aus Nylon. Das Prickeln in ihrer Mitte wurde stärker. Nylon, das sie überall umhüllen würde. Nicht nur an den Beinen. Auch an ihrem Bauch, ihren Armen, ihrem Po.

»Das wird dir vortrefflich stehen«, prophezeite Mandrake und leckte sich über die Lippen. »Probier es an.«

»Jetzt?«

»Natürlich. Wann sonst?«

Sie legte Papier und Schachtel beiseite, um sich zu erheben. »Ich ziehe es im Badezimmer an, wenn du gestattest?«

Er nickte bedächtig.

Schon war sie im Bad verschwunden, wo sie den Anzug über den Wannenrand legte und den Bademantel auszog, ihn an einen Haken hängte. Dann drehte sie den Hahn auf und füllte ihre Hände mit kaltem Wasser, in das sie ihr erhitztes Gesicht tauchte. Dieses Geschenk war unglaublich verrucht. Allein der Gedanke, es für ihn zu tragen, wühlte sie so sehr auf, dass ihr schwindelte. Ihr Herz schlug heftig, sie musste einige Male tief durchatmen, um sich zu beruhigen. Aber das half kaum. Mit zitternden Händen zog sie ihren Slip und den BH aus. Ihre Brustspitzen hatten sich längst aufgerichtet, vor Erregung, nicht vor Kälte. Aber das war nicht die einzige Veränderung. Im Spiegel sah sie, dass ihre Brüste größer als sonst wirkten. Sie hatte ihren Eisprung, war jetzt noch viel wilder auf Sex. In ihrer Scham pulsierte es heftig, ihr Slip war ganz feucht gewesen. Cynthias Körper sehnte sich nach Mandrakes Liebe. Sie konnte es nicht beeinflussen, nicht abstellen.

Vorsichtig nahm sie den Anzug, schlüpfte ganz behutsam in das Beinteil und strich den Nylonstoff sanft glatt, rollte ihn an ihrer Haut hinauf und lauschte dem Rascheln und Knistern, das er verursachte. Wie eine zweite Haut legte er sich um ihre Beine, saugte sich an ihnen fest, umschloss sie ganz. Das Prickeln zwischen ihren Schenkeln wurde stärker, als sich der Stoff ihrer Scham näherte. Doch Mandrakes Geschenk hielt eine Überraschung für sie bereit, mit der sie nicht gerechnet hatte. In dem Gewebe befand sich eine große Öffnung über ihrer empfindsamsten Stelle. Zuerst hielt sie es für einen Riss und ärgerte sich, dass sie den Anzug noch vor seiner Einweihung ruiniert hatte, aber dann wurde ihr schnell klar, dass das so gewollt war, denn so war ihre Scham für Mandrakes Hände ungehindert zugänglich. Was für ein Schlitzohr!

Das Nylon überzog ihren Hintern, ihre Hüften, ihren Bauch. Sie schob den Anzug höher, strich den Stoff immer wieder glatt, wenn er kleine Falten bildete, und stieg schließlich in die Ärmel ein, an deren Enden Handschuhe saßen, in die sie schlüpfte, bis das Nylon jeden ihrer Finger umhüllte. Wenn sie ihre Hände bewegte, raschelte der Stoff verführerisch. Es gefiel ihr, mit den behandschuhten Fingern über ihren Körper zu fahren. Schließlich strich sie den Stoff über ihren Brüsten glatt. Warm und weich umschloss er ihre Nippel, die gut sichtbar, gleich kleinen Hügeln, unter dem dunklen Nylon hervorragten.

Fasziniert betrachtete sie sich im Spiegel. Ihre Figur war ihr nie weiblicher erschienen. Ihre sonst eher unauffälligen Rundungen kamen nun genau an den richtigen Stellen zur Geltung. Das Schwarz, oder war es mehr ein Dunkelbraun, des Nylons schimmerte in verschiedenen Nuancen, bildete Schattierungen, die ihren Körper noch plastischer aussehen ließen.

Als ein kühler Luftzug über ihre unbedeckte Scham wehte, erschauderte sie innerlich. Sie war verführt, sich an dieser Stelle zu berühren, neugierig, wie es sich anfühlte, mit ihren behandschuhten Händen darüberzustreichen. Cynthia wollte Mandrake eigentlich nicht länger warten lassen, sie hatte bereits lange genug zum Anziehen gebraucht, dennoch konnte sie nun nicht widerstehen. Ihre rechte Hand glitt über ihren Bauch, hin zu ihrer feuchten heißen Mitte. Ein heftiges Prickeln und Kribbeln breitete sich dort aus. Sie spürte, wie das Blut immer heftiger in ihr pulsierte. Ein aufregendes, berauschendes Gefühl.

Wie sollte sie ahnen, dass Mandrake längst nicht mehr in ihrem Wohnzimmer saß, sondern sie beobachtete, unsichtbar, wie er war. Er hatte die Fähigkeit dazu, mit seiner Umgebung ganz und gar zu verschmelzen, doch er machte nur selten Gebrauch davon, aber das hier war eine Ausnahme.

Nachdem sie nicht mehr aus dem Bad zurückkehrte, war die Neugier in ihm erwacht. Er musste wissen, was sie tat, und als er sie vor dem großen Spiegel sah, mitbekam, wie sie sich selbst berührte, wie es ihr gefiel, sich zwischen den Beinen zu streicheln, da hatte er den Blick nicht mehr von ihr abwenden können. Sie war wunderschön. Ihr Körper schimmerte seidig in dem dunklen Anzug, der so hauchzart und dünn war, sich so perfekt ihrer Körperform anpasste, dass man meinte, sie trüge eine zweite Haut. All ihre Vorzüge kamen nun zum Vorschein. Der herrliche Po, klein, süß und rund. Die wohlgeformten Oberschenkel, nicht zu dick, aber auch nicht zu dünn. Die schlanke Taille, die er gewiss mit zwei Händen umfassen konnte. Ihre süßen Brüste, die keck und frech hervorstanden.

Aber am interessantesten war der helle Fleck zwischen ihren Beinen. Cynthia stellte die Füße etwas auseinander und ließ beide Hände über die Innenseite ihrer Schenkel wandern. Der Stoff knisterte verführerisch, bildete winzige Fältchen, die sich sogleich wieder glätteten.

Mandrake setzte sich zwischen ihre Beine und den Spiegel, vor dem sie stand, sog dieses herrlich rosige Aroma auf und war verführt, ihre Schamlippen zu küssen. Sie sahen wunderschön aus, erinnerten ihn an eine Muschel, in der eine wertvolle Perle verborgen war, die er finden wollte. Alles um ihn herum duftete nach ihr, vernebelte seine Sinne. Er konnte sehen, wie ihr Zeigefinger durch ihre Spalte glitt, und wie glitzernde Feuchtigkeit an ihm haften blieb. Sie stöhnte leise, streichelte ihren Venushügel, massierte die Schamlippen, reizte ihre Klitoris durch stetiges Reiben. Er hätte diese Aufgabe gern für sie übernommen, aber so, wie es war, fand er es auch sehr erregend. Schließlich verschwand der Finger in ihrer Enge. Sie bewegte ihn, vorsichtig, behutsam. Ein traumhafter Anblick. Sie wirkte so zufrieden, ausgeglichen, dennoch war sie erregt, und ihr Herz schlug schneller. All ihre Körperfunktionen hatten sich umgestellt, ihre Körpertemperatur war angestiegen, das Blut zirkulierte schneller, sammelte sich an einem Punkt. Er seufzte leise, doch offensichtlich immer noch laut genug, dass Cynthia plötzlich innehielt und sich erschrocken im Badezimmer umblickte. Ihr Herz schlug jetzt noch schneller. Er konnte es hören, es fühlen, und er wünschte inständig, sie würde einfach da weitermachen, wo sie aufgehört hatte, aber er merkte bereits an der Spannung in ihren Schultern, dem Anspannen ihrer Muskeln, dass sie das nicht tun würde. Und er ärgerte sich über sich selbst.

Cynthia strich noch einmal über den Anzug, glättete den Stoff und schob den Riegel auf. Als sie ins Wohnzimmer zurückkehrte, saß Mandrake längst wieder in dem Sessel.

»Wie gefällt es dir?«, fragte sie und drehte sich einmal um sich selbst.

»Hinreißend.« Ihr Anblick entfachte ein Feuer in seinem Inneren, das sich schnell ausbreitete. Besonders der helle Fleck zwischen ihren Beinen, der, von ihrem Kopf abgesehen, der einzige Teil ihres Körpers war, der nicht in Nylon verpackt war, hatte es ihm angetan. Er wollte noch einmal vor ihr knien, sie verwöhnen, sie riechen, liebkosen, schmecken.

»Ich habe noch ein Geschenk für dich«, sagte er und deutete zu der Tür, die Schlaf- und Wohnzimmer miteinander verband.

Cynthia blinzelte skeptisch. »Da drin?«, fragte sie.

»Ja. Komm, ich zeige es dir.«

Sie folgte ihm ins Schlafzimmer, wo ihr Mandrake sein Meisterwerk präsentierte, eine Liebesschaukel, die knapp über dem Boden schwebte und nur durch zwei dunkle, aber sehr dicke Spinnennetze an der Decke gehalten wurde.

»Das ist Magie«, sagte Cynthia und setzte sich vorsichtig hinein. Sie befühlte das Netz fasziniert mit ihren Fingern, blickte an ihm hinauf, testete es aus, zog daran, aber es hielt stand. »Das ist ja unglaublich. So etwas habe ich noch nie gesehen«, gestand sie. »Wie hast du das gemacht?«

»Wie du schon sagtest, es ist Magie«, antwortete er und kniete sich vor sie hin. Da war er wieder. Der süße, berauschende Duft. Er sog ihn tief ein. Sein kaltes Herz begann schneller zu schlagen. Erregt, nein, vor allem aufgeregt. Langsam schob er ihre Beine auseinander. Jetzt konnte er die Perle sehen! Sie ragte aus ihrem Versteck. Ein kostbarer Schatz.

Cynthia beobachtete Mandrakes Gebaren mit einem Schmunzeln. Für einen Dämon verhielt er sich doch oft recht menschlich. Täuschte sie sich oder war er tatsächlich so von ihr angetan, wie es schien? Die Faszination in seinem Blick fiel ihr auf, und er erinnerte sie ein wenig an ihren ersten Freund aus der Oberschule, der genauso fasziniert gewesen war, nachdem er zum ersten Mal eine Vagina sah. Er war aufgeregt gewesen, aber auch sehr zärtlich und sehr behutsam.

Sie nahm vorsichtig Schwung, gerade so viel, dass ihre Scham einen kurzen Moment über seine Lippen strich, sein Gesicht bedeckte, um dann wieder nach hinten wegzudriften. Seine Augen leuchteten, wann immer sie sich ihm näherte. Zärtliche Küsse benetzten ihre Schamlippen und lösten ein heftiges Kribbeln aus.

»Das ist wirklich ein schönes Geschenk«, sagte sie und nahm noch etwas mehr Schwung. Aber Mandrake griff plötzlich nach der Schaukel und hielt sie mit beiden Händen fest.

»Freut mich, dass es dir gefällt«, flüsterte er in einem tiefen, männlichen Ton. Seine Stimme verursachte ihr eine Gänsehaut auf den Armen. Er klang nicht mehr wie ein Engel, sondern wie der Dämon, der er war und der es zu genießen schien, sie festzuhalten, so dass sie nicht aus ihrem Sitz steigen und auch nicht nach hinten schwingen konnte. Seine Zunge strich über ihre Scham, drang immer wieder kurz in sie, löste die wunderbarsten Gefühle in ihr aus. Aber nie lange genug, um sich fallen zu lassen, sich zu entspannen, hinzugeben.

Mandrakes Zunge war besonders lang und sehr geschickt. Er wusste genau, was er tat und wie es ihr gefiel. Doch sie ahnte, dass ihm das nicht reichte.

Als er den Kopf wieder hob, glänzte sein Gesicht von ihrer Feuchtigkeit. Sie war auf seinem Kinn und an seinen Wangen. Er leckte sich über die Lippen. »Du schmeckst wundervoll.«

Sie lächelte. Das waren genau die Worte, die sie hatte hören wollen. Und wie er es aussprach. So sanft und liebevoll.

Mandrake ließ von der Schaukel ab, zog seine Hose aus, befreite sein erigiertes Glied und richtete es auf ihre Enge. Sie war immer wieder erstaunt, wie groß und kräftig es aussah. Mit einer Hand stellte er die Schaukel so ein, dass Cynthia in eine waagerechte Lage befördert wurde. Erschocken hielt sie sich an den Netzen fest, die fast wie Drahtseile waren, sich aber ganz anders anfühlten. Sie drohte zu kippen und stieß einen leisen Schrei aus. Der winzige Anflug von Überlegenheit, den sie eben noch verspürt hatte, wandelte sich in Hilflosigkeit. Sie konnte sich nicht aus ihrer Position befreien, war wie gefesselt, nur ohne Stricke oder Handschellen, sondern einzig durch ihre Lage.

Mandrake schien das sehr genau zu wissen und zu genießen. Er lächelte auf seine teuflische Weise und drang in sie. Cynthia stöhnte auf, spürte die Härte seines erigierten Glieds, das sie ganz und gar ausfüllte. Er bewegte sich in ihr. Erst langsam, dann schneller. Immer schneller. Cynthia spürte seine Kraft, seine Energie und ließ sich fallen. Ihr Kopf hing hinten über, ihre Haare berührten fast den Boden. Die Welt stand kopf. Wellen der Lust überfluteten sie. Eine Hand glitt über ihren in Nylon gehüllten Busen. Das Gefühl des feinen Stoffes, der sich nun auf ihrer Haut bewegte, törnte sie noch mehr an, steigerte ihre Lust ins Unermessliche.

Dann ließ er die Schaukel plötzlich los, und durch den Schwung wurde sie weit von ihm fortgetragen. Cynthia spürte, wie er aus ihr glitt, und wollte ihn irgendwie festhalten, doch es ging nicht. Er war fort. Doch nur für einen kurzen Moment, denn er fing sie mit beiden Händen wieder auf und drang noch einmal in sie. Cynthia glaubte innerlich zu explodieren. Doch bevor die Flamme das Ende der Zündschnur erreichte, ließ er sie wieder los. Das geschah wieder und wieder. Er reizte sie, ließ sie aber nicht kommen, weil er sie im rechten Moment wieder von sich stieß. So trieb er das Spiel mit ihr immer weiter. Ließ sie zappeln.

»Bitte«, stöhnte sie. »Halt mich fest.«

Sie hörte ihn lachen. »Noch nicht. Mir macht es viel zu viel Spaß, dich zu necken, meine schöne Sklavin.«

Das Prickeln wurde immer stärker, fast schon schmerzhaft. Aber eine Erleichterung war nicht in Sicht.

»Mandrake …«

Endlich packte er die Schaukel wieder fest mit beiden Händen. Sein Glied schien jetzt noch größer, noch gewaltiger. Sie spürte das Pulsieren in ihrem Inneren, fühlte seine Erregung mit jedem Stoß wachsen. Ihre Beine schlangen sich um seine Hüften. Es würde ihm schwerfallen, sie noch einmal loszulassen.

Die Wellen der Lust schlugen höher und höher, das Feuer näherte sich dem Ende der Zündschnur, weich und eng umschmiegte sie das Nylon. Cynthia hörte ihren eigenen, raschen Atem, spürte das Zucken ihrer Glieder und Muskeln, schließlich strebte alles einem einzigen Punkt entgegen. Sie sah Sterne vor den Augen tanzen, vergaß, wo oben und wo unten war. Alles drehte sich. Ihr schwindelte. Aber es fühlte sich gut an.

Mandrake zog sie plötzlich noch enger an sich, sie spürte seine Bewegungen, hörte seinen Atem, sogar den Herzschlag. Schließlich fiel sie ihm in die Arme, und Mandrake stürzte rücklings zu Boden. Sie blieb auf ihm liegen. Erschöpft. Glücklich. Erleichtert.

Eine kräftige Hand fuhr ihr durchs Haar, streichelte sie zärtlich. Er lächelte sie liebevoll an. Es war so viel Wärme in seinem Blick, dass sie vergaß, keinen Menschen vor sich zu haben. Fast schüchtern beugte er sich zu ihr vor, und ein Kuss landete auf ihrer Stirn. Er war so unglaublich zärtlich, dass sie ein leichtes Zittern erfasste. Seine Arme legten sich besitzergreifend um sie. Über ihnen wippte die Schaukel hin und her, bis auch sie schließlich zum Stillstand kam.

Cynthia wusste nicht, wie lange sie mit ihm reglos, Arm in Arm, am Boden gelegen hatte, aber es musste einige Zeit vergangen sein. Der Himmel hatte sich noch mehr verdunkelt. Schneekörnchen flogen gegen die Fensterscheiben. Es war romantisch. Ja, wirklich romantisch. Sie konnte es kaum glauben, dass sie es so sehr genoss, bei ihm zu sein. Und sie hoffte, dass es ihm genauso erging. Es war wie in einem Traum, und ebenso schnell, wie man aus einem Traum erwachte, schreckte auch Cynthia beim schrillen Klingeln ihres Telefons auf.

»Geh nicht ran«, bat er und hielt sie fest.

Sie musste. Sie konnte nicht anders. Vielleicht war etwas mit Nick?

»Ich bin gleich wieder da«, versprach sie.

Mandrake blickte ihr nach. Sie sah toll aus in ihrem Nylonanzug. Eine perfekte Figur. Selbst die kleinen Brüste gefielen ihm. Sie passten zu ihrem schmächtigen Körper. Alles wirkte wie aus einem Guss, wie eine perfekt gemeißelte Statue. Ihre Beine waren trotz ihrer eher geringen Körpergröße ansehnlich lang und schlank, der Po süß und fest, die Taille wunderbar schmal. Ihre Haare wurden allmählich länger, reichten bis zum Kinn, gaben ihr etwas Freches, Mädchenhaftes.

Er würde noch damit warten, sie an Ovida auszuliefern, denn im Moment genoss er es viel zu sehr, hier zu sein. Bei ihr. Das war ein neues Gefühl. Und es war viel besser, als er es sich erträumt hatte. Er mochte alles an ihr. Nicht nur ihren Körper. Auch ihr Lachen, ihre Stimme, was sie sagte, was sie dachte. Sie war genau die Person, nach der er sich immer gesehnt hatte. Und jede Sekunde, die er ohne sie verbrachte, erschien ihm vergeudet. Seine Arme fühlten sich leer und der Boden plötzlich kalt an. Er wollte sich wieder an sie schmiegen, ihren Körper an seinem spüren und hoffte, dass das Telefonat schnell beendet war. Und als die Tür mit einem Ruck aufging, atmete er auf, bereit, sie wieder in die Arme zu schließen. Cynthias Miene war starr, als sie eintrat, und er merkte gleich, dass etwas nicht mit ihr stimmte. Er sah es in ihrer Aura, die unruhig flackerte, was von Angst und Nervosität, vielleicht auch von Sorge zeugte. Sie legte sich nicht zu ihm, sondern suchte in ihrem Kleiderschrank nach einer Hose und einem Pullover, streifte sie schnell über.

So war der Abend aber nicht geplant gewesen! Mandrake richtete sich auf. »Was ist los?«, fragte er und merkte, dass man ihm die Enttäuschung anhörte.

»Es ist etwas Schlimmes passiert«, sagte Cynthia. Ihre Stimme zitterte. Sofort stand er neben ihr.

»Meine beste Freundin Anna hatte einen Unfall. Ich muss sofort zu Gregor ins Krankenhaus.«

»Ich komme mit«, erklärte er kurzentschlossen.

»Du?« Das schien sie zu überraschen.

Er nickte ernst.

»Nein, das brauchst du nicht. Das ist eine … menschliche Angelegenheit.«

»Völlig egal. Ich sehe, wie aufgelöst du bist. Ich kann dich jetzt nicht fahren lassen.« Er nahm ihr den Autoschlüssel aus der Hand.

Cynthia wollte protestieren, aber ein Blick von ihm genügte, und sie schwieg. Offenbar sah sie ein, dass er recht hatte. Mandrake zog sich an, und beide eilten in die Nacht hinaus, stiegen in ihr Auto.

»Ich wusste gar nicht, dass Dämonen Auto fahren können«, sagte Cynthia, nahm auf dem Beifahrersitz Platz und schnallte sich an.

»Wir können weit mehr, als du denkst.«

Cynthia wirkte blass und ängstlich. Wenn er sie so sah, wollte er sie am liebsten in den Arm nehmen, sie trösten. Aber das war jetzt nicht die rechte Zeit. Sie mussten sich beeilen. Während er durch die nächtlichen Straßen raste, glitt sein Blick immer wieder zu ihr. In seiner Brust wurde es warm, ja sogar richtig heiß. Und das nur deshalb, weil sie neben ihm saß. Er wünschte inständig, er hätte in diesem Moment mehr für sie tun können.

»Welches Krankenhaus?«, fragte er.

»Urban.«

Schon trat er aufs Gas. Seine Reflexe waren viel schneller, viel ausgeprägter als die der menschlichen Fahrer, und so gelang es ihm, jede Lücke auszunutzen und geschickt an anderen Autos vorbeizupreschen, ohne den Verkehr zu behindern.

»Du hast vielleicht einen Fahrstil«, meinte Cynthia, als sie auf dem Krankenhausparkplatz anhielten. Ihr zitterten die Beine. Er half ihr beim Aussteigen und führte sie zur Unfallstation, wo ein junger Mann sie bereits erwartete. Er musterte Mandrake misstrauisch von oben bis unten.

»Das ist … ein Freund von mir«, sagte Cynthia.

»Verstehe. Ich bin Gregor Becker.« Sie schüttelten sich die Hand. Mandrake versuchte, möglichst wenig Kraft in seinen Handschlag zu legen. Schließlich sollte der Mensch keinen Verdacht schöpfen, ihn für seinesgleichen halten, und das ging nur, wenn er sich entsprechend tarnte und seine übernatürlichen Kräfte zurücknahm.

»Was ist passiert?«

Cynthia und Gregor gingen voran. Mandrake folgte ihnen.

»Ich wollte sie bei Marita abholen. Wir hatten uns heute Morgen gestritten. Ich vermute, sie hat dir gesagt, worum es ging.« Cynthia nickte, und der junge Mann senkte beschämt den Kopf, doch er fasste sich recht schnell wieder. »Ich wollte mich eigentlich mit ihr versöhnen, sie zum Essen einladen.

Aber es artete wieder aus. Ein Wort gab das andere, und wir stritten uns noch heftiger. Auf der Treppe verlor sie das Gleichgewicht und …«

Cynthia blieb abrupt stehen, was eine kleine Kettenreaktion auslöste, denn Mandrake, der gerade in eines der Krankenzimmer gelugt hatte, prallte ungewollt gegen ihren Rücken, was wiederum Cynthia ein Stück nach vorn trieb. »Entschuldige«, sagte er, aber Cynthia schien ihn gar nicht zu hören. Sie fixierte den anderen Mann, und ihr Gesicht schien nun noch viel blasser.

»Sag mir nicht, dass du sie gestoßen hast.«

»Nein!« Gregor hob abwehrend beide Hände. »Das habe ich nicht! So etwas hätte ich nie getan!«

Mandrake musterte den Mann misstrauisch, beobachtete seine Mimik und Gestik, erspürte, dass er Angst hatte, sich aber auch sorgte, weil er seine Freundin liebte, sie nicht verlieren wollte. Seine Aura war grau, wie die der meisten Menschen. Eine normale Farbe, die von keiner Schuld zeugte.

»Du kannst ihm glauben«, sagte er schlicht und erntete irritierte Blicke aus beiden Richtungen.

»He, da ist ein Arzt«, rief Gregor und hielt den Mann am Kittel fest, der nun bereitwillig Rede und Antwort stand.

Cynthia verstand nicht viel vom Medizinerkauderwelsch, doch offensichtlich hatte Anna eine mittelschwere Gehirnerschütterung davongetragen. Für die Schwangerschaft bestand keine Gefahr, doch zur Sicherheit sollte ihre Freundin trotzdem zur Beobachtung im Krankenhaus bleiben. Sie stünde zudem unter Schock. Cynthia spürte, dass das nicht alles war, warum es Anna schlecht ging, auch wenn die Ärzte nichts hatten feststellen können.

»Dürfen wir zu ihr?«, fragte Gregor, und der junge Arzt

nickte, führte sie den Gang hinunter zu Annas Zimmer. Schon lag Gregors Hand auf der Klinke, aber Cynthia stellte sich ihm in den Weg.

»Macht es dir etwas aus, wenn ich kurz allein mit ihr spreche?« Sie wusste nicht, woher das Gefühl kam, doch sie glaubte, dass es besser war, wenn sie zuerst nach Anna sah.

Nervös trat Gregor von einem Fuß auf den anderen.

»Nur kurz«, versprach sie, und er gab schließlich, wenn auch widerwillig, nach. Offensichtlich drängte es ihn genauso sehr wie sie, Anna zu sehen. Und das berührte Cynthia, denn es zeigte, wie sehr Gregor Anna immer noch liebte.

Cynthia warf Mandrake einen kurzen Blick zu, der ihr zunickte und sich Gregor zur Seite nahm, um ihn zu beruhigen. Sie hoffte inständig, dass es dem Dämon gelang. Auch wenn dieser vielleicht nicht die bestgeeignete Person für solch eine Aufgabe war.

Leise trat sie ein. Im Zimmer war es dunkel, lediglich der Mond schien herein. Zwei Betten standen im Raum. Das eine war leer, in dem anderen lag Anna. Sie schlief. Cynthia merkte es an ihrem Atem. Also bemühte sie sich, möglichst leise zu sein, die Freundin nicht zu wecken, denn für das, was sie vorhatte, musste Anna nicht wach sein. Sie schlich zu ihrem Bett und griff nach ihrer Hand, so wie sie es früher bei ihren Eltern oder Nick getan hatte, wenn einer von ihnen krank gewesen war. Sie hatten immer behauptet, Cynthia besäße heilende Hände. Eigentlich war das ja Unsinn, doch ein wenig glaubte sie doch daran und vielleicht half es Anna sogar?

Anna stöhnte, und Cynthia bemühte sich, noch leiser und sanfter vorzugehen. Sie hielt Annas rechte Hand zwischen ihren Händen, die noch immer in den Nylonhandschuhen steckten, weil sie nicht die Zeit gefunden hatte, sich umzuziehen, und konzentrierte sich auf ihre Freundin. Die sah im Mondlicht sehr blass aus. Ihr Kopf war verbunden, denn sie hatte auch noch eine Platzwunde davongetragen, die der junge Arzt gar nicht erwähnt hatte.

»Alles wird gut, Anna«, versprach sie. Und damit meinte sie nicht nur ihren gesundheitlichen Zustand. Sie hatte die Sorge und die Liebe in Gregors Augen gesehen. Er würde sie gewiss nicht noch mal so verletzen.

Anna war ihre beste Freundin, sie hatte ihr immer zur Seite gestanden, ihr immer geholfen, und Cynthia war froh, ihr nun ein klein wenig zurückgeben zu können. Hitze entstand zwischen ihren Händen. Wohltuende Wärme, die von Cynthias Körper in Annas floss. Deren Augenlider zuckten leicht, als würde sie träumen. Vielleicht spürte sie aber auch, dass Cynthia hier war und ihr Wärme spendete. Ihre Finger, die zuvor eiskalt gewesen waren, fühlten sich jetzt schon deutlich wärmer an.

Cynthia wünschte sich so sehr, dass alles gut würde, und stellte sich Annas Bauch vor, wie er wuchs, wie das kleine Herz in ihrem Inneren schlug, wie es mit jedem Tag kräftiger wurde. Der Gedanke erfüllte sie mit Glück. Sie sah Annas strahlendes Lächeln vor sich. Es war sanft und liebevoll. Sie streichelte ihren Bauch. So würde es kommen, so und nicht anders. Das hoffte Cynthia von Herzen, und als sie die Augen wieder öffnete, staunte sie, dass Annas Wangen etwas Farbe bekommen hatten und ihr Atem ruhiger und gleichmäßiger wurde. Funktionierte es doch? Cynthia konzentrierte sich stärker, und es entstand noch mehr Hitze unter ihren Fingern, so dass sie sogar zu schwitzen anfing. Alles wird gut, sagte sie sich in Gedanken immer wieder selbst. So lange, bis sie daran glaubte.

Plötzlich öffnete Anna die Augen und schaute sie direkt an. »Cynthia?«, flüsterte sie geschwächt.

»Ja. Keine Sorge, alles ist in Ordnung.«

Anna ließ sich sacht auf ihr Kissen zurückfallen und entspannte sich. »Wo bin ich?«

»Im Krankenhaus. Du hattest einen kleinen Unfall.«

Sie fuhr sich mit der Hand über die Stirn. »Ja, richtig. Ich erinnere mich. Gregor ... er hat noch versucht, mich festzuhalten. Und dann hat er mich ins Krankenhaus gebracht.«

Ihre Augen fielen wieder zu. Cynthia war sich nicht sicher, ob sie wieder eingeschlafen war, aber da erklang ihre geschwächte Stimme erneut. »Wo ist Gregor jetzt?«

»Er wartet draußen.«

Ein Lächeln umspielte Annas Lippen. Dann sank ihr Kopf zur Seite, und sie schlief tief und fest. Cynthia blieb noch eine ganze Weile bei ihr, sie hätte sogar gern noch länger an ihrer Seite gesessen, aber das wäre dem armen Gregor gegenüber nicht fair, der es vor Sorge vermutlich kaum aushielt. Dem Baby ging es gut. Das wusste sie. Leise stand sie auf und schlich zur Tür, drückte die Klinke herunter und huschte wie ein Schatten hinaus.

Sofort stand Gregor vor ihr. Er wollte jetzt auch ins Zimmer. Aber Mandrake zog ihn ein Stück zurück.

»Alles ist in Ordnung. Sie schläft«, erklärte Cynthia ruhig.

»Ich bleibe trotzdem hier«, beharrte der junge Mann und ließ sich nicht davon abbringen.

Mandrake verstand die Menschen oft nicht. Sie neigten dazu, alles zu dramatisieren, bewerteten alles über und schienen geradezu masochistische Tendenzen an den Tag zu legen, wenn es darum ging, sich selbst die Schuld für einen unabänderlichen Zustand zu geben. Jedenfalls hatte dieser

Gregor ihm die ganze Zeit die Ohren vollgejammert, es sei seine Schuld, dass alles so gekommen war.

»Drinnen ist ein leeres Bett«, gab Cynthia ihm den Tipp.

»Wunderbar. Dann lege ich mich rein.«

»Rufst du mich an, sobald es was Neues gibt?«

»Natürlich, das mache ich. Danke, dass du sofort hergekommen bist. Ich wusste einfach nicht, was ich tun sollte.«

»Du hast das Richtige getan.«

Sie drückte Gregor zum Abschied und hoffte wirklich von ganzem Herzen, dass die beiden wieder zusammenfanden. Auch wegen des Babys, das Mutter und Vater brauchte.

»Ich bin so froh, dass es Anna besser geht«, sagte Cynthia und lehnte sich plötzlich an Mandrake, während sie über den Gang liefen. Er wusste erst nicht, wohin mit seiner Hand, aber dann legte er sie behutsam auf ihre Schulter und zog sie eng an sich.

»Das freut mich zu hören.«

Als sie durch das große Eingangsportal auf den Parkplatz gelangten, blieb Cynthia unschlüssig vor ihrem Auto stehen.

»Soll ich fahren?«, bot er an, denn er sah, dass sie noch immer sehr mitgenommen war.

Sie nickte. »Das wäre echt nett.«

Er setzte sich hinters Steuer und wartete, bis sie eingestiegen war und sich angeschnallt hatte. Dann fuhr er los. Dieses Mal gab es keinen Grund zur Eile, und so fuhr er im angenehmen Tempo zurück. Vor ihrem Haus in der Koppenstraße setzte er den Wagen in eine Parklücke.

Cynthia schnallte sich ab, blieb aber noch sitzen. Er spürte, dass sie ihn anstarrte, und als er zu ihr sah, wirkten ihre Augen groß und glänzend.

»Danke … für alles … ich …«

»Kein Problem.«

Sie atmete tief durch. »Wieso hast du mir geholfen? Du ... hättest das doch gar nicht tun müssen ...«

Ja, diese Frage hatte er sich auch gestellt. Er war naturgemäß kein Samariter. Irgendwie wäre sie schon heil zum Krankenhaus gekommen.

Er zuckte mit den Schultern. Über die Jahrtausende hinweg hatte er viel Wissen angereichert, Menschen mochten sogar von Weisheit sprechen, aber diese einfache Frage konnte er nicht beantworten, und das verwirrte ihn.

»Ich weiß es nicht«, gab er zu.

Cynthia aber lächelte, als hätte sie die Antwort just in diesem Augenblick gefunden. Sie legte ihre Hand auf seine. Sie fühlte sich schön an. Warm, weich. Ihre Nähe jetzt zu spüren war genau das Richtige.

»Komm doch noch mit nach oben«, sagte sie plötzlich, und ihr Vorschlag überraschte und erfreute ihn gleichermaßen. »Nur wenn du möchtest«, fügte sie hinzu.

»Ich möchte es«, erwiderte er zärtlich.

Vielleicht war es keine gute Idee gewesen, ausgerechnet ihn das zu fragen, dachte Cynthia. Doch sie wollte jetzt nicht allein sein. Wenige Augenblicke später schloss sie die Tür zu ihrer Wohnung auf. Er folgte ihr bis ins Schlafzimmer, dort war, zu ihrem Erstaunen, die Liebesschaukel verschwunden. Alles sah aus wie immer, als hätte es diese Spinnennetzschaukel nie gegeben. Wie hatte er das nur gemacht?

»Meine Füße bringen mich um«, sagte sie und setzte sich aufs Bett. Den ganzen Tag hatte sie auf ihren Highheels verbracht. Sie streifte ihre Kleidung ab, unter der ihr Nylonanzug zum Vorschein kam. Im Krankenhaus war aufgrund der Hektik niemandem aufgefallen, dass ihre Hände von Nylon umhüllt waren, sie selbst hatte es auch kaum gemerkt. Aber nun spannte sich der feine Stoff wieder eng und deutlich spürbar um ihren Körper. Aber dieses Mal fühlte sie sich davon nicht erotisiert, eher eingezwängt. Das Nylon war durchgeschwitzt. Wahrscheinlich roch es jetzt auch etwas streng.

»Komm, ich helfe dir«, bot Mandrake an, und seine Stimme klang sanft und liebevoll. Vorsichtig halft er ihr dabei, aus den Ärmeln zu schlüpfen, und rollte den Stoff behutsam nach unten, bis sie aus den Beinen steigen konnte. Nun war sie nackt, während er noch völlig bekleidet war.

Sein Blick glitt über ihren Körper. Es verursachte wieder dieses aufregende Prickeln, doch war es dieses Mal ein bisschen schwächer als sonst, weil sie sehr müde war.

Sie ließ sich aufs Bett fallen, Mandrake nahm neben ihr Platz und legte ihre Füße auf seinen Schoß. Zärtlich begann er sie zu massieren. Oh, wie gut sich das anfühlte.

»Du bist ein guter Meister. Andere Sklavinnen werden mich beneiden«, sagte sie mit einem Augenzwinkern. In seiner Gegenwart vergaß sie viel zu schnell, dass er tatsächlich ein Teufel war, der Nicks Seele besaß. Doch wie ein Teufel hatte er sich heute nicht verhalten. Ganz im Gegenteil. Auch jetzt offenbarte er eine äußerst liebenswerte Seite.

Er hob ihren rechten Fuß hoch, führte ihre Zehen zu seinen Lippen und hauchte jedem einzelnen Zeh einen Kuss auf die Spitze.

»Ich bin ein großzügiger Meister«, gab er zu und lächelte sie traumhaft schön an. Cynthia schloss die Augen. Erneut knetete er ihre Fußballen. Diese Massage war einfach nur himmlisch. Genau das Richtige nach einem anstrengenden Tag und einer nicht enden wollenden Nacht.

Seine Hände strichen ihr über die Beine, aber höher als bis

zu ihrem Knie schien er sich nicht zu wagen. Cynthias Augenlider wurden immer schwerer. Wenn er so weitermachte, würde er sie in den Schlaf streicheln. Eigentlich gefiel ihr die Vorstellung, dass er hierblieb, bis sie eingeschlafen war. Wohltuende Dunkelheit umfing sie, legte sich auf ihre Lider, so dass es ihr immer schwerer fiel, sie wieder zu öffnen, bis sie irgendwann geschlossen blieben. Cynthia spürte noch die zarten Berührungen an ihren Füßen, aber dann trat selbst das in den Hintergrund, und als sie das nächste Mal die Augen wieder öffnete, färbten die ersten Ausläufer der Sonne den Horizont rot. Sie leuchteten wie Feuerstreifen am sonst dunklen Himmel. Der Winter empfing diesen Morgen ohne Schneegestöber. Cynthia rieb sich die Augen und blinzelte vorsichtig. Da sah sie Mandrake, der mit dem Rücken zu ihr auf dem Bett saß und aus dem Fenster blickte. Seine Silhouette wirkte gewaltig. Jeder Muskel seiner Arme, die er in den Schoß gelegt hatte, war zu erkennen. Er schien auf irgendetwas zu warten, doch Cynthia war nicht sicher, worauf. Dann erhob er sich plötzlich, nackt wie er war, und ging zum Balkon, öffnete die Glastür. Tief atmete er die Morgenluft ein, so dass sich sein Brustkorb blähte. Die kühle Luft breitete sich in ihrem Zimmer aus. Mandrake wirkte riesig und erinnerte in diesem Moment an einen Bodybuilder. Seltsame Schatten zeichneten sich zwischen seinen Schulterblättern ab, und sie erschrak, als sich unter seiner Haut etwas bewegte. Wellenartig. Erst waren es kleine, dann immer größere Wellen. Es sah aus, als wollte etwas die Haut an seinen Schulterblättern durchstoßen, und genau das geschah auch. Sie hörte das Knirschen von Knochen und wagte nicht zu atmen. Zwei Höcker stießen an die Oberfläche. Sie schienen ein Eigenleben zu besitzen, breiteten sich aus, wurden zu riesigen Flügeln, die sich aufklappten. So absurd es auch klang, die Metamorphose ließ sie an die Wandlung der Raupe zum Schmetterling denken, der seine faltigen Flügel zum ersten Mal öffnete. Mit dem bedeutenden Unterschied, dass diese Kreatur nicht im Geringsten dieselbe Lieblichkeit aufwies wie ein Falter. Ganz im Gegenteil. Der Anblick war verstörend. Aus einem Mann war ein riesiges Monster geworden. Mit einem großen Schritt trat das Wesen auf den Balkon, breitete die Lederschwingen aus und schwang sich in die Lüfte, gleich einem Raubvogel. Eine solche Kreatur hatte sie noch nie zuvor gesehen. Doch erst als sie verschwunden war, kam ihr ein leiser zeitverzögerter Schrei über die Lippen.

Eben dieser Schrei schreckte sie augenblicklich aus dem Schlaf. Ihr Atem ging rasch, und ihr Herz überschlug sich fast. Verstört blickte sie neben sich zu der leeren Betthälfte und tastete sie ab. Sie war noch warm. Lange konnte er nicht fort sein.

Kapitel 15

Es wurde ein stressiger Arbeitstag ohne Pausen, ein Termin jagte den anderen, und Cynthia merkte, wie ihr Energielevel sank, ihre Konzentration litt. Und ihr Job noch mehr. Unentwegt klingelte das Handy, als hätten sich ihre Freunde und Bekannten verschworen. Zuerst war Gregor dran, um ihr mitzuteilen, dass es Anna besser ging. »Sie war froh, dass du bei ihr warst«, erklärte er und fügte dann hinzu: »Wir haben uns wieder versöhnt!« Cynthia freute sich ehrlich für die beiden. Das waren in der Tat gute Nachrichten, die zumindest einen kleinen Teil des Stresses abbauten.

Die nächsten fünf Anrufe kamen von Tom. Cynthia wusste nicht, wann genau es passiert war, doch sie fühlte sich von ihm ziemlich genervt und hatte keine Lust, mit ihm zu reden, zumindest nicht jetzt, da sie ohnehin genug zu tun hatte. Folglich ging sie auch nicht an den Apparat. Sie war sich sicher, dass es nichts Dienstliches war, sonst wäre er direkt in ihr Büro gekommen. Und so, wie er sie in letzter Zeit ansah, gab es für sie kaum einen Zweifel, dass seine Anrufe ganz andere Gründe hatten.

Der nächste Anruf war allerdings die Überraschung des Tages. Maddy lud sie zum Abendessen ein und wollte für Nick und sie ein opulentes griechisches Mahl zaubern. Zunächst war Cynthia versucht, die Einladung abzulehnen, denn sie war weder auf Maddy noch auf Nick sonderlich gut zu sprechen. Sie ärgerte sich nach wie vor über das unverantwortliche Handeln ihres Bruders, und Maddy war ihr einfach nicht sonderlich sympathisch. Aber sie redete mit Engelszungen auf Cynthia ein, wollte Frieden schließen und ließ nicht locker, bis Cynthia doch nachgab. Vielleicht war dieser Abend tatsächlich keine schlechte Idee, man konnte sich endlich mal aussprechen, außerdem war es an der Zeit, die Schwägerin in spe genauer unter die Lupe zu nehmen. Möglicherweise war sie gar nicht so schlimm, wie sie dachte. Um des lieben Friedens willen sagte sie also zu und beeilte sich sogar, möglichst früh aus dem Büro zu kommen.

Gegen 16 Uhr fuhr sie nach Hause, um sich frisch zu machen und umzuziehen. Doch noch ehe sie aus dem Wagen gestiegen war, fiel ihr Blick auf das alte Museum, besser gesagt auf den Wasserspeier, der wie ein Wachhund auf dem Dach thronte.

Sie stieg aus, schloss die Autotür ab und steuerte auf das Museum zu, den Kopf hoch erhoben, bis sie direkt unter dem Steindämon, der auf sie herunterzublicken schien, stehen blieb. Ein Schauer jagte ihr beim Anblick dieser teuflischen Fratze über den Rücken. Jetzt war sie sich plötzlich sicher, das war das Wesen, das sie in ihrem Schlafzimmer gesehen hatte. Und selbst jetzt, obwohl es aus Stein war, wirkte es erschreckend lebendig.

Cynthia machte einen Schritt nach hinten, um ihre Perspektive zu ändern, als sie gegen einen Widerstand prallte und fast hinfiel.

»Oh, das tut mir leid, Entschuldigung«, murmelte ein aufgelöstes Stimmchen, das ihr merkwürdig vertraut war. Cynthia blickte die zierliche Person an, mit der sie versehentlich zusammengestoßen war.

»Sie sind doch …«

»Ja, Klara Nibel.« Sie nickte heftig und sammelte einige Flyer ein, die ihr beim Zusammenprall aus den Händen gefallen waren.

»Wohnen Sie hier?«, erkundigte sich Cynthia.

Sie schüttelte den kleinen Kopf. Ihre braunen Haare flogen hin und her, fast rutschte ihr die überdimensionale Brille von der Nase.

»Ich arbeite im Museum, mache Führungen für Kinder.«

Sie hatte einen Flyer übersehen, und Cynthia hob ihn für sie auf. Auf der Vorderseite war ihr Wasserspeier abgebildet. Fasziniert starrte sie ihn an.

»Den können Sie gern behalten, wenn Sie mögen«, meinte Klara Nibel und tippte sachte aufs Papier. Cynthia nickte gedankenverloren, sie konnte sich von dem Anblick des Steindämons nicht losreißen. Er sah wirklich genauso aus wie das Wesen aus ihrem Traum. Und wenn es gar kein Traum gewesen war? Wenn Mandrake sich in dieses … Ding verwandelt hatte?

»Wie ich sehe, sind Sie auch von unserem kleinen Liebling fasziniert«, rissen sie Frau Nibels Worte plötzlich in die Wirklichkeit zurück.

»Was? Wie bitte?«

Die graue Maus blickte auf, hielt sich schützend eine Hand vor die Augen, um die winzigen Schneeflocken abzuwehren, und deutete zu dem Wasserspeier. »Der gibt uns nämlich Rätsel auf. Irgendwer hat ihn ohne Genehmigung dort oben angebracht. Der Direktor vermutet, dass er aus unserem Fundus stammt, aber wir finden keine Hinweise in unseren Unterlagen. Wahrscheinlich war er früher Teil des Gebäudes und wurde irgendwann abmontiert, ohne dass es jemand verzeichnete.«

Cynthia war der Wasserspeier auch erst vor ein paar Tagen zum ersten Mal aufgefallen, und sie wohnte schon seit einer ganzen Weile in der Koppenstraße.

»Wieso setzten die Leute früher überhaupt einen Steindämon auf das Dach eines Gerichtsgebäudes? Die Leute waren doch sehr gottesfürchtig, das passt irgendwie nicht zusammen.«

»Oh, so ist das keineswegs. Das ist kein Dämon, sondern ein Gargoyle.«

»Ein, was?« Dieses Wort hörte sie zum ersten Mal.

»Die meisten Leute machen da keinen Unterschied. Aber es gibt einen. Einen sehr großen sogar. Während Dämonen den Menschen schaden, versuchen Gargoyles sie zu schützen. Es sind also Gegenspieler, verstehen Sie? Das dämonische Aussehen gab man ihnen, um böse Geister und Dämonen mit ihrem Anblick zu erschrecken und fernzuhalten.«

»Das heißt, sie sind eigentlich gar nicht böse.«

»Überhaupt nicht. Sie sind viel eher Schutzgeister oder Wächter.«

Nun war Cynthia wirklich baff. Alles deutete darauf hin, dass das steinerne Wesen Mandrake selbst oder eins von seiner Art war und er somit gar kein Dämon war. Nur warum verhielt er sich wie ein solcher? Wieso handelte er mit Seelen oder zwang sie, Cynthia, zu sexuellen Gefälligkeiten? Das passte doch hinten und vorne nicht. Entweder Klara Nibel wusste nicht, wovon sie redete, oder es gab ein weiteres Geheimnis um ihren düsteren Meister.

»Kann ich sonst noch etwas für Sie tun?«, fragte Frau Nibel freundlich. Cynthia schüttelte den Kopf. Sie konnte ihr nicht weiterhelfen. Die Fragen, die jetzt noch offen waren, konnte ausschließlich Mandrake beantworten.

»Noch einen schönen Tag«, wünschte Frau Nibel.

»Ebenfalls.« Cynthia schaute auf ihre Armbanduhr. Du lieber Himmel. Jetzt wurde es aber Zeit. Sie war schon viel zu spät dran und sie rannte nach Hause.

Umgezogen und neu frisiert fuhr sie kurz darauf wieder los. Die Straßen waren voll, weil sich jetzt die meisten Leute auf den Heimweg machten. Ein einziges Stop and Go, das auch dafür sorgte, dass sie ein wenig verspätet bei Maddy eintraf, die ihr in einem schicken Abendkleid die Tür öffnete. Wow, dachte Cynthia, sie sieht wirklich phantastisch aus. Allmählich konnte sie verstehen, was Nick an ihr fand. »Für wen haben Sie sich denn so zurechtgemacht?«, fragte sie. »Doch nicht etwa für mich?«

In ihrem dicken Wollpulli und der Stoffhose sah sie ziemlich blass dagegen aus.

Maddys Kleid war feuerrot und mit funkelnden Pailletten besetzt. So etwas trug man doch nur auf dem roten Teppich, selbst für einen Theaterbesuch wäre es overdressed.

»Komm doch erst mal rein. Und lass uns Du zueinander sagen, ja?«

Cynthia zuckte mit den Schultern. »Meinetwegen.« Sie versuchte ihre Stiefel loszuwerden, aber Maddy winkte ab. »Lass sie ruhig an.«

Dann führte sie ihren Gast ins Wohnzimmer, in dem ein reichlich gedeckter Esstisch stand.

»Kommt Nick nicht zum Essen?«, wunderte sich Cynthia, als sie nur zwei Teller und zwei Gläser bemerkte.

Maddy schenkte ihnen ein. »Leider gab es einen Wasserrohrbruch im Laden. Nick verspätet sich. Er hat gesagt, er kann nicht versprechen, ob er es schafft. Aber ich dachte mir, es wäre schade um das gute Essen und den schönen Abend.«

Da hatte Maddy wohl recht. Sie hob ihr Glas, als wollte sie mit Cynthia anstoßen, welche die plötzliche Vertraulichkeit doch etwas *zu* plötzlich empfand.

»Hier hat sich ja einiges verändert, seit ich das letzte Mal hier war«, gab Cynthia zu. Und das war vor ein paar Tagen gewesen. Nick musste das Geld, das er für seine Seele erhalten hatte, mit vollen Händen ausgeben. Der Gedanke machte sie ärgerlich. Zumal ihr herzallerliebster Bruder nicht mal ahnte, welches Opfer sie für ihn brachte.

»In der Tat. Wenn du magst, führe ich dich ein bisschen rum.«

»Warum nicht.«

Maddy ging voran und ließ aufreizend ihre Hüften bei jedem Schritt kreisen. Die Pailletten raschelten und knisterten.

»Hier ist die Küche.« Sie war modern eingerichtet. Früher hatte hier ein alter Gasherd gestanden, Nick war inzwischen auf einen Elektroherd mit Ceranfeld umgestiegen. Auch die Küchenmöbel waren neu. Eine edle Einbauküche, die sicher mehr gekostet hatte, als Cynthia noch bis vor kurzem im Jahr verdiente.

Maddy schob sich an ihr vorbei und berührte dabei zufällig Cynthias Schulter. Sie hätte das für ein Versehen gehalten, hätte Maddy ihr nicht plötzlich zugezwinkert.

»Willst du auch das Schlafzimmer sehen?«, fragte sie, nachdem sie sich jedes Zimmer angesehen hatten, und schürzte die Lippen.

»Nein, das muss wirklich nicht sein«, erwiderte Cynthia,

in der ein ungutes Gefühl aufkam. Maddy verhielt sich äußerst seltsam. Cynthia wurde zusehends unwohler.

»Ach, komm, es sieht toll aus. Du wirst begeistert sein.« Maddy packte plötzlich ihre Hand und zog sie hinter sich her. Ehe Cynthia Protest erheben konnte, stand sie auch schon in dem traumhaften Schlafzimmer, das fast genauso groß war wie das Wohnzimmer und von einem wunderschönen Himmelbett dominiert wurde.

»Und? Hab ich zu viel versprochen?«

Cynthia bewunderte die bodenlangen Vorhänge, die ihr den Blick auf das Innenleben des Himmelbetts verwehrten. Sie schimmerten blutrot. Der Stoff erinnerte an Samt. Das war sicher nicht billig gewesen.

»Ja, ist schön«, gab sie zu.

»Ich wusste, dass es dir gefällt. Willst du nicht mal Probe liegen?«

Erneut kam das mulmige Gefühl auf. Maddy verhielt sich aber auch wirklich eigenartig. Ihr Lächeln war überdimensional, ihre Augen leuchteten. Es hatte sehr den Anschein, als versuchte sie, mit Cynthia zu flirten.

»Nein, nicht nötig.«

»Aber doch. Es ist toll.«

Zwei Hände legten sich auf ihre Schultern und schoben sie zum Bett. Cynthia war erstaunt von Maddys Entschlossenheit, noch mehr von ihrer Kraft. Selbst wenn sie es versucht hätte, sie hätte kaum etwas gegen sie ausrichten können.

Mit einer Hand hob sie den Samtvorhang hoch, so dass Cynthia ins Innere schauen konnte. Es war noch größer als gedacht. Zwei riesige Kissen und unzählige kleinere zierten die beiden großen Matratzen, die wunderbar weich aussahen.

»Probier es aus«, sagte Maddy und gab ihr einen leichten Stoß. Cynthia verlor das Gleichgewicht und landete mitten in dem Kissenberg.

Gerade als sie sich umdrehen wollte, lag Maddy auch schon lachend auf ihr. Cynthia wollte sich befreien, sie fortdrücken, aber Maddy war unglaublich stark. Sie packte Cynthias Hände und hielt sie über ihrem Kopf zusammen.

»Aua«, zischte Cynthia. »Was soll das?« Sie fühlte sich extrem unbehaglich in dieser Position. Maddys Brüste hüpften direkt vor ihrem Gesicht hin und her. Es sah aus, als würden sie ihr jeden Moment aus den Körbchen springen.

»Sei nicht so spießig. Ich will doch nur ein bisschen Spaß haben.« Sie zwinkerte unverhohlen. Ihre Lippen näherten sich gefährlich den ihren. Ein merkwürdiges Ziehen und Brennen entstand auf ihrer Haut, rings um ihren Mund herum. So als hätte sie etwas Scharfes gegessen. Auch Maddy schien dies zu spüren und war davon irritiert. Cynthia nutzte den Moment und zog den Kopf wie eine Schildkröte ein, um dem drohenden Kuss zu entgehen. Da fing Maddy erneut an zu lachen. »Hast du etwa Angst vor einem Kuss?«

»Geh runter von mir.« Cynthia geriet allmählich in Panik. Was sollte dieser Unfug? Sie dachte, Maddy liebte ihren Bruder über alles!

»Entspann dich«, versuchte Maddy sie zu beruhigen. »Ist wirklich nur ein Spaß.«

Und wieso ließ sie dann nicht endlich von ihr ab? Erst als sie plötzlich Schritte im Flur hörte, stieg sie endlich von ihr herunter.

»Ich bin da!«, rief eine männliche Stimme.

Cynthia rappelte sich auf und eilte in den Flur, erleichtert darüber, dieser Hexe entkommen zu sein. Maddy lachte noch immer. »Das war doch gar nicht ernst gemeint. Du bist eine Spielverderberin, weißt du das?«, rief sie ihr hinterher.

Von wegen. Das konnte sie ihrer Großmutter erzählen, die vermutlich drei goldene Haare in ihrem Schmuckkästchen aufbewahrte!

Cynthia lief in den Flur, wo Nick gerade dabei war, seine Schuhe auszuziehen.

»Da bist du ja endlich«, sagte sie verärgert. Auch wenn er gar nichts für diesen Vorfall konnte und es ungerecht von ihr war, ihm die Schuld daran zu geben, machte sie ihn doch ein klein wenig für die Misere verantwortlich. Hinzu kam sein Lebenswandel, der sie schrecklich aufregte. »Deine großartige Verlobte ist gerade über mich hergefallen«, sprudelte es in ihrem Zorn aus ihr heraus. Sie hatte nicht vor, ein Blatt vor den Mund zu nehmen. Ihr Bruder musste endlich kapieren, dass diese Maddy nicht nur wie eine Schlampe aussah, sondern sich auch wie eine verhielt.

»Wow, du hast ja eine Laune«, sagte er zu ihrer Überraschung völlig gelassen, fast so, als hätte er ihre Worte überhaupt nicht verstanden.

»Weil du ewig gebraucht hast, um herzukommen. Sonst wäre ja gar nichts passiert!«

Im Nachhinein war es sogar gut, dass er zu spät kam, andernfalls hätte sie nicht erfahren, was für ein Biest Maddy tatsächlich war. Sie war sich sicher, sie wäre bis zum Äußersten gegangen, wenn sie die Chance dazu bekommen hätte. Schon allein das begierige Leuchten ihrer Augen hatte sie verraten.

»Tut mir leid. Ich musste auf die Handwerker warten. Im Bad kam Wasser durch die Wand. Wir haben beschlossen, alles neu zu machen, die Leitungen austauschen, renovieren, das volle Programm.«

»Und das zahlst du alles mal eben aus der Portokasse, was?«

»Du weißt genau, dass ich das Geld dafür habe«, flüsterte er, weil er offenbar nicht wollte, dass Maddy etwas davon mitbekam.

»Habt ihr schon gegessen?«, fragte er dann etwas lauter, und Cynthia war baff, dass er noch immer nichts zu dem Vorfall zu sagen hatte. Dann vernahm sie Schritte hinter sich.

»Aber nicht doch, Liebling, wir haben nur auf dich gewartet.« Maddy legte freundschaftlich den Arm um Cynthias Schulter, aber die schob ihn einfach weg und wich zur Seite, um Abstand zwischen sich und diese Frau zu bringen.

»Tut mir leid, mir ist der Appetit vergangen.«

»Ich wollte doch nur ein bisschen spielen. Nick kennt das von mir, nicht wahr, Liebling?«

»Ja, sie ist ein richtiges Kätzchen.«

Cynthia wurde schlecht. Wie konnte man nur so blind sein? Maddy hatte ihn offenbar völlig in der Hand.

»Ich sehe mal nach dem Essen«, sagte sie und verschwand. Das gab Cynthia die Chance, noch einmal auf ihren Bruder einzuwirken. Aber der hob die Hand, noch bevor sie auch nur ein Wort hervorgebracht hatte.

»Ich weiß, was du denkst. Aber du musst dich geirrt haben.«

»Wie bitte?« Inwiefern sollte sie sich geirrt haben? Die Situation war recht eindeutig gewesen.

»Maddy kann nicht anders, als mir treu zu sein. Sie begehrt keinen anderen Mann außer mir. Der Wunsch. Du verstehst?«

»Vielleicht hast du deinen Wunsch etwas ungenau formuliert? Ich bin nämlich kein Mann.«

»Jetzt sei nicht albern.« Nick lachte und ihr wurde klar, wie sehr er sich zu seinem Nachteil verändert hatte. Wo war ihr gutherziger Bruder geblieben? Er hatte sich in einen arroganten und überheblichen Kerl verwandelt, der nichts außer seiner eigenen Wahrheit gelten ließ. Sie war enttäuscht und traurig, zugleich unschlüssig. In diesen Wänden fühlte sie sich nicht mehr wohl und nach diesem Lachanfall schon gar nicht willkommen. Nein, sie konnte nicht länger bleiben und so tun, als sei nichts passiert, das alberne Spiel mitspielen. Hier regte sie zu vieles auf.

»Ich gehe besser. Mach's gut, Nick.«

»Jetzt warte doch. Sei nicht so verklemmt«, rief er ihr nach, doch Cynthia reagierte nicht. Sie war nicht einmal sicher, ob sie unter diesen Umständen ihren Deal mit Mandrake überhaupt noch aufrechterhalten sollte.

Krachend fiel die Tür hinter seiner Schwester ins Schloss. Ihr Verhalten kam Nick äußerst merkwürdig vor. Aber so war Cynthia. Manchmal reagierte sie über, war impulsiv und hörte nur auf ihr Bauchgefühl.

»Was ist denn nur zwischen euch vorgefallen?«, hakte er nach, als Maddy wieder zurückkam, um ihn zum Essen zu holen.

»Nur ein Missverständnis, wie ich schon sagte«, erwiderte Maddy scharf und stolzierte ins Wohnzimmer. Er folgte ihr, setzte sich neben sie an den Tisch. »Sie hat einfach etwas falsch verstanden«, fügte sie dann hinzu.

»Ja, das passiert ihr öfter.« Nicks Blick glitt an ihr herunter. »Du siehst ja umwerfend aus«, bemerkte er, in der Hoffnung, sie ein bisschen aufmuntern zu können. Er wusste, wie viel Mühe sie sich mit dem Essen gegeben hatte. Und nun hatte Cynthia alles ruiniert.

»Danke«, sagte sie sanfter und rückte ihr Dekolleté zurecht. Dieses Kleid hatte er noch nie an ihr gesehen. Es stand ihr großartig, betonte ihre weibliche Figur. Das feurige Rot brachte ihre Augen zum Strahlen, ihre Haut hingegen wirkte so weiß wie Schnee. Ein überirdisch schöner Anblick. Ihr Ausschnitt war so tief, dass ihre Brüste fast herausfielen. Nick ertappte sich dabei, dass er ihren wogenden Busen unaufhörlich anstarrte. Das schien auch Maddy nicht zu entgehen. Ihre Augen blitzten.

»Ich bin sicher, Cynthia kommt bald zur Vernunft und wird sich bei dir entschuldigen.« Er streckte die Hand nach ihrer aus, aber Maddy erhob sich plötzlich. Mit der Zungenspitze leckte sie sich über die Lippen.

»Warum kommst du nicht einfach mit mir mit, Nick«, flüsterte sie und schritt mit anzüglich schwingenden Hüften voran.

Nick ließ sich das nicht zweimal sagen und schob seinen Stuhl zurück, ließ das Essen stehen.

»Jetzt mach schon«, drängte sie. Ihre Stimme klang gereizt, aber auch sehr erotisch. Nick konnte nicht länger widerstehen. Und der Gedanke, dass sie ihre aufgestaute Wut wegen des verdorbenen Abends nun an ihm ausließ, törnte ihn tatsächlich ein bisschen an.

Sie zog ihn mit sich ins Schlafzimmer, ließ dort seine Hand los und wandte ihm den Rücken zu.

»Hilfst du mir? Der Reißverschluss klemmt.« Ihr Wunsch war ihm Befehl. Er trat hinter sie, atmete den Duft ihres süßen Parfüms ein und zog den Reißverschluss auf. Es ging ganz einfach. Hatte sie ihn angeschwindelt? Der Verschluss hatte nicht geklemmt. Er musste lachen. Maddy drehte sich zu ihm um, und das Kleid floss an ihr herunter, als bestünde es aus süßem Nichts.

Sie trug keinen BH. Das hatte er bereits gemerkt, als er ihr das Kleid geöffnet hatte. Dass sie aber auch keinen Slip anhatte, überraschte ihn nun doch. Wieso hatte sie sich derart verführerisch zurechtgemacht, wenn doch eigentlich nur ein harmloses Abendessen geplant gewesen war?

Wahrscheinlich ist das mein Nachtisch, überlegte er und bekam großen Appetit.

»Komm mit mir«, flüsterte sie ihm ins Ohr. Dann drehte sie sich um und verschwand hinter den Vorhängen des Himmelbetts. Nick lockerte seinen Kragen und tat, was sie verlangte. Sie lag auf den Kissen, räkelte sich wie eine Katze und sah dabei ebenso elegant wie gefährlich aus.

»Zieh dich aus, Nick«, forderte sie und setzte ihren feurigen Verführerinnenblick auf. Ihm wurde heiß. Sehr heiß.

Er knöpfte sein Hemd auf, doch offenbar ging ihr das nicht schnell genug. Sie griff nach dem Stoff, riss ihn einfach auseinander, ohne Rücksicht auf Verluste. Ein paar Knöpfe flogen durch die Luft. Wild verschloss sie seinen Mund, streifte ihm das Hemd über die Schultern und machte sich gleich darauf an seiner Hose zu schaffen. Ihre Hände schienen überall zu sein. Sie strichen über seine Brust, seinen Bauch und nun zwischen seinen Beinen, wo sie eine beträchtliche Beule vorfanden. Seine Hände fingen an zu zittern, während er versuchte, irgendwie noch halbwegs elegant aus seiner Hose zu kommen. Maddy war noch wilder, als er es sich in seinen kühnsten Träumen vorgestellt hatte. Aber das gefiel ihm. Sie hielt immer eine Überraschung für ihn parat.

Plötzlich drückte sie ihn auf die Kissen. Er war erschrocken von ihrer Stärke. Optisch war sie eine eher zierliche Frau, der man solche Kraft nicht ohne weiteres zutraute. Aber Maddy hielt ihn locker unten. Sie grinste ihn an und küsste ihn noch einmal. Ihre Zunge verschwand in seinem Mund, drang tief in seinen Hals vor, so dass er fast würgen musste. Es prickelte und kribbelte, sein Hals fing sogar an zu brennen. Erschrocken drückte er sie ein Stück zurück. Sie war völlig zügellos, er musste sie ein bisschen bremsen, bevor das überhand nahm.

»Sei kein Spielverderber, Nick«, säuselte sie sichtlich enttäuscht. Im nächsten Moment tat es ihm leid, sie so grob behandelt zu haben. Er entspannte sich, legte sich auf die Kissen zurück, und Maddy beugte sich zufrieden über ihn, nahm seinen Kopf in die Hände, kraulte sein Haar. Ihre Brüste schwebten direkt über seinem Gesicht. Vorsichtig hob er den Kopf, so dass seine Lippen ihren Busen berührten. Sie schmeckte so wunderbar süß und fühlte sich herrlich weich an. Er saugte an ihren Nippeln, erst am linken, dann am rechten.

»Was machst du denn da?«, fragte er berauscht, während das Gitter des Bettes leicht wackelte, er sich aber voll und ganz auf ihre apfelförmigen Brüste konzentrierte.

»Wirst du gleich sehen.« Er hob den Kopf und sah, dass sie dort etwas festgebunden hatte. Es war ein Seil. Maddy schien etwas vorbereitet zu haben. Offenbar war das alles von langer Hand geplant. Nick fühlte sich geschmeichelt und noch mehr erregt. Maddy konnte sehr dominant sein, wenn sie es wollte, und er gab sich ihr gern hin.

Das eine Ende des Seils band sie um sein rechtes Handgelenk und zog es dabei etwas zu straff, so dass er aufstöhnte, aber darauf nahm sie trotz seines leisen Protestes keine Rücksicht.

»Sei kein Spielverderber«, wiederholte sie und zwinkerte ihm zu. Nick konnte jedoch seine Finger kaum noch spüren, das Blut wurde ihm abgedrückt. Und etwas an ihrem Blick bereitete ihm Sorgen. Er war noch immer eiskalt und irgendwie fremd. Aber vielleicht gehörte das zu der Rolle, die sie für ihn spielte?

Fest zog sich das andere Ende des Seils um sein zweites Handgelenk. Er war festgebunden. Konnte sich nicht ohne weiteres befreien. Dieses Gefühl verunsicherte ihn. Er zog an den Fesseln, um auszutesten, ob er sich zur Not nicht doch losreißen könnte. Aber das war nicht der Fall.

Maddy schüttelte amüsiert den Kopf, setzte sich auf seine Brust und lächelte zufrieden. Ihre Züge hatten etwas Teuflisches. Das rote Haar, das ihr feines Gesicht umschmiegte, verstärkte diesen Eindruck auf beängstigende Weise. Hatte sie schon immer so rote Augenbrauen besessen? Sie kamen ihm äußerst unnatürlich vor. Beinahe wie aufgemalt.

»Und was hast du jetzt vor?«, fragte er unsicher, aber doch erregt. Es war das erste Mal, dass seine Verlobte ihn ans Bett fesselte, und er musste zugeben, es gefiel ihm trotz ihres kalten Auftretens.

Maddy zog hinter ihrem Rücken ein rotes Halstuch hervor, das er im ersten Moment für eine dicke Haarsträhne von ihr hielt. Doch dann erkannte er den feinen Stoff, den sie vor seinen Augen zu einem dünnen Strick drehte. Irritiert beobachtete er sie dabei. Ihr Lächeln war beunruhigend, aber auch verdammt sexy. Wollte sie ihn auch noch knebeln?

Das Blut pulsierte heftig zwischen seinen Beinen. Unruhig bewegte er sein Becken, aber Maddy ignorierte den kleinen Wink. Stattdessen band sie ihm das Tuch um die Augen und zog es fest an seinem Hinterkopf zusammen, wo sie es verknotete.

Dunkelheit umfing ihn. Erotisierende Dunkelheit. Er versuchte durch den Stoff hindurchzusehen, aber das ging nicht. Die feinen Fasern hatten sich durch das Zwirbeln zusammengezogen, bildeten eine lichtundurchlässige Schicht.

Maddy setzte sich ein Stück nach hinten, auf sein Glied, das fast schon ein Eigenleben entwickelt hatte und bereitwillig in ihr verschwand.

Nick spürte, wie ihm das Blut in den Kopf schoss, wie seine Wangen glühten. Ein leises Keuchen kam ihm über die Lippen. Da fing Maddy an, sich auf ihm zu bewegen. Erst sehr langsam, dann schneller. Ihr Körper glich einer Welle. Fließend und gleichmäßig war ihr Rhythmus.

Plötzlich spürte er etwas an seinen Lippen. Er erschrak, öffnete dabei den Mund, und schon schmeckte er ihren Zeigefinger auf seiner Zunge. Sanft bewegte sie ihn vor und zurück, während sich seine heißen Lippen um ihn schlossen, an ihm saugten. Wie erregend das war. Nick war immer wieder verblüfft, wie sehr ihn diese Frau anmachte. Sie kannte keine Grenzen, erfüllte ihm jeden Wunsch. Es wurde eine aufregende Nacht voller leidenschaftlicher Küsse und einem wilden Ritt im Dunkeln.

Kapitel 16

Cynthia stieg in ihren Wagen, besorgte sich unterwegs eine Pizza und fuhr schließlich nach Hause. Der Moment, in dem Maddy ihre roten Lippen fast auf ihre gepresst hatte, wollte ihr nicht aus dem Kopf. Dass der Kuss, noch bevor er überhaupt stattgefunden hatte, übel gebrannt hatte, daran erinnerte sie sich in diesem Augenblick gar nicht mehr. Stattdessen dachte sie daran, wie schamlos diese Frau war und dass Nick sich zwar unmöglich verhalten, aber eigentlich trotzdem etwas Besseres verdient hatte! Natürlich liebte sie ihn noch immer, auch wenn es ihr in ihrer Wut schwerfiel, das zuzugeben. Und natürlich wollte sie immer noch seine Seele retten. Vielleicht käme er dann ja endlich zur Vernunft und würde wieder der alte Nick werden.

Eines fragte sie sich aber doch. Warum nur hatte Maddy das getan? Konnte sie sich nicht denken, dass Cynthia mit ihrem Bruder darüber reden würde?

Um diese Uhrzeit gab es in ihrer Straße keine Parkplätze mehr, also parkte sie in einer Seitengasse und stieg aus. Schon aus der Ferne sah sie die Männer, die ihr im Dunkeln entgegenkamen. Ihr Grölen machte ihr Angst. Sie schienen betrunken. Cynthia eilte die Straße runter, bog um die Ecke und steuerte auf ihren Wohnblock zu. Als sie sich umdrehte, hatte sie die Männer Gott sei Dank abgehängt. Rasch holte sie ihren Schlüssel aus der Handtasche und schloss die Eingangstür auf. Erst als die Tür wieder hinter ihr zufiel und sie im dunklen Hausflur stand, atmete sie auf, fühlte sich in Sicherheit. Ihre Hand tastete nach dem Lichtschalter. Mit einem Klick wurde es hell. Erschöpft schleppte sie sich die Treppe hinauf. Ihre Beine fühlten sich schwer und müde an. Als hätte ihr jemand schwere Bleiklötze um die Waden geschnallt. Endlich stand sie vor ihrer Wohnungstür, schloss sie auf und machte sich als Erstes einen warmen Tee.

Wahrscheinlich war Maddy einfach dumm, so hart das auch klang. Hormongesteuert. Jemand, der erst handelte und dann nachdachte. Sie schüttelte bedauernd den Kopf, als ihr einfiel, dass Nick sich diese Frau gewünscht hatte. Offensichtlich waren ihm beim weiblichen Geschlecht die körperlichen Qualitäten wichtiger als die geistigen. Ein wenig enttäuscht war sie deswegen schon. Sie hatte ihm mehr Niveau zugetraut.

Sie ließ sich mit ihrer Teetasse in den Schaukelstuhl fallen und bemerkte plötzlich, dass die Balkontür offen stand. Merkwürdig, sie war sich ganz sicher, dass sie die verriegelt hatte, nachdem sie heute Morgen aufgebrochen war. Nun blies der kühle Winterwind herein, bauschte die Vorhänge und trieb sogar ein paar Schneeflocken ins Innere, die sich sacht auf dem Teppich niederließen. Aber kaum, dass sie ihn berührten, schmolzen sie schon.

Sie musste zweimal hinsehen, ehe sie die dunkle Gestalt auf dem Balkon erkannte. Die langen Haare wehten im Wind, der schwarze Mantel lag eng um den Körper.

»Mandrake?«, flüsterte sie und kam näher. Die winterliche Kälte kroch ihr die Füße hinauf, lähmte ihre Beinmuskeln. Irgendetwas stimmte nicht, das spürte sie instinktiv, und noch ehe sie die Balkontür überhaupt erreicht hatte, hielt sie inne, weil das Gefühl von Bedrohung immer stärker wurde.

Der Mann drehte sich zu ihr um, und sie blickte in ein altes, faltiges Gesicht mit tiefliegenden Augen und aufgesprungenen Lippen.

»Wer sind Sie?«, fragte sie erschrocken und wich zurück. Der Fremde folgte ihr. Das eigenartige Glühen in seinen Augen aktivierte ihren Fluchtreflex. Sie wollte rennen, aber er bewegte sich schneller als der Wind und stand schon vor ihr, hielt sie an den Schultern fest.

»Wie schön du bist«, flüsterte der Mann mit zitternder Stimme. Sein Zeigefinger strich ihr über die Wange. Cynthia hielt vor Angst den Atem an. Er würde ihr doch nichts antun?

»Sie haben recht. Du leuchtest wie ein Stern.«

Wovon sprach dieser Kerl?

»Hab keine Angst.« Er versuchte sie in Richtung Bett zu drängen, aber Cynthia hielt dagegen, sträubte sich mit Händen und Füßen, so dass er beinahe die Kontrolle über sie und die Situation verlor. Sie schrie, so laut sie nur konnte. Irgendwer musste sie hören und ihr zu Hilfe eilen. Wütend stieß er sie zu Boden. Sie konnte sich nicht abfangen und knallte mit dem Rücken auf. Ein höllischer Schmerz breitete sich entlang ihrer Wirbelsäule aus. Der Mann stand nun über ihr. Er wirkte riesig, seine Schultern breit, und in seinen Augen funkelte ein dämonisches Feuer.

»Du wirst ihn mir jetzt geben.«

»Wovon reden Sie?« Sie war den Tränen nahe. Der Kerl musste ein Irrer sein. Oder ein Dämon. Vielleicht sogar beides!

Er ging in die Hocke und packte ihr Kinn, drehte ihren

Kopf in seine Richtung und zwang sie, ihn anzusehen. »Gib mir einen Kuss.«

Er warf sich auf sie, drückte sie mit seinem Gewicht zu Boden. Cynthia stemmte sich mit aller Kraft gegen ihn, und es gelang ihr sogar, ihn ein Stück weit von sich zu drücken.

»Runter!«, fuhr sie ihn an. Aber das schien ihn nur noch mehr anzuheizen. Seine Hände drangen in eine Region vor, wo sie nichts zu suchen hatten. Cynthia schrie, schlug und trat um sich, aber der Fremde war stärker als sie. Er drückte sie erneut zu Boden, legte sich auf sie und steckte ihr seine Zunge in den Mund, und zwar so tief, dass es Brechreiz in ihr auslöste. Aber dann jagte ein Blitz durch sie hindurch in ihn hinein, und er ließ von ihr ab, zuckte wie von Sinnen, als würde er elektrisiert. Cynthia kroch unter dem Kerl hervor, der am ganzen Körper zitterte. Winzige Funken jagten über sein Gesicht. Die Augen leuchteten, die Lippen bebten. So etwas hatte sie noch nie gesehen. Es sah so aus, als hätte er soeben einen elektrischen Schlag bekommen. Aber woher? Er streckte die stark zitternde Hand nach ihr aus und kroch auf sie zu. Sein Gesicht war von Schmerz und Zorn völlig entstellt. Cynthia sprang auf die Beine und wollte fliehen. Da packte er sie plötzlich am Knöchel und riss sie erneut zu Boden.

Just in dem Moment wurde der Fremde durch die Luft gewirbelt wie ein altes Handtuch. Er prallte gegen die Wand, riss ein Bild mit herunter und blieb benommen am Boden liegen. Ehe Cynthia klarwurde, was geschehen war, bemerkte sie den riesigen Schatten, der sich über das ganze Zimmer zog.

Mandrake packte den Eindringling am Kragen und zog ihn auf die Beine. Doch der war durch den Aufprall noch zu sehr entkräftet, so dass er sich nicht auf den Füßen halten konnte.

»Wenn dir dein armseliges Leben lieb ist, lässt du die Finger von ihr, kapiert, du Wurm?«

Mandrake stieß ein animalisches Grollen aus und drückte seinen Gegner mit solcher Wucht gegen die Wand, dass der Raum wackelte. Der Eindringling schlug mit dem Hinterkopf auf und verdrehte benommen die Augen.

»Lass dich hier nie wieder blicken«, brüllte Mandrake mit einer tiefen, angsteinflößenden Stimme, dann schleifte er den Benommenen zur Wohnungstür.

Cynthia richtete sich auf und folgte den Männern in den Flur. Dort sah sie, wie Mandrake den Widerling hinausbeförderte und die Tür hinter ihm schloss. Als er sich umdrehte, bemerkte sie ein gefährliches Glühen in seinen Augen, das aber schnell wieder erlosch.

»Ist alles in Ordnung mit dir?«, fragte er besorgt und betrachtete sie prüfend von oben bis unten. Als er die Hand nach ihr ausstreckte, fiel Cynthia ihm plötzlich in die Arme. Wie froh sie war, dass er hier war. Ein Zittern erfasste ihren ganzen Körper, und seine Arme schlangen sich fester um sie.

»Ich habe es gewusst«, flüsterte sie aufgeregt und klammerte sich an ihn.

»Was hast du gewusst?«

»Dass du kein Dämon bist.«

Erstaunt hielt er sie an den Schultern fest und schob sie ein Stück zurück. Was redete sie denn da?

»Du hast mich gerettet«, flüsterte sie voller Zuneigung und schmiegte sich erneut an seine Brust und ihm wurde klar, dass sie recht hatte. Ihre Worte öffneten ihm die Augen. Kein Dämon würde je einen Menschen retten. Mandrake aber hatte gespürt, dass sie in Gefahr war, und hatte alles stehen und liegen lassen, um zu ihr zu eilen. Sein altes Herz war vor

Angst um sie gänzlich aus dem Rhythmus geraten, und ein Brennen hatte sich in seiner Brust ausgebreitet, das sehr schmerzhaft gewesen war, ihn noch mehr angetrieben hatte, sich zu beeilen. Die Vorstellung, sie zu verlieren, hatte Kräfte in ihm geweckt, die er nicht für möglich gehalten hätte, denn der Luftteufel, der sie angegriffen hatte, war normalerweise mächtiger als ein Wesen wie er. Zugleich wurde ihm gewahr, dass er sie niemals an Ovida ausliefern könnte. Nicht mehr. Diese kleine Menschenfrau war ihm wichtiger geworden als alles, was er je besessen hatte.

»Ich bin ein Gargoyle«, sagte er leise. Seit einer Ewigkeit war ihm dieser Satz nicht mehr über die Lippen gekommen. Er schämte sich, weil er sich dieses Namens nicht mehr würdig fühlte. Nicht nach allem, was er getan hatte. Gargoyles waren Hüter, Beschützer, keine Teufel, die für Zerstörung sorgten. Doch genau das war seine Aufgabe gewesen, und er hatte sie erfüllt. Bis heute.

Sie ergriff seine Hand und zog ihn mit sich ins Wohnzimmer. »Ich will alles darüber wissen. Bitte.« Sie setzten sich, und Mandrake begann zu erzählen.

Er sprach von einer vergangenen Zeit, die in Vergessenheit geraten war, in der Krieg auf der Erde herrschte, der für menschliche Augen unsichtbar gewesen war. Ein Krieg zwischen Dämonen und Gargoyles. Während die Dämonen danach trachteten, die Menschheit zu unterwerfen, zu verderben, ihre Seelen einzuverleiben, stellten sich die Gargoyles ihnen entgegen, um vor ihrem bösen Einfluss zu schützen.

Er hatte mit feuriger Leidenschaft gekämpft, die Menschen mit seinem Leben verteidigt, wie es auch seine Gefährten getan hatten. Doch über die Jahrtausende hinweg waren die Gargoyles immer weniger geworden, weil sie der Übermacht der Dämonen zum Opfer gefallen waren. Und nun, da sich ihre Anzahl so stark dezimiert hatte, wagten sich die Geschöpfe der Unterwelt auf die Jagd. Und es kam die schwarze Nacht, in der sich der Himmel verdunkelte, weil die finsteren Heerscharen der Dämonen über ihn hinwegzogen und jeden Gargoyle töteten oder versklavten, den sie fanden. Auch ihn hatten sie aufgespürt und auf der Spitze jenes Berges eingekreist, der sich weit über ein Tal erhob und zu seinem Zuhause geworden war. Sie waren in der Überzahl und viel stärker als er. Ihre Klauen bohrten sich in sein Fleisch, zerrissen ihm die Haut, ihre Fäuste zerschmetterten seine Knochen, und sie brachen ihm Arme und Beine, bis er sich nicht mehr bewegen konnte. Dann nahmen sie ihn mit, sperrten ihn in ihre düstere Welt, aus der er glaubte, niemals wieder zu entkommen.

Aber dann hatte Ovida ihn gefunden und ihm ein Angebot gemacht, das er nicht ablehnen konnte. Seitdem arbeitete er für die Dämonin, die nun von ihm verlangte, dass er ihr Cynthias Seele brachte. Doch die Vorstellung, die Dämonin würde sie aussaugen, ihr Sein vernichten, wühlte ihn auf, quälte ihn so sehr, dass er sie rasch an sich zog. Er würde das niemals zulassen.

Ihr strahlendes Licht hatte ihn aus dem endlos dunklen Tunnel geführt, er konnte wieder ein Wächter, ein Beschützer sein. Er wollte sie vor allen Gefahren behüten! Und das musste er, denn die Dämonen würden sich nicht länger zurückhalten!

»Du weinst ja«, stellte er plötzlich fest. Ihre Augen schimmerten, eine einzelne Träne lief ihr über die Wange.

»Es tut mir so leid, was du durchmachen musstest«, hauchte sie heiser und tastete nach seiner Hand. Von ihren

Worten zutiefst gerührt, riss er sie an sich und presste seine Lippen auf ihre. »Sag mir, dass du mir vertraust«, raunte er. Er musste wissen, ob sie an das Gute in ihm glaubte.

»Ich vertraue dir!«, flüsterte sie bewegt.

Er streichelte ihr die Wange. Es fühlte sich so gut an, ihren Körper so nah an seinem zu spüren. Er wollte sie am liebsten nie mehr freigeben, für immer in dieser Umarmung verweilen. Und als sie zu ihm aufblickte, schienen ihre Augen förmlich zu leuchten. Er sah Sehnsucht in ihnen, Wärme, Freude und jenes Licht, das er so liebte. Sein Blick glitt tiefer, hin zu ihren sinnlichen Lippen, und er spürte, wie sehr es ihn noch immer nach ihnen verlangte. Diesen wunderschönen rosenfarbenen Lippen, die nun, da sie den Mund leicht öffnete, wie eine Knospe aufzublühen schienen. Ihr Lächeln war so zauberhaft, so himmlisch und doch erregend, dass sich tatsächlich etwas zwischen seinen Beinen regte.

Cynthia nahm sein Gesicht in beide Hände, zog es zu sich herunter und küsste ihn leidenschaftlich. Ihre Zunge verschwand in seinem Mund, und er schmeckte ihre Begierde, ihr Verlangen – nach ihm! Es war das erste Mal, dass er es in dieser Intensität spürte.

Dann löste sie sich aus seiner Umarmung, streifte ihren Pulli ab, schlüpfte aus der engen Jeans und führte seine Hand zu ihren in Nylon gehüllten Beinen, strich mit ihr über sie. Der Stoff fühlte sich wunderbar weich an und bewegte sich leicht auf ihrer Haut. Doch viel lieber als Nylon wollte er sie spüren.

In ihren Augen blitzte Sehnsucht. »Nimm mich«, schienen sie sagen zu wollen, doch kein Wort kam über Cynthias Lippen. Sie harrte aus, wartete, überließ ihm den ersten Schritt. Er bettete sie auf dem Boden, beugte sich über sie und bedeckte ihr Gesicht, ihre Stirn, ihre Wangen, ihre Nase, ihren

Mund mit Küssen. Cynthia ließ sich nach hinten fallen, und er stützte sie mit einem Arm, ihr Körper bebte, er spürte ihre Gänsehaut am Rücken. Vorsichtig sank er auf die Knie, legte sich hin und sie blieb auf ihm. Ihre süßen Brüste strichen im Rhythmus ihres Atems über sein Hemd, berührten ihn immer dann, wenn sie einatmete. Seine Hände wanderten tiefer, umschlossen ihre Brustspitzen, zwirbelten sie, saugten an ihnen. Er konnte fühlen, wie sie in seinem Mund, eine nach der anderen, hart wurden, wie sie anschwollen, größer wurden. Und während seine Lippen über ihre Brust strichen, sie mit Küssen bedachten, spürte er ihren Herzschlag, der schnell, kräftig und rhythmisch war. Wie er diesen inzwischen vertrauten Klang liebte.

Ihre Hände schlangen sich um seinen Nacken, zogen ihn herunter, damit ihre Lippen die seinen heiß und innig empfingen. Sogleich machte er sich an seiner Hose zu schaffen, streifte sie ab und bewegte sein Becken auf und nieder. Sein erigiertes Glied drückte gegen den Nylonstoff, der alles war, was ihn noch von ihr trennte. Cynthia hatte auf einen Slip verzichtet. Er konnte ihre Schamlippen durch den dünnen Stoff hindurch fühlen, und sein Verlangen steigerte sich ins Unermessliche.

»Zieh sie aus«, wollte er rufen, aber Cynthias Mund umschloss gierig den seinen, erlaubte ihm keinen Atemzug.

Erst nachdem sie ihre Zunge tief in seinen Hals gesteckt hatte, befreite sie geschickt ihre schlanken, wunderbar geformten Beine vom Nylonstoff, und er half ihr dabei. Dann rollten sie sich herum, so dass sie unten und er oben war. Seine Hände zitterten kaum merklich, als er die zarte Haut der Innenseite ihrer Schenkel berührte. An dieser Stelle fühlte sie sich besonders weich an, als wäre sie aus Samt.

Ein Beben erfasste ihren Unterleib. Leicht schob sie ihre Beine auseinander, als wollte sie ihm ein Zeichen geben. Mandrake tauchte mit dem Gesicht in ihren wunderbaren Duft ein, sog ihn auf und küsste ihre großen Schamlippen, die sich heiß und bereits etwas feucht anfühlten, sich für ihn wie eine Rosenblüte öffneten. Es roch nach ihr, es schmeckte nach ihr. Alles war von ihr erfüllt, euphorisierte ihn. Sein altes Herz schlug so schnell wie schon lange nicht mehr. Er konnte nicht genug von ihren sinnlichen Lippen bekommen, liebkoste sie, küsste und leckte sie.

Cynthia stöhnte leise. Ihre Stimme klang belegt und vibrierte ein bisschen, ihr Becken schob sich ihm entgegen. Eine Aufforderung? Sein Zeigefinger drang in sie, langsam und vorsichtig, weil er nichts zerstören wollte. Ihr Körper gewöhnte sich schnell an ihn, und so führte er noch den Mittelfinger ein, um sie auf sein Glied vorzubereiten, an dem er unterdessen mit der anderen Hand rieb. Es war zu seiner vollen Größe angewachsen, hart und kräftig, bereit dazu, sich mit ihr zu vereinen.

Er konnte jede noch so kleine Regung ihrer Muskeln spüren, die sich um seine Finger schlossen, als wollten sie ihn festhalten. Es war warm und feucht, fühlte sich vertraut an. Als er sicher war, dass sie nun bereit für mehr war, zog er sich aus ihr zurück und hob sacht ihr Becken an.

Cynthia biss sich lustvoll auf die Unterlippe, als sein Glied in ihr verschwand, sie gänzlich ausfüllte. Nie hatte er sich einer Frau näher gefühlt als in diesem Augenblick. Er glaubte mit ihr zu verschmelzen, all ihre Gefühle, ihre Leidenschaft in sich aufzunehmen. Und in dem Moment, in dem sie sich ihm gänzlich hingab, ihm alles darbot, fühlte er sich glücklich – und vollständig. Die Verbundenheit, die er spürte und die sie hoffentlich ebenso empfand, war ihm in diesem Moment wichtiger als alles andere. Es war ein Schatz, wie er ihn noch nie besessen hatte, war er doch immer für sich allein gewesen, hatte nie jemanden gekannt, der ihm näher sein wollte und den er auch an sich heranließ. Es hatte Dämoninnen gegeben, die seinen Körper begehrt hatten, aber das war nicht dasselbe. Cynthia hatte diese Barriere durchbrochen, ohne dass sie sich dafür hätte anstrengen müssen. Er hatte sie für sie geöffnet, sie eingelassen, eingeladen, und sie hatte die Einladung angenommen. Und sie hatte *ihn* gefunden.

Ihre innere Hitze nahm zu, Muskeln zogen sich zusammen, sie stöhnte immer lauter, und Mandrake bewegte sich schneller, konzentrierte sich nur auf sie, auf ihren Körper. Er wollte ihr alles geben, was er besaß, ihr alles darbieten, was in ihm war, sie glücklich sehen. Schließlich sank sie erschöpft, aber mit einem seligen Ausdruck im Gesicht, neben ihn und schmiegte sich an ihn. Sanft schloss sie ihn in ihre Arme und lächelte ihn so liebevoll an, dass ihm das Herz aufging. Sie war so anders als jene Wesen, mit denen er sonst zu tun hatte. So viel freundlicher, so gutherzig. Er war froh, dass sie an ihn glaubte, dass sie ihn trotz seines monströsen Äußeren nicht fürchtete. Er würde sie mit seinem Leben verteidigen. Koste es, was es wolle. Niemals würde er zulassen, dass sich ihr ein Dämon noch einmal näherte. Doch um dies zu erreichen, musste er den Oberdämon namens Lady Ovida unschädlich machen. Und das würde sehr gefährlich werden. Möglicherweise würde er dabei sogar sterben, aber Cynthia war ihm wichtiger. Viel wichtiger.

Er blickte sie an und sah, dass ihr die Augen immer wieder zufielen. Gerührt strich er ihr sanft über die Wange und entschied, dass sie ihn nun haben konnte. Ihn, den Vertrag, den Nick Guthan unterschrieben und mit dem alles begonnen hatte. Sein Geschenk würde ihr beweisen, dass er es ernst mit ihr meinte und sie ihm vertrauen konnte. Kurz vor Morgengrauen, als Cynthia längst schlief, legte er den Vertrag neben ihr Kopfkissen. Er gehörte nun ihr.

Kapitel 17

Für Nick Guthan brach ein ganz normaler Arbeitstag an. Er war guter Dinge, wie er es nach einem starken Kaffee und einem köstlichen Schoko-Donut immer war. Heute sollte der neue Computer fürs Büro geliefert werden, und er war schon sehr aufgeregt, weil das Gerät auf dem neuesten Stand der Technik war, was natürlich seinen Preis hatte. Doch für Nick spielte Geld keine Rolle mehr. Zumindest glaubte er das noch in dem Moment, in dem ein elektronisches Bimmeln einen neuen Kunden ankündigte.

Heute war außerdem Nibel-Tag. Mindestens einmal die Woche kam das Frettchen in seinen Laden, um eine Packung Heu zu kaufen. Inzwischen wusste er, dass sie in Wahrheit nur in seiner Nähe sein wollte, sich aber nicht traute, ihn anzusprechen. So war es auch dieses Mal. Nun ja, nicht ganz. Sie druckste lange herum, trat nervös von einem Bein aufs andere und schien nach den richtigen Worten zu suchen. Irgendetwas wollte sie ihm offenbar mitteilen, aber da trat auch schon ein Mann mit einem riesigen Karton durch die Tür. Das musste seine Lieferung sein. Nick verabschiedete sich eilig von dem stotternden Frettchen und führte den Mann ins Büro, wo er den Computer freundlicherweise anschloss. Alles funktionierte ausgezeichnet. Bis zu dem Moment, in dem er Nick die Rechnung gab und dieser mit dem

Geld aus der Kassette im Bürotresor bezahlen wollte. Doch als er die Metallbox herausnahm und öffnete, fand er nur gähnende Leere vor. Das Geld, das er für eben solche Zwecke darin gelagert hatte, war verschwunden. Verunsichert suchte er den Tresor nach den Bündeln ab, aber auch der war leer. Der Mann wurde allmählich ungeduldig, doch Nick konnte sich wirklich nicht erklären, was hier geschehen war. Und weil es an Bargeld mangelte, musste er einen Scheck ausstellen. Kaum war der Mann verschwunden, untersuchte er das Büro und den ganzen Laden nach Einbruchsspuren, rief sogar die Videoaufzeichnungen seiner neuen Überwachungskamera ab, doch nichts deutete auf einen Diebstahl hin.

Gegen Mittag zeigte sich die nächste Auffälligkeit. Maddy kam nicht, obwohl sie gestern Abend noch versprochen hatte, ihm im Laden auszuhelfen. Sie ließ sich auch für den Rest des Tages nicht blicken, was ganz und gar untypisch für sie war. Womöglich ging es ihr nicht gut, aber dann hätte sie sicherlich angerufen.

Am Abend wurde Nick sogar ein wenig nervös. Er hatte mehrmals versucht, Maddy zu erreichen, doch sie ging nicht ans Telefon. Hoffentlich war ihr nichts zugestoßen. Er machte die Abrechnung, schloss die Kasse ab und fuhr nach Hause. Heute achtete er nicht auf die Vorfahrtzeichen, sondern bretterte wie ein Wahnsinniger durch die Straßen, bis er schließlich vor seiner Wohnung parkte. Er beeilte sich, nach oben zu kommen, und erwartete, wie jeden Abend von Maddy begrüßt zu werden. Doch dieses Mal trat er in einen leeren Flur. Maddy war nirgends zu sehen. Das beunruhigte ihn noch mehr.

Er zog die Jacke aus, hängte sie auf und schlüpfte aus den

Schuhen. Da plötzlich hörte er es. Ein Knarren und Quietschen aus dem Schlafzimmer. Nicks Herz schlug sogleich einige Takte schneller. Maddy war keineswegs außer Haus, sie war hier, in ihrem gemeinsamen Schlafzimmer. Wahrscheinlich hatte sie wieder eine Überraschung für ihn vorbereitet. Freudig erregt steuerte er auf das Schlafzimmer zu. Die Tür war nur angelehnt. Er wollte sie gerade aufreißen und sich zu Maddy gesellen, als er ein fremdes, weibliches Stöhnen vernahm, das ganz gewiss nicht von seiner Verlobten stammte. Sie war nicht allein! O mein Gott! Nick blieb wie angewurzelt vor der angelehnten Tür stehen, nicht wissend, was er jetzt tun sollte. Das Stöhnen wurde lauter. Was ging darin nur vor sich? Er hielt diese Ungewissheit nicht länger aus. Vielleicht war es ja nur ein Porno, den sie sich anschaute, hoffte er.

Leise schob er die Tür einen Spalt auf und linste hindurch. Er wusste selbst nicht, was er erwartete vorzufinden, doch sicherlich nicht das, was sich tatsächlich vor seinen Augen abspielte.

Zwei nackte Frauenleiber, die sich sündig aneinander rieben. Die roten Haare ließen keinen Zweifel daran, dass eine der beiden Gespielinnen seine Maddy war. Neugierig tastete sie die üppigen Brüste ihrer Bettgefährtin ab. Maddy selbst war nie schlecht ausgestattet gewesen, im Gegenteil, doch die andere übertrumpfte sie bei weitem. Nick hatte nie zuvor eine echte Frau mit solch großen Brüsten gesehen. Im Fernsehen schon, doch das war etwas anderes. Und auch im Internet gab es gewisse Webseiten … aber real, mit eigenen Augen, war ihm nie eine solche Dame begegnet. Diese schien auch nicht mit Silikon nachgeholfen zu haben, denn ihre Brüste fielen sehr natürlich.

Die dunkelhaarige Frau warf den Kopf in den Nacken, so dass ihre langen Haare fast ihre Fußsohlen berührten, während sich Maddys Lippen zärtlich über ihren Hals schoben, um dort auf Erkundungstour zu gehen. Sie glitten über ihr Schlüsselbein hin zu ihren riesigen Brustwarzen, die sich ihr sehnsüchtig entgegenreckten. Maddy nahm sie in den Mund. Erst die linke, dann die rechte. Und es schien, als würden die riesigen Brüste der Fremden noch weiter anschwellen.

Die Dunkelhaarige stöhnte lustvoll, als Maddys Hände auch noch anfingen, ihre Brüste gleichzeitig zu massieren. Nick spürte Wut und Faszination zugleich in sich aufsteigen. Die Fremde hob den Kopf und griff mit beiden Händen nach Maddys Gesicht. Zärtlich küsste sie diese, aber dann geschah etwas, womit weder Nick noch Maddy gerechnet hatten. Sie bewegte Maddys Kopf nach unten, bettete ihn auf ein Kissen und setzte sich plötzlich auf die deutlich zierlichere Frau. Maddy keuchte, zuckte nervös, als würde sie sich spielerisch wehren, und lachte dann. »Was hast du denn jetzt vor?«

»Das wirst du gleich sehen.«

Sie schob sich über ihren Körper, bis sie mit ihrer Scham direkt über Maddys Gesicht schwebte. Während Nick nicht glauben konnte, dass die Dunkelhaarige tatsächlich das vorhatte, wonach es aussah, setzte sie sich auch schon nieder, und Maddys Kopf verschwand unter ihren vollen Schenkeln. Nur die langen roten Haare seiner Verlobten schauten noch hervor. Die vollen Locken schienen ein Eigenleben zu entwickeln. Sie rutschten von einer Seite zur anderen und vor und zurück, bis ihm klarwurde, dass sich nicht nur ihre Haare, sondern ihr Kopf bewegte. Maddy leckte die Fremde. Sehr ausgiebig, sehr ausführlich, und ihm tat es weh, das mit anzusehen. Hätte sie nicht ihn mit ihrem Mund verwöhnen sollen statt dieser übergewichtigen Person, die er nie zuvor gesehen hatte, die sich nun aber wie eine Königin in seinem Schlafzimmer, auf seinem Bett breitmachte? Maddy gehörte doch ihm! Dafür hatte er seine Seele gegeben!

»So ist es gut«, lobte die Fremde Maddys Bemühungen und bewegte sich in ihrem Takt mit, glitt über das Gesicht seiner Freundin, deren angestrengten Atem er nun hörte.

Die Hand der Dunkelhaarigen verschwand zwischen Maddys Schenkeln. Nick konnte sich denken, was da geschah. Maddys Beine fingen an zu zittern. Nicht aufgrund von Atemnot, sondern vor Erregung.

Ihr Becken hob und senkte sich, und er konnte sogar einmal den Finger der Fremden sehen, kurz bevor er in Maddys Enge verschwand. Er war mit einem Glitzern überzogen, wie es auch schon Nicks Finger gewesen war.

»Leck mich schneller, du Hure«, knurrte die Dunkelhaarige ungeduldig und bewegte sich hastig auf Maddy. Um sie noch mehr anzuheizen und vermutlich auch zu quälen, zog sie ihren Finger mit den Worten »Den spürst du erst wieder, wenn du dir mehr Mühe gibst« aus Maddy heraus. Die Reaktion seiner Verlobten war völlig hemmungslos. Sie ächzte, stöhnte und keuchte, dabei flogen ihre Beine hin und her, als versuchte sie den Finger ihrer Gespielin irgendwie wieder einzufangen. Was natürlich gänzlich unmöglich war.

Die große Hand der anderen Frau grub sich in das rote Haar und hielt somit ihren Kopf fest. Wieder und wieder glitt sie über Maddys Gesicht, zwang sie dadurch, sie zu lecken, zu befriedigen.

Nick konnte das nicht länger mit ansehen. Er spürte einen schmerzhaften Stich in seiner Brust, der ihn zurücktaumeln ließ. Aber dann stürmte er voller Zorn in das Schlafzimmer, und die beiden Frauen erschraken.

»Was geht hier vor sich?«, brüllte er ungehalten. Sein Herz raste, ihm schwindelte, sein Kopf fühlte sich leer an, zugleich hatte er das Gefühl, als würden sich tausend Gedanken auf einmal überschlagen. Doch er konnte keinen einzigen erfassen.

Die Dunkelhaarige stieg von Maddy herunter und verbarg ihre riesigen Brüste mit seiner Bettdecke. Maddy richtete sich auf und schaute ihn kühl an. Ihr Gesicht war benetzt von der Feuchtigkeit der anderen Frau.

»Sieht man das nicht?«, fragte Maddy plötzlich aufmüpfig zurück. So kannte er sie gar nicht. Sie hatte sich immer anschmiegsam gegeben.

»Du bist … meine Verlobte!«, rief er hilflos. Sie gehörte doch ihm. So war es abgemacht gewesen. Warum hielt sie sich plötzlich nicht mehr an die Regeln.

»Es ist vorbei.« Ihre Stimme klang kalt und endgültig, aber trotz ihrer klaren Aussage verstand er kein Wort. Wieso war es vorbei? Was hatte sich verändert? Aber dann kam ihm plötzlich eine Ahnung. Er musste das sogleich überprüfen. Unbedingt. Schnell lief er ins Wohnzimmer, nahm das Bild ab, unter dem sich der Tresor verbarg, und öffnete ihn. Genauso wie das Geld in seinem Büro waren auch seine Rücklagen zu Hause verschwunden, hatten sich einfach aufgelöst! Mein Gott!

»Wo ist mein Geld?«, schnauzte er Maddy an, die ihm, nachdem sie sich wieder angezogen hatte, gefolgt war. Gleichgültig zuckte sie mit den Schultern. »Der Vertrag wurde aufgelöst.«

»Was? Aber von wem?«

»Ich verlasse dich, Nick.« Mit diesen Worten drehte sie sich um und fiel der Dunkelhaarigen in die Arme. Beide Frauen blickten ihn verächtlich an, und ein seltsames Glühen trat in die zwei Augenpaare. Nick schüttelte den Kopf, glaubte den Verstand zu verlieren. Als er noch mal zu ihnen hinsah, hatten sich ihre Augen normalisiert. Das waren die Nerven! Ganz sicher waren es die Nerven!

Das alles durfte doch nicht wahr sein. Womit hatte er das verdient? Er ging durch den Flur, vorbei an den beiden Frauen, steuerte entschlossen auf die Tür zu und hatte doch das Gefühl, sich in Zeitlupe zu bewegen, obwohl er es eilig hatte. Cynthia! Er musste mit Cynthia sprechen! Sie steckte dahinter! Ganz bestimmt. Sie war die ganze Zeit gegen dieses Geschäft gewesen. Er fuhr zu ihr, klingelte Sturm, aber sie machte nicht auf. Verdammt! Hatten sich denn alle gegen ihn verschworen?

Nick stieg wieder in seinen Wagen, aber er fuhr nicht nach Hause, sondern ziellos durch die nächtlichen Straßen Berlins, ohne zu wissen, wie es nun weitergehen sollte. Schließlich setzte er sich in eine Kneipe und bestellte sich ein großes Bier. Seine schlechte Stimmung sah man ihm wohl an, niemand drängte ihm ein Gespräch auf, man ließ ihn in Ruhe, und das war ihm recht.

Die Bilder, die er soeben gesehen hatte, tauchten wieder vor seinem geistigen Auge auf. So einfach war also alles vorbei? Hatte sie nichts für ihn empfunden? War alles nur vorgespielt gewesen? Elendes Miststück. Sollte sie sich doch zum Teufel scheren. Da gehörte sie hin. Nick war nun wieder allein. Wahrscheinlich war das sein Schicksal. Der ewige Loser. Mein Gott, wie er das alles hasste. Im Nu hatte er das Bier ausgetrunken. Jetzt brauchte er etwas Kräftigeres, um den Schmerz zu betäuben.

Kapitel 18

Cynthia fühlte sich frei und überraschend gut, und das, obwohl sie vor genau acht Stunden ihren Job verloren hatte. Ansgar Henning hatte irgendetwas von Stellenkürzungen erzählt und ihr dann erklärt, dass er auf langjährige Mitarbeiter nicht verzichten wollte und es daher die Neueinstellungen traf. Sie hatte es kommen sehen, als sie Mandrakes Vertrag in tausend kleine Teile zerrissen und wie Konfetti auf ihr Bett hatte rieseln lassen. Diese Kündigung war für sie der Beweis, dass alles wieder seinen alten Gang ging und der Vertrag tatsächlich aufgelöst war. Allein durch diesen Umstand fiel ihr eine zentnerschwere Last von den Schultern.

Wirklich leid tat es ihr um ihren Job nicht, denn wohl hatte sie sich in dem riesigen Gebäudekomplex nicht gefühlt. Back to the roots, hieß das neue Motto, und sie durchwühlte bereits ihre alten Unterlagen, um den ursprünglichen Plan wieder aufzugreifen. Ihre eigene Mini-Werbeagentur. Es gab immer noch genügend kleinere Unternehmen, die für ihre Werbung kein Vermögen bezahlen konnten und somit auch nicht die finanziellen Mittel hatten, ein Unternehmen wie Henning Advertising zu beauftragen. Diese Leute würden ihre Arbeit nun auch endlich beachten, da sie sowohl Bodyline als auch Beauty Norma vorweisen konnte. Was wollte sie mehr?

Nachdem sie einen Großteil des Abends bei Anna verbracht hatte, um ihr von ihren Plänen zu berichten, saß Cynthia nun in ihrem Wohnzimmer, alle Formulare zum Thema Existenzgründung auf dem Boden verteilt, und genoss einen Zitronentee. Dampf stieg aus der Tasse empor, an der sie ihre Hände wärmte. Ihr Blick fiel immer wieder zur Uhr. Jetzt war es schon nach 22 Uhr, und Mandrake war immer noch nicht hier. Das war merkwürdig. Er hatte nie so lange auf sich warten lassen. Irgendetwas stimmte nicht. Sie spürte es tief in ihrem Inneren, ahnte, dass Mandrake gerade dabei war, sich in echte Schwierigkeiten zu bringen.

In seiner wahren Gestalt flog er über das dunkle Meer aus Dächern, kämpfte gegen den aufkommenden Wind an und trieb mit kräftigen Flügelstößen seinem Ziel unaufhaltsam entgegen. Die Aussicht unter ihm veränderte sich, die Häuser waren nun weiter verteilt, schneebedeckte Felder und Wiesen, sogar kleine Haine, tauchten unter ihm auf. Ein Unsterblicher vermochte viel schneller zu reisen, und so fand er sich nach einigen weiteren Flügelstößen in einem Gebirge wieder. Seine mächtigen Klauen gruben sich in den vereisten Stein, gaben ihm Halt, und er überblickte die Weite mit Augen, die bei Nacht genauso hell sahen wie menschliche Augen bei Tag, solange es irgendwo eine Lichtquelle gab. Und die gab es. Über ihm stand der Wintermond, rund und voll.

Mandrake erinnerte sich genau. Es war eine Ewigkeit her, und doch schien es ihm, als sei es gestern gewesen. Hier waren die Dämonen über ihn hergefallen, hatten ihn umstellt, fast bis zur Bewusstlosigkeit geprügelt, und dann hatten sie ihn in ihre Welt verschleppt, ihn zum Sklaven und Gladiator gemacht. Aber etwas hatten sie übersehen. Etwas war hier zurückgeblieben.

Er untersuchte den Felsen, fand jene alten Risse, die er selbst hineingeschlagen hatte und die nun zugefroren waren. Seine Klauen rammten sich in das Eis, bis es zersplitterte, auseinanderplatzte und den Zugang freigab. Vorsichtig fasste er in den Hohlraum hinein, und plötzlich ergriffen seine Finger den kühlen Knauf seines Schwertes, das er hier versteckt hatte, um im Kampf gegen die Dämonen gewappnet zu sein. Es war ein besonderes Schwert, das aus magischem Eisen geschmiedet und gesegnet worden war. Somit konnte es selbst Dämonen ernstliche Verletzungen zufügen. Lady Ovida sollte die Erste sein, die es zu spüren bekam. Seine Hand schloss sich fester um den Griff bei dem Gedanken, wie er es in ihren Körper trieb, und er zog es langsam heraus, denn es war ebenfalls an einigen Stellen festgefroren. Er hörte das Knirschen des Eises, hörte, wie sich die winzigen Splitter lösten und das Schwert freigaben. Mit einem letzten gewaltigen Ruck riss er es heraus und betrachtete es fasziniert. Eis umgab die scharfe Klinge. Dessen ungeachtet, wirbelte er sie herum, ließ sie durch die Luft gleiten wie einen gefährlichen Raubvogel auf Beutezug. Ein schneidendes Geräusch begleitete jeden Schlag, den er ausführte. Es war so unglaublich lange her, seit er dieses Schwert zuletzt geführt hatte, doch nun fühlte es sich an, als hätte er es nie aus der Hand gelegt. Das Knirschen von Schnee ließ ihn aufhorchen. Schritte näherten sich von allen Seiten. Er blickte auf und erkannte die dunklen Gestalten, die ihn einkreisten. Dämonen! Wie hatten sie ihn gefunden?

Mandrake fühlte sich einige Jahrhunderte zurückversetzt. Es war ein Déjà-vu. So hatte es sich schon einmal zugetragen, nur dass er dieses Mal bewaffnet und somit wehrfähig war. Entschlossen hob er das Schwert vor seine Brust. Kommt nur näher, ihr Bastarde!

Wahrscheinlich hatte Lady Ovida seine Verfolger auf ihn angesetzt, weil sie ihm misstraute, sie vielleicht schon von Anfang an gemerkt hatte, dass er sich zu Cynthia stärker hingezogen fühlte, als gut für ihn war.

Sie schlossen den Kreis enger um ihn. Jetzt erkannte er ihre Gesichter. Sie waren ihm vertraut. Mitarbeiter der Agentur, die sich ihrer menschlichen Hüllen entledigt hatten. Mit einem schrillen Kreischen stürzte sich einer der Dämonen mit ausgebreiteten Flügeln und ausgestreckten Klauen auf ihn. Jeder Muskel von Mandrakes Körper spannte sich an, er ging leicht in die Knie, hob das Schwert und ließ es auf den Gegner niedersausen. Dessen Kopf flog im hohen Bogen durch die Luft und landete mit starrem Gesichtsausdruck im Schnee. Aus dem aufgerissenen Maul tropfte dämonisches Blut, das sich auch in einer Lache unter dem abgetrennten Hals im weißen Schnee ausbreitete und ihn grün färbte. Nach einer kurzen Schrecksekunde, in der sich weder er noch seine Gegner regten, stürzten sich die Kreaturen mit einem Mal auf ihn. Gleich riesiger schwarzer Motten, die sich um eine Lichtquelle drängten, sammelten sie sich um ihn. Ein Klauenhieb traf ihn an der Schulter, er konterte mit einer gekonnten Attacke auf den Arm des Angreifers, schlug ihm diesen ab. Kreischend taumelte der Dämon zurück, da holte ein anderer aus und riss ihm die Wange auf. Ein dicker roter Striemen zog sich quer über sein Gesicht. Der Dämon hatte nur knapp sein Auge verfehlt.

Mandrake erhob sich in die Luft, um sich einen besseren Überblick zu verschaffen, doch die Kreaturen hingen wie Kletten an ihm, folgten ihm hinauf, krallten sich an ihm fest. Plötzlich schlug eine Klinge gegen seine Waffe und noch eine und noch eine. Auch die Dämonen hatten nun ihre Schwerter gezogen. Eine Klinge nach der anderen sauste auf ihn nieder. Doch seine Reflexe waren derart gestärkt, dass er sie alle abwehrte. Er musste nur an Cynthia denken und an das, was ihr blühte, wenn Lady Ovida sie in die Hände bekam, und in seinem Inneren bündelten sich all seine verbliebenen Kräfte, trieben ihn an. Heiß schoss das Adrenalin bis in seine Fingerspitzen. Er wirbelte herum, zog das Schwert einmal durch und wieder traf er einen Dämon, der verwundet zurückwich. Wie ein Berserker ging er auf die Schattenwesen los, parierte, attackierte, doch es waren zu viele, als dass er sich hätte gegen diese Übermacht behaupten können. Und dann geschah es. Er war nur einen Moment lang abgelenkt gewesen, hatte sich zu sehr auf den Gegner zu seiner Rechten konzentriert, als eine scharfe Klinge über ihm wirbelte und heftig auf ihn niedersegelte. Das Metall fuhr in seine Haut, durchtrennte Muskeln, Sehnen, zerschmetterte den Knochen und trat schließlich wieder heraus. Mandrake hörte nur seinen Herzschlag in den Ohren. Schnell, beängstigend schnell. Ein Rauschen, ein Pochen. Er fühlte nichts. Keinen Schmerz. Die Zeit stand still. Er nahm alles um sich herum verlangsamt wahr. Die Fratzen der Dämonen wirkten entstellt und verzerrt, so als hätte jemand auf einen Pausenknopf gedrückt.

Aber dann bewegten sie sich wieder. Mächtige Schwingen flatterten vor seinen Augen, erzeugten einen Luftsog. Und dann war er da. Heiß und brennend. Ein unerträglicher Schmerz. Seine Klinge fiel in die Tiefe, kam dumpf im dichten Schnee auf.

Plötzlich packten sie ihn. Ein Dämon griff nach dem Stumpf an seinem Arm, drehte ihm diesen auf den Rücken. Mandrake schrie vor Schmerz auf, versuchte sich mit der ihm verbliebenen Hand zu wehren, mit den nackten, klauenbespickten Füßen nach den Angreifern zu treten. Doch sie warfen sich einfach auf ihn und sausten mit ihm auf die Erde herab, wo sie ihn in den Schnee drückten, ihn festhielten und ihm Ketten anlegten, so dass er sich nicht mehr rühren konnte.

Kapitel 19

Mehrere Tage waren vergangen, seit Cynthia Mandrake das letzte Mal gesehen hatte. Sie hatte inzwischen eine Achterbahnfahrt der Gefühle hinter sich, hatte ihn dafür gehasst, dass er ohne ein Wort aus ihrem Leben verschwunden war, hatte sich Sorgen um ihn gemacht, weil sie fürchtete, es sei ihm etwas zugestoßen, und gelitten, weil sie ihn so schrecklich vermisste. Jeden Morgen war sie auf den Balkon hinausgegangen und hatte zum alten Museum hinübergeblickt, in der Hoffnung, dort den kleinen Wasserspeier zu entdecken. Aber die Stelle über dem riesigen Fenster blieb leer.

Wo war er? Wo sollte sie ihn suchen? Wie konnte sie ihn finden? Sie fühlte sich wie vor den Kopf geschlagen. Sie hatte keinen Anhaltspunkt, wusste nicht einmal, ob er wie jeder Normalsterbliche eine Wohnung hatte oder wo er sich sonst aufhalten könnte. Sie hatte im Internet recherchiert, dort nach ihm gesucht, aber nicht ihren Mandrake gefunden. Sie war durch die Stadt gefahren, hatte nach Wasserspeiern auf den Dächern Ausschau gehalten in der Hoffnung, ihn irgendwo zu entdecken. Fehlanzeige.

Nach allem Bangen, vielen schlaflosen Nächten, keinem einzigen Erfolg und unzähligen Tränen fühlte sie sich leer und ausgebrannt. Hinzu kam ein schrecklicher Streit mit Nick, der ihr schwere Vorwürfe gemacht hatte, weil sie sich in seine Angelegenheiten eingemischt hatte, und ihr die Schuld dafür gab, dass Maddy verschwunden war und sein Geld sich in Luft aufgelöst hatte, wodurch er erneut in der Schuldenfalle saß. Schlimmer! Seine Schulden waren jetzt sogar noch höher als zuvor. Obwohl sie durchaus Verständnis für seine Lage hatte, fand sie ihn doch auch undankbar, schließlich hatte sie alles dafür getan, dass er seine Seele zurückbekam. Doch das wusste er nicht im Geringsten zu schätzen. Wahrscheinlich war ihm die Bedeutung nicht einmal richtig bewusst. Jedenfalls sprach er jetzt kein Wort mehr mit ihr, und Cynthia fühlte sich dadurch noch elender. Sie hatte ein paar Nächte bei Anna verbracht, aber wirklich abgelenkt hatte sie das auch nicht. Zumindest ging es jetzt bei Anna und Gregor wieder bergauf. Das war ein Trost. Wenn auch ein kleiner.

Wann immer das Telefon läutete oder es an der Tür klingelte, sprang sie in der Hoffnung auf, dass es Mandrake war. Doch ihre Hoffnung wurde immer wieder enttäuscht. Nun hatte sie keine mehr. Sie musste sich damit abfinden, dass er fort war, wahrscheinlich nie mehr zurückkam. Eigentlich sollte sie doch darüber froh sein. Er war ein Teufel gewesen. Aber dieser Teufel hatte die zärtlichsten Hände besessen, die sie je berührt hatten.

Am Abend desselben Tages, an dem sie beschloss, endgültig abzuschließen und ein neues Leben zu beginnen, klingelte es unverhofft an ihrer Tür. Cynthia, die bis eben noch völlig vernünftig gewesen war, spürte erneut Hoffnung in sich aufsteigen. Rasch flitzte sie durch den Flur und riss die Tür im Überschwang auf. Aber dort stand nur Tom, dessen Gesicht wieder normal aussah. Sie spürte, wie ihre Miene einfror.

»Ich weiß, was du denkst. Was will dieser Mistkerl hier,

hab ich recht?«, sagte er hastig, weil er vermutlich glaubte, dass sie seinetwegen so finster dreinschaute.

»Glaub mir, wenn es mir möglich gewesen wäre, meinen Vater zu überzeugen, hätte ich es getan. Aber es ging nicht. Tut mir leid, dass du deinen Job bei uns verloren hast.« Er blickte verlegen zu Boden. Dieser Blick, der an einen reumütigen Sünder erinnerte, verriet ihr, dass sie ihm tatsächlich etwas bedeutete, denn sonst wäre er nicht hier. Es gab keinen Grund, dass er bei ihr vorbeischaute. Nichts band sie mehr aneinander. Dennoch war er nun hier. »Komm doch rein«, bat sie freundlich.

»Danke«, sagte er erstaunt, legte seinen Mantel ab und folgte ihr ins Wohnzimmer.

»Magst du etwas trinken? Ich … ich hab leider nur Wasser da … und auch nichts zu essen. Tut mir leid, ich bin einfach nicht zum Einkaufen gekommen.«

»Aber ich dafür.«

Erst jetzt bemerkte sie den Stoffbeutel, der über seiner Schulter hing. Er zauberte eine Packung Spaghetti, eine Tomaten-Knoblauch-Sauce und ein Baguette sowie eine große Flasche Limonade daraus hervor.

Sie musste lachen. »Du kaufst beim Discounter ein?« Das passte doch gar nicht zu dem adretten Tom.

»Manchmal schon. Außerdem war ich grade in der Nähe, also dachte ich mir, ich kaufe schon mal das Abendessen ein.« Wahrscheinlich hatte er auch nicht damit gerechnet, dass sie ihn hineinbitten würde. Nun bot es sich natürlich an, dass sie gemeinsam das Abendessen zubereiteten.

»Ich bin zwar kein Meisterkoch, aber für Spaghetti reicht es allemal. Also, hast du Lust?«

Er meinte es ernst. Er wollte jetzt mit ihr kochen. Das amüsierte sie, und sie hatte zum ersten Mal wieder das Gefühl, dass ihr etwas guttun würde. Mehr noch. Seine Anwesenheit, sein freundliches Lächeln, die sanfte Stimme, das alles hatte sie längst aus ihrem Tief geholt.

»Ja, warum nicht.«

»Wunderbar.«

Cynthia holte einen Kochtopf aus dem Schrank und beobachtete, wie Tom ihn mit Wasser füllte, Salz hineingab und auf den Ofen stellte.

»Hast du großen Hunger?«, fragte er und lächelte sie sanft an.

»Ein bisschen«, gab sie zu.

»Du solltest mehr essen, an dir ist ja gar nichts dran.« Sein Blick glitt über ihren Körper. Sie hatte in den letzten Tagen aus Kummer einiges abgenommen. Dann widmete er sich den Spaghetti, zog sie aus ihrer Verpackung und schüttete sie in den Topf.

»Ich kümmere mich um die Sauce«, sagte Cynthia spontan und nahm einen zweiten, etwas kleineren Topf aus dem Schrank, um darin die Sauce zu erhitzen.

Nun standen beide vor dem Herd und rührten in ihren Töpfen. Tom warf ihr einen Blick zu und schmunzelte.

»Was ist?«, fragte sie verwundert.

»Du hast doch bestimmt gedacht, dass ich nur in teure Restaurants gehe, oder?«

Sie nickte. Das war tatsächlich ihr Bild von Tom Henning gewesen. Und es freute sie, es offenbar korrigieren zu dürfen.

»Ich bin viel normaler, als die meisten glauben.«

Sie musste grinsen, als er ein wenig unbeholfen mit seiner Gabel ein paar Spaghetti aus dem heißen Wasser fischte, sie mit kaltem Wasser abkühlte und in den Mund steckte.

»Mmh, gar nicht schlecht. Ich glaube, wir können sie jetzt abschmecken.«

Es wurde ein sehr schöner Abend. Das Essen schmeckte besser, als es aussah, und Cynthia konnte zum ersten Mal, seit Mandrake verschwunden war, wieder herzhaft lachen. Tom gelang es auf wunderbare Weise, sie von ihrem Schmerz abzulenken. Und ehe Cynthia es sich versah, war ihr Teller auch schon leer. So viel hatte sie schon lange nicht mehr gegessen.

Tom erzählte ihr, wie es in der Firma lief, dass ihm und den Kollegen ihre kreativen Einfälle während der wöchentlichen Konferenz fehlten. Mehr als das vermisste er jedoch ihre bloße Anwesenheit, und diese Worte machten Cynthia äußerst verlegen und sorgten dafür, dass sie sich etwas verkrampfte. Da stand er plötzlich auf und trat hinter sie.

»Du bist ja ganz verspannt«, stellte er fest und fing an, ihr den Nacken zu massieren. Ah, tat das gut. Sie war tatsächlich sehr verspannt, ihre Muskeln fühlten sich steinhart an, und Toms Hände waren jetzt genau das Richtige. Er übte sanften Druck auf ihre Schultern aus, doch als seine rechte Hand etwas tiefer glitt, stieß sie ihn sacht zurück. Nein, das wollte sie nicht. Aber er lachte. »Keine Sorge, nur ein Versehen. Ich habe keine Hintergedanken. Versuch loszulassen«, sagte er und setzte die Massage fort. »Du stehst unter großem Stress, hab ich recht?«

»Ja, allerdings.«

»Geht es um deine Werbeagentur? Wenn ich kann, helfe ich dir beim Aufbau.«

»Das ist sehr lieb.«

Seine Hände glitten von ihrem Nacken zu ihren Schultern. Sie waren sehr sanft, sehr weich und zärtlich. Allmählich fing sie an, es zu genießen und sich tatsächlich zu entspannen.

Am Anfang hatte sie ihn für einen arroganten Schnösel gehalten. Das war eine Fehlinterpretation gewesen. Und auch heute zeigte er sich von einer ihr gänzlich unbekannten Seite. Er war kein schlechter Kerl. Ganz und gar nicht!

Sie hatte sich in den letzten Tagen so einsam gefühlt, und jetzt, da Tom bei ihr war, ging es ihr besser, viel besser.

»Ich weiß, du willst das eigentlich gar nicht hören, aber ich mag dich sehr.«

Ein Zittern erfasste ihre Fußspitzen und wanderte bis zu ihren Knien hinauf. Seine Hände wurden jetzt noch sanfter. So sanft, dass sie es kaum noch aushielt. Abrupt stand sie auf und brachte das Geschirr hinaus. Tom folgte ihr mit dem leeren Topf.

»Cynthia. Ist alles in Ordnung mit dir? Habe ich etwas Falsches gesagt?«, fragte er, stellte den Topf in der Spüle ab und stand schon wieder hinter ihr. Er drehte sie einfach zu sich herum. Cynthia wich seinem Blick aus. Da spürte sie seine großen, starken Hände an ihren Wangen. Er hob ihr Kinn und zwang sie, ihn anzusehen. Wahrscheinlich verstand er das Leuchten in ihren Augen als Aufforderung, denn er senkte plötzlich den Kopf und strich ihr mit seinen Lippen über den Mund.

Cynthia hielt den Atem an. Für einen kurzen Augenblick, so schien es, stand die Zeit still. Sie war unfähig, sich zu rühren. Es fühlte sich so schön an, so unendlich schön, in den Armen gehalten, liebkost und begehrt zu werden. Das Zittern ihrer Beine verstärkte sich. Sie drohte zu fallen, aber Tom hielt sie fest.

Von ihrer erlahmten Gegenwehr ermuntert, gingen seine

Lippen auf Wanderschaft. Sie fuhren ihr über das Kinn, erneut zu ihrem Mund, öffneten diesen durch sanften Druck, bis seine Zunge zwischen ihren Lippen verschwand. Cynthia ließ es geschehen, als wäre sie betäubt. Nein, nicht gänzlich betäubt. Sie spürte seine Berührungen, sie hinterließen ein aufregendes Prickeln in ihrer Brust und noch stärker auf ihrer Haut. Gänsehaut bildete sich auf ihren Armen, ihrem Rücken und an ihren Schultern.

Vorsichtig drang seine Zunge tiefer in ihren Mund und begann damit, die ihre zu umkreisen. Sie konnte ihn schmecken. Ihm war ein ganz besonderes Aroma zu eigen. Herb, sinnlich, er roch nach Moschus, aber auch der Geschmack der Tomatensauce breitete sich in ihrem Mund aus, riss sie aus diesem sonderbaren Traum und erinnerte sie daran, was sie hier gerade tat.

Seine Hand glitt tiefer, schob ihren Pullover hoch und verschwand darunter, strich über ihren Bauch hin zu ihrem Busen. Die Fingerspitzen seiner Hand fühlten sich kalt an. Vielleicht lag es aber auch daran, dass ihr unendlich heiß war.

»Nicht«, murmelte sie, aber er erstickte ihren Protest mit einem Kuss. Seine Lippen waren so weich, so zärtlich – wie die Küsse von Mandrake! Sie spürte sein Verlangen, das starke Begehren. Abrupt wirbelte er sie herum und drückte sie mit dem Rücken gegen die Wand.

Das Prickeln in ihrem Körper wurde stärker. Es wanderte tiefer, breitete sich in ihrem Unterleib aus. Sie glaubte, Fieber zu bekommen oder längst davon befallen zu sein.

Toms Hände waren plötzlich überall. Ihr Pullover lag im Nu am Boden. Feuchte Küsse verteilten sich auf jeden Zentimeter ihrer Haut. Seine Berührungen ließen sie an ihre letzte gemeinsame Nacht mit Mandrake denken. Wie sehr hatte sie es genossen, in seinen Armen zu liegen, von ihm genommen zu werden. Sie vermisste ihn schrecklich.

»Nein, das dürfen wir nicht«, begehrte sie auf.

»Warum nicht? Wer verbietet es uns?«

Wieder lagen seine Lippen auf ihren. Aber das änderte nichts daran, dass sich Widerstand in ihr bildete. So sehr sie seine Zuwendung genoss, sie vielleicht sogar brauchte, so sehr war ihr bewusst, dass sie Tom nicht liebte, niemals lieben würde, denn ihr Herz gehörte einem anderen. Und wie es schien, würde das auch selbst dann so bleiben, wenn dieser jemand nie mehr zurückkam.

»Tom, bitte nicht«, sagte sie.

Tom hielt inne. Seine Augen glänzten, schienen binnen von Sekunden feucht zu werden. Ihr tat es so unendlich leid.

Er fuhr sich mit der Hand über die Stirn. Sein Blick war so anders. So abweisend.

»Nein, vergiss es einfach.«

Er verschwand im Flur, ließ sie einfach stehen. Cynthia folgte ihm eilig. »Tom, bitte, ich …«

»Mach dir keine Sorgen«, sagte er ernst und zog sich den Mantel über. Er klang plötzlich wie der Geschäftsmann, der er war. Die Kreativität überließ er anderen. Ihn interessierten Zahlen, Kalkulationen, Statistiken.

»Aber …«

»Ich habe verstanden.« Bedauern schwang in seiner Stimme mit. »Auch wenn ich wünschte, das da eben in der Küche wäre anders verlaufen.«

»Tut mir leid.« Sie ließ die Schultern hängen, sie hatte ihm nicht wehtun wollen.

»Nichtsdestotrotz glaube ich nach wie vor an dein Talent.« Sein Blick war nun wieder versöhnlicher. »Und das darfst du nicht vergeuden. Wenn du mich lässt, werde ich dich unterstützen. Ich kenne eine Maklerin, die dir ein passendes Büro verschaffen kann.«

»Tom, ich habe für so was kein Geld …«

»Das lass mal meine Sorge sein.« War das sein Ernst? Sie war sich nicht sicher, ob sie das Angebot annehmen konnte. Nicht, nachdem sie ihn derart enttäuscht und vor den Kopf gestoßen hatte. Zumal sie nun fürchtete, dass er dafür irgendetwas fordern würde. Und tatsächlich machte er sogleich eine Andeutung. »Allerdings verlange ich eine Gegenleistung.« Na bitte, genau das hatte sie erwartet. Sie konnte sich schon denken, welche Art von Gegenleistung ihm da vorschwebte. Doch zu ihrer Überraschung schien er etwas gänzlich anderes zu meinen.

»Ich will eine Beteiligung. So lange, bis du mir meine Auslagen zurückzahlen kannst.«

Sie nickte langsam, dieser Tom Henning war wirklich erstaunlich und überraschte sie immer wieder. Sein Angebot klang mehr als fair.

Kapitel 20

Nick hatte die letzten Nächte im Büro verbracht, sich dort auf die Liege gelegt und konnte doch nicht schlafen. Seine Wohnung war er los. Die Schulden erdrückten ihn. Und schuld an allem war seine kleine Schwester, die geglaubt hatte, ihn retten zu müssen. Nun hatte er alles verloren! Stand vor dem Ruin. Wie sollte es weitergehen? Musste er am Ende sogar seinen Laden verkaufen? Fragen wie diese hielten ihn seit Nächten wach. Er hatte eine Schuldnerberatung aufgesucht, doch dort hatte man nicht mehr für ihn getan, als ihn zu einem Informationsabend einzuladen, der erst im nächsten Monat stattfand, also im neuen Jahr, denn Weihnachten stand vor der Tür. Es würde dieses Jahr ein sehr einsames Fest werden. Wahrscheinlich würde er es allein verbringen oder zu seinen Eltern nach München fahren.

Nick ertappte sich dabei, wie er alle zwei Minuten auf den kleinen Digitalwecker starrte, den er in der Schublade seines Schreibtischs aufbewahrt und nun neben seine Liege aufgestellt hatte. Er hatte sich um 21 Uhr hingelegt. Jetzt war es kurz vor drei, und er hatte noch immer keinen Schlaf gefunden. Entsprechend erschöpft und niedergeschlagen war er. Er hatte das Gefühl, an einem Abgrund zu stehen, der nach und nach immer größer wurde. Zurückweichen konnte er nicht, weil sich hinter ihm bereits ein neuer auftat. Die Sorgen lasteten auf ihm, und sein Magen rebellierte.

Irgendwann gegen Morgen schlief er dann doch ein. Aber die Erholphase dauerte nicht lange an. Bereits gegen acht Uhr morgens wachte er wieder auf und fühlte sich ziemlich gerädert. Seine Lendenwirbel schmerzten höllisch, und seine Beine ließen sich nicht durchdrücken. Es war, als wäre er über Nacht steif gefroren.

Nick gelang es dennoch sich aufzurichten und ein paar Dehn- und Streckübungen zu machen. Dann begann er, den Laden auf Vordermann zu bringen, bevor alles im Staub versank. Normalerweise hatte ihm Maddy dabei geholfen, aber die war nun fort. Pünktlich machte er den Laden auf und pünktlich wie immer stand die erste Kundin vor der Tür.

»Guten Morgen«, erklang die gutgelaunte Stimme. Klara Nibels wöchentlicher Heukauf stand an. Durch ihre überdimensionale Brille wirkten ihre braunen Augen geradezu riesig.

Ihr Blick fiel auf den Eimer mit Wasser und den Wischmopp, die Nick noch nicht weggeräumt hatte.

»Oh, ich störe wohl?«

»Nein, nein.« Nick winkte ab und bemühte sich, die Putzutensilien schnell in der kleinen Kammer zu verstauen. Dann trat er wieder hinter die Kasse, vor der Klara Nibel immer noch geduldig wartete. Sorge stand in ihren Augen. Es schien fast, als merkte sie, dass hier etwas nicht ganz stimmte. Wahrscheinlich wusste sie auch, dass Maddy fort war. Nick versuchte seine eigene Besorgtheit zu überspielen. »Was darf es denn sein, Frau Nibel? Wieder das Meerschweinchenheu?«

»Nein. Heute nicht.« Sie kicherte leise und blickte verschämt auf den Boden. Nick verstand nur Bahnhof.

»Dann Futter? Sie wollen ganz gewiss Futter für ihre Lieblinge?«

»Auch nicht.«

Die Hände hatte sie auf ihrem Rücken, und sie schwankte eigenartig auf ihren Hacken hin und her, als genierte sie sich aus irgendeinem Grund.

»Ich … wollte Sie etwas fragen, Herr Guthan.«

»Ach ja?«

»Ja … ich … ähm … habe es aufgeschrieben.«

»Sie haben aufgeschrieben, was Sie mich fragen wollen?« Er musste schmunzeln. Das gefiel ihm irgendwie.

»Ganz genau.«

Sie zog einen kleinen, rosafarbenen Umschlag hinter ihrem Rücken hervor und reichte ihm diesen. Er duftete nach Parfüm. Nick hob eine Braue und betrachtete die Weihnachtssticker auf dem Brief. Frau Nibel hatte sich offensichtlich große Mühe mit ihrem Schreiben gegeben.

»Was steht denn da drin?«, fragte er neugierig.

»Öffnen Sie ihn, dann wissen Sie es.«

Er suchte nach dem Brieföffner und merkte, dass sich Frau Nibel rückwärts zur Tür bewegte. »Doch nicht, wenn ich noch hier bin«, sagte sie hastig.

»Aber warum denn nicht?«

»Weil … ich es doch sonst … gar nicht hätte aufschreiben müssen. Auf Wiedersehen und ein frohes Fest!«

Sie drehte sich abrupt um und lief eilig hinaus. Nick musste sich ein Lachen verkneifen. Aber dann wurde er wieder ernst, als er den Tannenbaumsticker näher betrachtete. Dieses Jahr würde es bei ihm keinen Weihnachtsbaum geben und auch der Heiligabend würde wohl ins Wasser fallen.

Kapitel 21

Das Bett schaukelte, als wäre es ein Boot auf dem Ozean, das gegen die Wucht der Wellen ankämpfte. In Wahrheit schwebte es einige Meter unterhalb der Höhlendecke und wurde von riesigen Schwingen getragen. Auf den Bettpfosten brannten ewig leuchtende Kerzen, an denen Wachs heruntertropfte, das niemals zur Neige ging. Ein Hauch von schwarzer Spitze umhüllte das riesige Gebilde und verhinderte, dass Unbefugte zu ihnen hineinspähten. Und von denen gab es viele. Neugierige, sensationslüsterne Gestalten, die seit seiner Rückkehr voller Unruhe waren. Er wusste, dass die Dämonen auf eine schreckliche Bestrafung hofften, etwas, woran sie sich ergötzen konnten und das sie von ihrem kümmerlichen Dasein ablenkte. Aber bisher blieb Ovida milde gestimmt. Sie hatte ihn nicht den Wärtern ausgehändigt, ihn nicht als Sklaven oder Gladiator verkauft, was darauf schließen ließ, dass sie sich selbst um ihn kümmern wollte. Und das war wiederum ein Grund zur Sorge.

In diesem Moment saß sie neben ihm und begutachtete die eisernen Fesseln, mit denen sie seine Arme und Beine an die Pfosten gekettet hatte, die ihm keine Bewegung erlaubten. Besonders eng saß die Schelle um seinen rechten Arm, der statt in einer Hand in einem Stumpf endete, dessen Fleisch sich verfärbt hatte. Die verbliebene Haut brannte schrecklich.

Wahrscheinlich hatte sich das Gewebe entzündet. Er fühlte sich fiebrig.

Ovidas Hand glitt über seinen muskulösen Oberkörper. Sie beide hatten ihre Menschengestalt angenommen. Ovida liebte diese Gestalt, sie fand sie aufregend und viel sinnlicher als ihre monströsen Pendants. Ihre üppigen Brüste bewegten sich bei jedem Atemzug, wippten anzüglich, und als sie auch noch anfing, mit beiden Daumen und Zeigefingern ihre auffällig großen Brustspitzen zu zwirbeln, wandte er den Blick demonstrativ ab.

»Was ist los, Mandrake, gefalle ich dir nicht mehr?« Sie lachte heiser. »Früher warst du doch ganz versessen darauf, dich mir hingeben zu dürfen, dich meinen Regeln zu fügen.«

Ihre Hand fuhr zwischen seine Beine und streichelte die Innenseite seines Schenkels. Sie beobachtete genau seine Reaktion, doch diese blieb aus. Verbissen presste sie die obere Zahnreihe auf ihre Unterlippe, weitete den Radius ihrer Streicheleinheiten aus, doch es ließ Mandrake kalt. Völlig kalt. Ihm war klar, dass sie von seinem Plan, sie mit seinem mächtigen Schwert zu vernichten, wusste, aber sie kam nicht einen Moment darauf zu sprechen, ignorierte es, als sei es nie geschehen, und das machte ihn äußerst nervös. Er ahnte, dass sie ihren eigenen Plan verfolgte, der mit an Sicherheit grenzender Wahrscheinlichkeit deutlich grausamer war als das, was er sich für sie überlegt hatte.

Ovidas Hände glitten über seine Brust, hinterließen Striemen, die sich sogleich wieder zurückbildeten. Der Druck ihrer Finger war schmerzhaft, mehr ein Kneifen als ein Streicheln, aber Mandrake sagte kein Wort.

»Ich will, dass du mich ansiehst«, zischte sie unzufrieden,

denn sie war es nicht gewohnt, dass sich ihr ein Sklave verwehrte.

Mandrake wandte ihr den Kopf zu. Ihre Fratze war grässlich, die glühenden Augen voller Hass. Wie anders war da Cynthias Gesicht, die großen Augen, die ihn liebevoll angesehen hatten, ihr bebender Mund, der sich nach einem zärtlichen Kuss sehnte. Der Kontrast zwischen diesen beiden Frauen hätte nicht stärker sein können, und er weckte seine Sehnsucht nach der jungen Menschenfrau, nach ihren Berührungen, ihrem Lächeln.

Ovidas Händen fehlte jegliches Gefühl, jegliche Sinnlichkeit, alles, was Cynthia an sich hatte, was sie ausmachte. Mandrake fand diese Frau einfach nur schrecklich, weil sie unnatürlich war, unecht wirkte, wie alles in dieser skurrilen Welt. Er schloss die Augen und stellte sich vor, dass es Cynthia war, die ihn verwöhnte, deren Hand er spürte. Der Gedanke an sie erregte ihn so sehr, dass sein Unterleib zuckte und sein Glied heftig pochte. Die Illusion war fast perfekt, seine Erinnerungen an ihre gemeinsamen Nächte machten das alles hier erträglicher. Er erinnerte sich an die zärtlichen Stunden in ihrem Bett, daran, wie sie in seinem Arm gelegen und sich an ihn geschmiegt hatte. So etwas hatte bei ihm noch nie eine Frau gemacht. Für andere mochte es nur eine kleine Geste der Zuneigung sein, ihm half es nun über diese schweren Stunden hinweg. Seine Erinnerung an sie war so stark, so lebendig, dass er ihre Hände an seinem Nacken und ihren Kopf an seiner Schulter beinahe körperlich spürte – bis ihm plötzlich etwas ins Gesicht schlug und ihn in die Wirklichkeit zurückriss.

»Ich habe gesagt, du sollst mich dabei ansehen.«

Er öffnete gequält die Augen, gewahrte die surreale Gestalt

mit den riesigen Brüsten und der spindeldürren Taille vor sich, dieses Wesen, das nicht mal annähernd wie eine echte Frau aussah, sondern mehr wie eine Karikatur einer solchen. Oh, er hasste dieses Weib, und er wünschte inständig, er hätte das Schwert nicht verloren. Doch die Linke war nicht seine Waffenhand, er würde es ohnehin nicht mehr richtig führen können.

Ovida beugte sich über ihn, als wollte sie ihn küssen, doch er wandte sich von ihr ab. Das weckte erneut ihren Zorn. Sie knurrte wie ein wildes Tier, schlug ihm nochmals ins Gesicht, und zwar so stark, dass er ihren glühenden Handabdruck noch Sekunden später auf seiner Wange spürte, die durch den Angriff der Dämonen ohnehin schon vernarbt war.

Mochte Ovida mit ihm anstellen, was sie wollte. Sie konnte ihn schlagen, ihn foltern, auspeitschen, was immer der Dämonin einfiel. Es würde nichts ändern. Er würde niemals wieder ihr Sklave sein, sich ihr niemals wieder unterwerfen. Eher würde er seinen Tod in Kauf nehmen.

»Es ist doch merkwürdig, wie sich alles entwickelt«, fing sie plötzlich an und fuhr mit dem Zeigefinger über das Kinn zu seinem Hals. Zärtlich strich sie über die drei Narben. »Ich habe dich zu mir geholt, dich als den meinen markiert und du wurdest mein erfolgreichster Jäger, und plötzlich bist du geläutert? Wegen dieses Mädchens.« Ihr Blick war so intensiv, so durchdringend, dass er das Gefühl hatte, sie versuchte in ihm zu lesen wie in einem offenen Buch. Er musste das verhindern, und das ging nur, wenn er den Blickkontakt abbrach.

»Ich habe gesagt, du sollst mich ansehen!«

Er verweigerte den Befehl, aber dieses Mal blieb sie cool, packte sein Kinn und drehte es zu sich. Dann kniff sie in seine Haut, so dass er aus einem Reflex heraus die Augen aufriss.

In ihren Pupillen sprühten glühende Funken, die sich zu bewegen, ihn zu hypnotisieren schienen. Er glaubte, sie würde nun tief in sein Innerstes sehen.

»Du wolltest das Mädchen schützen. Aber warum? Hast du dich das nie gefragt, du einfältiger Tölpel?«

Ovida ließ ihn los und fuhr ihm durch das schweißnasse Haar. »Was macht sie zu etwas so Besonderem?« Sie legte eine dramatische Pause ein und sagte dann im Flüsterton: »Ich bin auf eine Antwort gestoßen.« Das Glühen ihrer Augen wurde stärker. »Du fühlst dich aus genau demselben Grund zu ihr hingezogen wie meine Dämonen.« Damit spielte sie wohl auf diesen widerwärtigen Luftteufel an, der über Cynthia hergefallen war.

»Aber du, du kannst sie im Gegensatz zu ihnen küssen, Sex mit ihr haben. Warum ist das so?«

Er hatte nicht die geringste Ahnung. Er wusste nur, dass er über alle Maßen von ihrem Leuchten fasziniert war, doch er hatte es hingenommen, es nicht hinterfragt, weil es sonst keine Auffälligkeiten gegeben hatte. Wenn es aber stimmte, dass die Dämonen sie nicht sexuell berühren durften, dann musste sie von einer Art Schutz, etwas Übersinnlichem durchzogen sein. Vielleicht war sie sogar ein Halbwesen?

»Nephilim, so werden sie in einigen Quellen genannt. Kinder der Lichtwesen und Menschenfrauen. Sie waren sterblich, aber mit Kräften ausgestattet, die ihnen große Macht verliehen. Es heißt, sie seien ausgestorben. Schon vor Jahrhunderten, weil ihr mächtiges Blut immer mehr verwässerte. Aber stell dir vor, einige von ihnen hätten unerkannt überlebt, und sie stammte aus dieser Linie, welche Macht ihr dann inne wäre!«, sagte Ovida euphorisch und schlug die Hände zusammen.

Und in welche Gefahr sie dadurch geriet! Jeder Dämon würde versuchen wollen, diese Macht zu besitzen!

»Es gibt keinen Beweis für diese Theorie. Cynthia ist ein normaler Mensch, und sie stammt aus einer ganz normalen Familie. Ich habe ihren Bruder gesehen. Er hat nichts Besonderes an sich.«

»Das mag sein. Aber nach all den Jahrtausenden und der steten Verwässerung des mächtigen Blutes kommt die Gabe womöglich nur noch bei wenigen zum Vorschein. Eben bei jenen, die für unsere Augen leuchten. Wie dem auch sei. Das Mädchen liebt dich. Und ich kann sie verstehen, bei diesem Körper.« Ovidas Hand strich über seine Brustmuskeln. Andächtig verfolgte sie die Bewegungen ihrer eigenen Finger, die sich heiß auf seiner Haut anfühlten, eine brennende Spur auf ihr hinterließen. »Sie würde alles tun, um dich zu retten.«

»Was hast du vor?« Seine Muskeln spannten sich an. Er kannte Ovida, er wusste, dass sie mit ihrem Opfer gern spielte wie die Katze mit der Maus. Ihre Andeutungen machten ihn sehr nervös.

»Ich werde mir die Kleine einmal näher ansehen.« Sie erhob sich und blickte kühl auf ihn herunter.

»Du lässt sie in Ruhe, sonst …«

»Sonst … was?«

Seine Muskeln spannten sich noch mehr an, die Sehnen traten an seinen Armen und seiner verbliebenen Hand hervor. Aber das Eisen war zu stark.

»Auf bald, Gargoyle«, meinte sie gehässig und breitete ihre Schwingen aus, die eben erst aus ihrem Rücken emporgewachsen waren. Mit einem Hechtsprung stürzte sie sich in die Tiefe, wurde dann aber durch einen einzigen Flügelschlag wieder heraufgetragen. Die Spitzenvorhänge flatterten unter dem von ihr erzeugten Windstoß.

Mandrake bäumte sich auf, versuchte, sich zu verwandeln, in der Hoffnung, die Ketten zu sprengen, doch sie bremsten den Prozess, hielten ihn in einer Mischform aus Mensch und Gargoyle gefangen. Heiß floss das Blut durch seine Adern, erhitzte seine malträtierte Haut, erweckte den riesigen Körper zum Leben. Aber trotz aller Stärke brachte er nicht die Kraft auf, die er brauchte, um sich zu befreien.

Aber das musste er. Cynthia schwebte in großer Gefahr!

Kapitel 22

Tom hatte tatsächlich Wort gehalten. Er musste sehr von ihrer Arbeit überzeugt sein, dass er ihr solch ein großzügiges Angebot gemacht hatte. Die Miete für das Büro zahlte er so lange, bis sie genügend Aufträge an Land gezogen hatte, um sich selbst über Wasser zu halten. Wenn es soweit war, würde sie ihm alles zurückzahlen. Ohne Zinsen. Das kleine Büro war ein Traum. Es lag im Zentrum, gut erreichbar für ihre Kunden, und draußen an der Haustür hing sogar ein Schild mit ihrem Namen. Davon hatte sie immer geträumt. Es war etwas ganz anderes, im eigenen Büro statt vom Schlafzimmer aus zu arbeiten. Die Maklerin, die Tom ihr empfohlen hatte, hatte ihr wahrlich ein ganz süßes Büro präsentiert, in das sich Cynthia auf den ersten Blick verliebt hatte. Zugegeben, es war klein, bestand nur aus einem Zimmer, aber für den Start war es mehr, als sie sich hätte träumen lassen. Auch technisch war es einwandfrei ausgestattet. Das hatte sie ebenfalls Tom zu verdanken, der das alles organisiert hatte. Sie konnte sofort mit der Arbeit loslegen, brauchte nur noch ein paar Kunden. Da klopfte es auch schon wie auf Bestellung an der Tür. Cynthia versuchte rasch das Chaos in Form von Umzugskartons zu beseitigen, indem sie diese unter ihrem Schreibtisch und hinter den Vorhängen versteckte, dann rief sie »Herein«, straffte die Schultern und gab sich

Mühe, einen freundlichen, aber professionellen Eindruck zu vermitteln.

Die Dame, die ihr Büro nun betrat, war auffallend groß. Sie hätte ein Model sein können, und im ersten Moment glaubte Cynthia auch, es handle sich um ein ebensolches, das sich bei ihr für entsprechende Aufnahmen vorstellen wollte. Normalerweise lief das über eine Modelagentur, aber vielleicht konnte sich Cynthia ihre Daten trotzdem abspeichern. Man wusste nie, welcher Kontakt irgendwann noch einmal nützlich sein würde.

Die Idee, dass es sich bei der Frau tatsächlich um ein Mannequin handelte, verwarf Cynthia allerdings sehr schnell wieder, denn ihr Auftreten entsprach bei näherem Hinsehen ganz und gar nicht dem Bild eines typischen Werbemodels. Außerdem war sie auch optisch etwas zu reif für den Modeljob. Sie kam selbstbewusst auf Cynthia zu und streckte ihr die Hand entgegen. Cynthia hatte Hemmungen, sie anzunehmen, aus Furcht, ihr die außergewöhnlich langen, knallroten Fingernägel versehentlich abzubrechen.

»Guten Tag, ich bin Frau Ovida, die Geschäftsführerin von Hell Express. Sie haben sicher schon von uns gehört.«

In der Tat war ihr der Name vertraut, doch sie konnte ihn im ersten Moment nicht zuordnen.

»Freut mich sehr, Cynthia Guthan. Bitte setzen Sie sich doch. Wie kann ich Ihnen behilflich sein?«

Ein süffisantes Lächeln umspielte die feuerroten Lippen ihres Gegenübers. Das irritierte Cynthia. Zugleich breitete sich ein Gefühl von Unwohlsein in ihr aus, das sie sich nicht näher erklären konnte.

»Mir können Sie nicht behilflich sein, aber einem gemeinsamen Freund.« Sie zog eine Klarsichthülle aus der Mappe, die sie bei sich trug, und reichte ihr diese samt Inhalt herüber.

Cynthias Kinnlade klappte herunter, als sie das Dokument näher betrachtete. Das war ein Seelenvertrag. Sie erkannte ihn wieder, genau dieselbe Aufmachung wie bei Nicks Vertrag, den sie glücklicherweise zerrissen hatte.

»Was soll ich damit?«, fragte Cynthia und rang um Fassung. Diese Frau war ganz sicher eine Dämonin. Hell Express. Natürlich. Das war die Agentur, für die auch Mandrake arbeitete.

»Unterschreiben.« Ihr Gesichtsausdruck veränderte sich keinen Moment, und sie lächelte Cynthia noch immer auf genau dieselbe Weise an.

»Vergessen Sie's. Dort ist die Tür!« Sie war sicher nicht so naiv wie Nick!

»Nein, nein, nein, meine Gute, Sie handeln zu voreilig. Ich möchte einen Deal mit Ihnen machen.«

Ich aber nicht mit dir, du Dämonenschlampe. Cynthia verschränkte die Arme vor der Brust.

»Ihrem Freund Mandrake würde das zugutekommen.«

»Was ist mit Mandrake? Was wissen Sie über ihn?« Sofort waren sie wieder da. Das Herzrasen. Die Sehnsucht. Das Verlangen. Genauso intensiv wie zuvor. Cynthia erschrak über ihre heftigen Emotionen, die allein bei der Nennung seines Namens verrückt spielten. Sie hatte geglaubt, über ihn hinweg zu sein. In den letzten Tagen hatte sie sich ausschließlich um die Einrichtung ihres Büros gekümmert. Es war eine hervorragende Ablenkung gewesen, zumal Cynthia inzwischen geglaubt hatte, er hätte sie verlassen. Bis jetzt.

»Ich weiß, wo er ist.«

Cynthias Herz begann noch schneller zu schlagen.

Stimmte das wirklich, wusste diese Frau tatsächlich, wo er war?

»Und Sie werden es mir nur verraten, wenn ich Ihren Vertrag unterzeichne?«

»Nein. Diese Information bekommen Sie gratis.« Sie erhob sich und ging um den Tisch herum auf sie zu. Als sie ihre Hand auf Cynthias Stirn legen wollte, rollte diese mit ihrem Stuhl zurück. »Was soll das?« Sie traute der Dämonin nicht über den Weg. Irgendetwas hatte sie vor. Cynthia blieb auf der Hut.

»Keine Angst, ich will Ihnen nur zeigen, was Sie wissen wollen, Kindchen. So viel Vertrauen sollten Sie Ihrer künftigen Geschäftspartnerin schon entgegenbringen.«

Künftige Geschäftspartnerin? Von wegen. Wovon träumte diese Frau nachts?

»Bleiben Sie mir vom Leib«, zischte Cynthia und meinte es ernst.

Ovida zuckte mit den Schultern und wandte sich ab. »Wie Sie meinen. Dann erfahren Sie eben nicht, wo sich Mandrake derzeit aufhält.«

Doch! Das musste sie wissen. Unbedingt! Aber wie sollte sie einer Person vertrauen, die es ganz offensichtlich auf nichts Geringeres als ihre Seele abgesehen hatte?

»Sagen Sie es mir doch einfach«, lenkte Cynthia ein. Ovida drehte sich um und blickte ihr direkt in die Augen. Etwas Rotes, Gefährliches glühte in dieser dunklen Tiefe. Es macht Cynthia schwach, lähmte ihren Widerstand. Und sie fröstelte bei dem hypnotischen Anblick.

»Worte können nicht so viel aussagen wie Bilder. Bedenken Sie auch, ich eröffne Ihnen die Möglichkeit, ihn noch einmal zu sehen.«

Cynthia atmete schnell. Es gab wohl nichts, was sie lieber wollte, als ihn wiederzusehen. Und solange sie den Vertrag nicht unterschrieb, konnte hoffentlich auch nichts Schlimmes passieren. Sie nickte Ovida zu, und diese kam noch einmal zu ihr. Dieses Mal ließ Cynthia die Berührung der Dämonin zu, und als ihre Hand auf ihrer Stirn lag, schloss sie die Augen ganz von selbst. Bunte Farben begannen sich aus der Dunkelheit heraus zu materialisieren. Sie formten Bilder. Erst waren sie verschwommen, und Cynthia konnte kaum etwas erkennen, dann aber sah sie Lichter in der Finsternis. Fackeln. Nein, riesige Kerzen, die an die klauenartigen Pfosten eines Bettes festgewachsen waren. Sie konnte sie durch den schwarzen Spitzenstoff sehen, der das Bett umhüllte. Rotes Wachs tropfte an ihnen herunter, bildete surreale tropfenartige Gebilde. Ein beklemmendes Gefühl breitete sich in ihr aus. Sie spürte die Enge, die Dunkelheit und konnte nicht richtig durchatmen. Es fühlte sich an, als läge eine schwere Last auf ihrer Brust. Sie versuchte durch die Spitzen hindurchzublicken, denn dahinter meinte sie eine Bewegung ausgemacht zu haben. Doch trotz seiner eigentlich durchsichtigen Natur lenkte sie das Muster zu stark ab. Es schien sich gar zu bewegen, gleich einer Schlange. Sie streckte die Hand aus, wollte den Vorhang beiseiteschieben, just in dem Augenblick wehte ein kräftiger Windstoß die Vorhänge zur Seite und gewährte ihr einen Blick hinein. Zuerst sah sie die Fesseln an den Armen und Beinen des Mannes, dann erkannte sie sein schmerzverzerrtes Gesicht! Mandrake. O mein Gott, was hatten sie ihm angetan. Sein Körper war voller Wunden. Sie wollte zu ihm, wollte ihm helfen, doch ausgerechnet jetzt wurde auch sie vom starken Wind hinfortgeweht. Das Bett wurde immer kleiner und verschwand schließlich in der Ferne. Cynthia versuchte vergeblich mehr zu erfassen, vielleicht irgendwie herauszufinden, wo genau Mandrake war. Sie wusste, dass er litt, Angst hatte, dass Schmerzen ihn quälten, und als sie die Augen wieder öffnete und im Hier und Jetzt landete, merkte sie, dass sie am ganzen Körper zitterte. Nur sehr wenig, aber sichtbar für die Augen der Dämonin, die daraufhin heiser lachte.

»Sie halten ihn gefangen«, entfuhr es Cynthia, die nun endlich verstand.

»Ich lasse ihn frei, wenn Sie unterschreiben«, versicherte Ovida großmütig und schob ihr den Vertrag zu. Cynthia starrte auf das leere Feld, in dem nur noch ihre Unterschrift fehlte.

»Tun Sie es für ihn. Er wird Ihnen ewig dankbar sein.«

Wut vermischte sich mit Verzweiflung. Ihre Hände ballten sich zu Fäusten, und sie blickte diese schreckliche Person voller Verachtung an. Welch böses Spiel sie mit Mandrake und ihr trieb. Das war abscheulich!

»Na los, worauf warten Sie«, drängte Ovida. »Anderenfalls muss ich ihn töten.«

»Nein!«, entfuhr es ihr. Und nun war es Angst, die ihre gesamte Gefühlswelt beherrschte und ihr zugleich die Rationalität raubte.

»Ich habe keine Verwendung mehr für ihn«, sagte Ovida kalt. »Unterschreiben Sie, oder er ist Geschichte. Sie haben es in der Hand.«

Cynthias Finger tasteten nach einem Stift, doch sie griffen ins Leere. Ihre Hand zitterte. Sie wollte nicht, dass Mandrake starb, um nichts auf der Welt. Aber ihre Seele konnte sie doch nicht einfach so verkaufen! Um Zeit zu gewinnen, las sie den Vertrag durch. Es war ein anderer als der, den Nick bekommen hatte. Von drei Wünschen oder sonst einer Gegenleistung stand nichts darin.

»Ihre Unterschrift gegen Mandrakes Leben«, erklärte Ovida die Bedingungen, als hätte sie Cynthias Gedanken gelesen.

Doch weil Cynthia sich noch immer nicht rührte, stöhnte Ovida genervt auf. »Ich verstehe nicht, was daran so schwer ist. Unterschreiben!«

Cynthia streckte noch einmal die Hand aus, nahm einen Stift und zog die Kappe ab. Sie setzte die Feder des Füllhalters in das freie Feld. Erneut versagte ihre Motorik. Die Finger zitterten heftig, sie konnte den Stift nicht richtig halten, geschweige denn führen. Sie schloss die Augen, horchte in sich hinein, wie sie es immer tat, wenn eine schwierige Entscheidung zu treffen war. Und sie fand eine Antwort, die so eindeutig war, dass sie plötzlich keinen Zweifel mehr hatte. Sie liebte Mandrake. Und um ihn zu retten, würde sie alles tun. Ihr Leben geben und auch dem Teufel ihre Seele verkaufen. Als sie die Augen wieder aufschlug, um zu unterschreiben, schob sich Ovidas Schatten wie ein böses Omen über den Vertrag. Ihre Augen leuchteten vor Gier, sie rieb sich schon siegesgewiss die Hände. »Mach schon, mach«, säuselte sie. »Es ist für deinen Liebsten.«

Aber da erwachte Cynthia aus dem Gefühlsrausch, in dem sie seit Ovidas Auftauchen gefangen war, und ein neuer Gedanke kam ihr. Wie konnte sie denn überhaupt sicher sein, dass Ovida Mandrake wirklich freiließ? Dass dies kein Trick war? In dem Vertrag stand explizit nichts von einer Gegenleistung. Wenn sie den Wisch unterschrieb, konnte die Dämonin machen, was sie wollte.

»Ich werde unterschreiben«, sagte sie entschlossen. »Aber

erst, wenn Sie den Vertrag ändern und Mandrakes Freilassung einfügen. Ich will ihn in Fleisch und Blut vor mir sehen, erst dann unterzeichne ich.«

Ovida knirschte mit den Zähnen, sichtlich unzufrieden über diese Entwicklung.

»Also schön«, schnaubte sie dann und zog ihr das Papier unter den Fingern weg. »Wie du willst, Mädchen. Ich ändere den Vertrag und bringe ihn morgen Abend zu dir.«

»Und warum erst morgen?«

»Weil ich noch anderes zu tun habe? Termine? Verstehst du?« Sie zupfte an ihrem Kostüm und klopfte gegen ihre Mappe, um geschäftig auszusehen. Cynthia taten die armen Seelen leid, die ihr noch ins Netz gehen würden.

Sie nickte eingeschüchtert. Zumindest verschaffte das auch ihr noch etwas Zeit, um nach einer anderen Lösung zu suchen.

Ovida steckte den Vertrag in ihre Mappe zurück und wandte Cynthia den Rücken zu. Auf ihren viel zu hohen Absätzen stakste sie aus dem Büro, ohne sich noch einmal umzudrehen. Cynthia blieb reglos in ihrem Drehstuhl sitzen. Wenigstens eins war nun sicher. Er hatte sie nicht verlassen. Man hatte ihn ihr weggenommen.

Kapitel 23

Mandrakes Ketten brannten sich in sein Fleisch. Es waren magische Ketten, deren Macht er sich nicht entziehen konnte. Sie schwächten ihn, wann immer er sich zur Wehr setzte, und fingen an zu glühen, ihm die Energie abzusaugen. Nun lag er erschöpft und völlig ausgelaugt in dem fliegenden Bett und wartete auf Ovidas Rückkehr. Er konnte sich denken, was die Dämonin vorhatte. Seine Gedanken kreisten um Cynthia, und er hoffte inständig, dass sie auf Ovidas List nicht hereinfiel, denn er glaubte keineswegs, dass sie ihn freiließ, wenn sie erst Cynthias Seele in ihrem Besitz hatte. Im Gegenteil, wahrscheinlich würde die Lady sie beide töten und anschließend ihre Seelen für irgendwelche obskuren Rituale missbrauchen. Einen Teil der Energie würde sie sich gewiss selbst einverleiben, um sich zu stärken. Das war eine beliebte Methode unter Dämonen, um die eigene Macht zu vergrößern.

Ein Luftzug bewegte die Vorhänge, ließ sie flattern wie die feinen Flügel eines Schmetterlings. Mandrake wandte den Kopf zur Seite und bemerkte etwas, das in immer schneller werdenden Bahnen um das Bett herumsauste und dabei leise kicherte. Irgendein neugieriger Dämon musste auf das gigantische Bett aufmerksam geworden sein und wollte es sich nun aus der Nähe anschauen. Aber dann, so plötzlich, wie das Wesen aufgetaucht war, war es auch wieder verschwunden. Dämonen waren so leicht zu erheitern.

Mandrake schloss die Augen und rief sich erneut Cynthias Gesicht in Erinnerung. Diesen süßen Mund, den er nur zu gern noch einmal küssen würde. Sie noch einmal schmecken, berühren, seine Zunge an ihrer reiben. Was hätte er dafür gegeben. Plötzlich bewegte sich etwas zu seinen Füßen. Er spürte, wie die Matratze am Fußende nachgab und etwas seine Fußsohle kitzelte. Rasch hob er den Kopf und sah eine ihm nur zu vertraute Gestalt mit langen roten Haaren, die am anderen Ende seines Bettes hockte und sich einen Spaß daraus zu machen schien, ihn mit einer Feder zu necken. Die Feder sah aus, als stammte sie von den riesigen schwarzen Schwingen, die das Bett trugen.

Maddy lächelte ihn süffisant an, und ihre Brüste quollen dabei fast aus ihrem engen Oberteil, als sie sich zu ihm vorbeugte und langsam über ihn hinwegkroch. Sie setzte sich auf seine Brust, wie es Sukkuba bei ihren Opfern taten, um ihnen die Luft zu rauben oder böse Träume zu verursachen. Bei ihm hatte das jedoch keine Wirkung. Er war sogar froh, ein vertrautes Gesicht zu sehen. Maddy gehörte zu den wenigen Dämonen, die ihm tatsächlich freundlich gesinnt waren. Früher hatte sie sogar heimlich für ihn geschwärmt.

»Es ist toll«, sagte sie und wippte auf seiner Brust.

»Was ist toll?«

»Erst warst du mein Boss, und jetzt bin ich on top.« O ja, das musste sie unglaublich amüsieren. Er war ihr Vorgesetzter gewesen, hatte ihr Aufträge zugeschanzt, und sie war eine hervorragende Mitarbeiterin gewesen, auf die er sich immer voll und ganz hatte verlassen können. Oft hatten sie Hand in Hand gearbeitet. Manches Mal hatte er sie vor Ovida gedeckt, wenn sie neben dem Kunden noch andere Affären hatte. Hoffentlich würde sie sich dafür nun erkenntlich zeigen.

»Eins muss ich dir lassen, du warst eine tolle Mitarbeiterin«, schmeichelte er ihr, und Maddys Wangen begannen sich leicht zu röten.

»Ist das so?«

»Ich weiß sehr wohl, was ich an dir hatte. Ich konnte mich immer auf dich verlassen. Pünktlichkeit, Engagement, zwei weitere sehr gute Argumente.« Er nickte zu ihren Brüsten. »Die perfekte Angestellte.«

Sie kicherte.

»Und jetzt brauche ich noch einmal deine Hilfe, Maddy.«

Sie hob misstrauisch die rote, zart geschwungene Augenbraue. »Du bist doch gar nicht mehr mein Boss.«

»Doch der alten Zeiten wegen, wir waren ja schließlich mal Kollegen, möchte ich dich bitten, deine Hand unter mein Kopfkissen zu stecken ...« Dort befand sich der Schlüssel für seine Ketten, wenn Maddy den fand und ihn befreite, könnte er ... Sie beugte sich mit einem verführerischen Lächeln zu ihm herunter und blickte ihm fest in die Augen. »Ach, so eine Gefälligkeit meintest du. Sag das doch gleich.«

Er verstand im ersten Moment kein Wort, aber dann glitten ihre Lippen plötzlich über seinen Mund. Sie fühlten sich weich und verführerisch an. Ganz sanft. Und sie hinterließen ein sachtes Prickeln auf seiner Haut. Für einen Augenblick war er versucht, sich ihren Liebkosungen hinzugeben. Ihre schwellenden Brüste wogten vor seinen Augen, bewegten sich vor und zurück.

»Schwebte dir das vor?«, flüsterte sie, und ihre Stimme klang so sinnlich wie die einer Sirene, die ihr Opfer lockte.

Und im ersten Augenblick hatte sie auch genau diese Wirkung auf ihn. Er war wie betäubt, berauscht, unfähig, Widerstand zu leisten. Das war die Macht einer Sukkuba. Sie konnte ihre Opfer einwickeln, gleich der Spinne, die ein Insekt in ihrem Netz fing.

Maddy rutschte über seine Brust nach hinten, bis sein Glied zwischen ihren Schenkeln rieb. Benommen schüttelte er den Kopf. Nein, das war nicht das, was ihm vorschwebte. Nicht mit dieser Frau, er wollte Cynthia, nur sie weckte diese lustvollen Gefühle in ihm, in denen er sich ganz verlor.

»Nimm den Schlüssel unter meinem Kopfkissen«, forderte er sie auf. Wenn sie ihn erst losgebunden hatte, musste er sein Schwert zurückholen. Doch Maddy hielt sogleich in ihrer Bewegung inne und schüttelte den Kopf.

»Ich kann dich nicht befreien«, erklärte sie ängstlich. »Ovida würde mich umbringen. Sie ist viel mächtiger als du oder ich.«

»Nicht wenn wir zusammenhalten.«

Sie lachte und schüttelte dabei ihr feuerrotes Haar. »Und wenn schon, was hätte ich denn davon?«

»Macht.«

»Macht?«

Er nickte. Wenn Ovida fort war, würde der große Oberboss einen Ersatz für sie brauchen, der Hell Express leitete, und wer wäre besser geeignet als die Frau, die Ovida beseitigt hatte? Maddy schien zu verstehen, und ihr sinnliches Lächeln verwandelte sich in ein schadenfrohes Grinsen. Macht. Das war das einzige Argument, das Dämonen verstanden.

Kapitel 24

Cynthia parkte ihren Wagen in einer Seitenstraße, blieb aber darin sitzen. Sie blickte zu dem Scheck, der auf dem Beifahrersitz lag. Überraschend hatte sie ihn in einem Kuvert in ihrem Briefkasten gefunden. Das Schreiben stammte von Hubert Graun, der von ihrer Kündigung erfahren hatte und darüber sehr traurig war. Das allein ehrte sie sehr, aber Graun war noch einen Schritt weitergegangen, hatte ihr für die gute Zusammenarbeit auf seine Weise gedankt, indem er sie finanziell unterstützte, damit sie sich etwas Eigenes aufbauen konnte. Wahrscheinlich hatte Tom ihn eingeweiht, was ihre Miniagentur anging. Cynthia war unendlich gerührt. Graun hatte ihr ein hübsches Sümmchen ausgestellt, das sie gut hätte gebrauchen können, wenn sich ihre Pläne nicht von Grund auf geändert hätten. Sie würde nicht mehr lange hier sein.

Die Straßen waren glatt, und die Leute schlidderten über die Bürgersteige. In den Händen Tüten mit Geschenken, die sie auf den letzten Drücker gekauft hatten. Bald war Heiligabend. Dieses Jahr würde das Fest ein Desaster werden. Cynthia würde der Dämonin nachgeben, es gab keine andere Lösung. Sie hatte sich die ganze Nacht darüber den Kopf zerbrochen. Vielleicht war es dumm, aus Liebe ein so großes Opfer zu bringen. Aber sie konnte nicht anders. So war sie nun mal. Doch bevor sie ging, gab es noch etwas, das sie unbedingt erledigen musste, das ihr so sehr auf dem Herzen lag, dass sie anders keinen Frieden mehr finden konnte. Wenn sie heute Nacht mit Ovida ging, würde sie Nick niemals wiedersehen. Und dann wären sie im Streit auseinandergegangen. Sie musste sich mit ihm aussprechen, versöhnen, falls er dies zuließ. Vielleicht verstand er ihre Motive ja doch? Sie nahm den Scheck und steckte ihn in ihre Manteltasche, dann stieg sie aus und ging die Straße hinunter, vorbei an all jenen, die sich vom Weihnachtsstress aus der Ruhe bringen ließen. Schon aus der Ferne sah sie ihren Lichterbaum im Schaufenster von Nicks Zooladen. Als sie das Geschäft betrat, stand er nicht hinter der Kasse, wie sie es erwartet hatte.

»Hallo?«, rief sie erst vorsichtig, dann etwas lauter, aber niemand reagierte.

Stattdessen hörte sie eigenartige Geräusche aus seinem Büro. Es war das lustvolle Stöhnen einer Frau. O nein. Maddy war zurück, schoss es ihr durch den Kopf. Wie konnte sich Nick nur ein zweites Mal auf diese Person einlassen? Eigentlich hatte sie sich vorgenommen, ganz ruhig und sachlich zu bleiben, aber diese Dummheit regte sie so sehr auf, dass sie ihren guten Vorsatz vergaß und in das Büro stürmte.

Die braunen Haare gehörten nicht Maddy! Doch zumindest was den männlichen Part dieses Intermezzos betraf, hatte sie sich nicht geirrt.

Nick stand in eindeutiger Pose völlig unbekleidet vor seinem Schreibtisch, auf dem eine ihr unbekannte Frau lag.

»Entschuldigung!«, rief Cynthia aufgeregt und drehte sich noch einmal um, um ganz sicherzugehen, dass Maddy sich nicht einfach nur die Haare gefärbt hatte. Die junge Frau blickte sie nicht minder erschrocken an. Jetzt erkannte Cynthia sie. Ohne die Brille hätte sie Klara Nibel fast nicht wiedererkannt.

Cynthia war nun völlig verwirrt, wollte schnell verschwinden, stattdessen blieb sie wie erstarrt stehen und blickte das nackte Paar an. Nick streifte sich ein Hemd über, hustete und machte eine Handbewegung in ihre Richtung, die aussah, als versuchte er, Fliegen zu verscheuchen. Aber Cynthia stand auf dem Schlauch. Sie schaffte es gerade noch, den Blick auf den Boden zu richten. Zu mehr war sie im Moment nicht in der Lage.

Auf dem Fußboden entdeckte sie einen geöffneten rosafarbenen Umschlag, den sie nun äußerst interessiert musterte.

»Cyn … würdest du bitte rausgehen?«, forderte Nick sie auf.

»Ja … natürlich.«

Sie wandte sich um, verließ das Büro und schlug die Tür hinter sich zu. Noch immer etwas durcheinander, lief sie durch die Aquariengasse, knetete ihre Hände und konnte nicht glauben, was sie gerade gesehen hatte. Ausgerechnet Klara Nibel! Und dann so kurz nach der Trennung von Maddy. Nick hatte die Nibel doch nie gemocht. Er musste sehr verzweifelt sein. Aber so hatte er merkwürdigerweise gar nicht ausgesehen.

In der Tat war Nick überhaupt nicht verzweifelt, sondern höchst erregt und glücklich, ja wirklich glücklich. Vor kurzem noch hätte er es nie für möglich gehalten, dass er sich jemals zu diesem Frettchen hätte hingezogen fühlen können. Nun war das völlig anders. Sie war eine sehr hingebungsvolle, zärtliche Frau. Nicht die Schönste, aber schön war Nick auch nicht. Und ohne ihre Brille verlor sie das Frettchenhafte auf fast magische Weise. Sie war hübsch, in seinen Augen. Ihr Körper zwar zierlich, aber an den richtigen Stellen hatte sie kleine Rundungen, die er nur zu gern berührte. Es war merkwürdig. Plötzlich empfand er ihre Nähe als aufregend, und das Gefühl ihrer Hände auf seinem Rücken löste wahre Schauer aus. Vorsichtig legte er sie auf den Boden, und als sie einen unsicheren Blick zur inzwischen geschlossenen Bürotür warf, schüttelte er sanft den Kopf. »Keine Sorge, sie wird uns nicht noch mal stören.«

»Aber es wird doch etwas Wichtiges sein.«

»Ein paar Minuten wird sie schon noch warten können.«

In diesem Moment interessierte es ihn nicht, warum Cynthia plötzlich hier aufgetaucht war. Jetzt gab es nur ihn und sie. Klara räkelte sich unter ihm. In ihren Augen sah er das Leuchten von Begierde. Er hatte es auch zuvor gesehen, doch nie so stark wie jetzt. Behutsam beugte er sich über sie und küsste sie zärtlich. Ihre Zungenspitzen rieben aneinander. Er spürte ihren heißen Atem an seinen Lippen, während seine Hände auf Wanderschaft gingen, ihre kleinen Brüste umschlossen, sie sanft massierten. Klaras Brüste fühlten sich noch weicher an als ihr süßer Po.

»Ich bin froh, dass ich dir von meiner Sehnsucht schrieb«, flüsterte sie. Dann streckte sie die Hand aus und streichelte zärtlich sein Gesicht.

»Ich bin froh, dass ich deine Worte gelesen habe.« Er hatte nicht geahnt, wie stark ihre Gefühle für ihn gewesen waren, und erst recht nicht, was für eine leidenschaftliche, sensible Frau hinter dieser riesigen Brille steckte. Ihre Zeilen hatten ihn so sehr gerührt, dass er die ganze Nacht nur an sie hatte denken müssen, und am nächsten Morgen hatte er zum Telefonhörer gegriffen.

Klara zupfte an ihrem Höschen, versuchte es abzustreifen, doch weil ihr das nicht gelang, schritt Nick ein. Als er den Stoff sacht packte, erschienen ihm seine Hände riesig im Vergleich zu ihrem schmalen Becken und den dünnen Beinen, die für ihre Größe sehr lang waren. Endlich hatte er sie von ihrem Slip befreit und warf ihn achtlos auf den Bürostuhl. Dann betrachtete er sie ausgiebig. Die Haare hingen ihr wirr ins Gesicht. Es sah wild und neckisch aus. Er erkannte die junge Frau kaum wieder. Hätte er doch nur vorher geahnt, wie wunderschön sie war, er hätte sich vieles erspart. Liebevoll streichelte er ihre Scham, die nur von einem kleinen Haarstreifen am Venushügel bedeckt war. Er spielte mit den kleinen Löckchen, die sich um seinen Finger kringelten. Er spürte ihre Hitze unter seiner Hand. Sie ging auf ihn über, erst in seine Fingerspitzen, dann seine Hand, schließlich in seinen Arm. Ihm wurde zusehends heißer. Doch es fühlte sich gut an.

Vorsichtig suchte er nach ihrer Klitoris. Bei Maddy war das nie ein Problem gewesen, weil sie in allem viel gröber und größer als Klara war. Und das, obwohl Maddy auch schlank war. Aber Klara wirkte viel zierlicher, viel verletzlicher. Behutsam schob er ihre großen Schamlippen auseinander, die sich ihm bereitwillig öffneten und unter seinen Berührungen förmlich vibrierten. Sie waren inzwischen gerötet und angeschwollen, was ein Zeichen ihrer enormen Erregung war. Sein Finger tastete sich vor und er fand schnell, wonach er gesucht hatte. Ihre Perle trat hervor, als streckte sie sich ihm entgegen. Sanft reizte er sie, bewegte sie vor und zurück. Klara warf seufzend den Kopf in den Nacken und stöhnte leise. Zwischen ihren kleinen Schamlippen glänzte es feucht. Er wollte unbedingt davon kosten, herausfinden, ob sie anders schmeckte, und so beugte er sich herunter und kostete von ihr. Lieblich. Süß. Sie schmeckte köstlich. Und während er weiter von ihr probierte, sie leckte und reizte, öffneten seine Hände den Gürtel, zogen die Hose herunter und befühlten sein Glied, das gegen die inzwischen viel zu enge Unterhose pulsierte.

»Lass mich dir helfen«, bat Klara, die das bemerkt hatte, und richtete sich auf. Sie griff nach dem Bund seiner Unterhose, zog sie herunter und befreite seine Männlichkeit. Ihre Augen leuchteten auf, als sie seine Erektion erblickte.

»Darf ich auch kosten?«, fragte sie beinahe schüchtern. Er fand es niedlich und nickte. Natürlich durfte sie. Er stellte sich über sie, so dass sie mit den Lippen aus ihrer sitzenden Position heraus seine Spitze empfing, die sie gierig aufnahm, an ihr hoch- und runterglitt. Es fühlte sich phantastisch an. Klara hatte ihm in ihrem Brief gestanden, dass sie nicht viel Erfahrung mit Männern hatte, genau genommen hatte es nur einen Mann in ihrem Leben gegeben, den sie nackt gesehen und berührt hatte. Dafür, dass das offenbar noch recht neu für sie war, stellte sie sich jedoch äußerst geschickt an, denn es gelang ihr, Nick die schönsten Gefühle genau im rechten Moment zu bereiten. Offensichtlich war Klara ein Naturtalent. Hingebungsvoll befriedigte sie ihn, gab ihm alles, was sie hatte.

Nick konnte sein Glück kaum fassen. Sie war die ganze Zeit in seiner Nähe gewesen, und er hatte sie regelrecht übersehen. Wie dumm er doch gewesen war. Langsam bewegte er sein Becken auf und ab, versenkte sich in ihrem Mund, und Klara stöhnte wohlig auf. Ihre Hände legten sich besitzergreifend auf seinen Po, krallten sich hinein, hielten sich an ihm fest. Ihr Kopf ging vor und zurück, ihre Haare wippten im

Rhythmus ihrer Bewegungen mit. Und ihre Lippen! Die fühlten sich so unglaublich weich und heiß an. Er konnte nicht genug davon bekommen. Ihre Hände wanderten weiter nach oben, legten sich auf seinen vorgewölbten Bauch, streichelten ihn, spielten mit dem Haarstreifen, der nach unten zeigte. Maddy, das fand er im Nachhinein, hatte ihn dort nie so gern berührt. Klara hingegen schien es nicht das Geringste auszumachen, dass er etwas dicker war. Sie nahm ihn an, wie er war. Mehr noch, er schien ihr zu gefallen. Er sah es in ihrem Blick, hörte es an ihrem sinnlichen Stöhnen.

Cynthia vernahm eben dieses Stöhnen von der anderen Seite der Wand und versuchte es auszublenden, was allerdings nur mäßig gelang. Machten die beiden jetzt da weiter, wo sie aufgehört hatten? Vielleicht war es besser, wenn sie ging. Ihr war klar, dass sie hier störte, aber dann erinnerte sie sich, dass ihr die Zeit davonlief. Dies war vielleicht ihre letzte Möglichkeit, noch einmal mit Nick zu sprechen. Also würde sie warten. Auch wenn Nick das noch so unmöglich fand.

Sie stellte sich zwischen die Aquarien, in der Hoffnung, das Geblubber und Surren der Filteranlagen würde das Gestöhne übertönen. Da gesellte sich das Schrillen der Eingangstür hinzu, weil ein Kunde den Laden betrat. O nein, nicht auch das noch. Ausgerechnet jetzt. Was sollte der arme Mensch denken, wenn niemand hinter der Kasse stand, dafür aber eindeutige Laute aus dem Nebenzimmer drangen. Cynthia beschloss, einzuschreiten und Schadenbegrenzung zu betreiben. Aber da erkannte sie jene strenge Geschäftsfrau von Hell Express, und sie machte vor Schreck einen Schritt zurück. Ovida. Die grünen Augen blitzten gefährlich. Ihr Gesicht war starr, glich einer Maske. Sie wirkte kalt, ausgesprochen kalt.

Cynthia wich instinktiv noch einen Schritt zurück.

»Da wäre ich, bereit unser Geschäft abzuschließen«, sagte sie, machte eine Bewegung mit dem Zeigefinger in Richtung Tür, und Cynthia hörte, wie sich diese verriegelte. »Nur damit uns niemand stört«, erklärte Ovida und kam auf sie zu.

Ihr durchdringender Blick war auf Cynthia gerichtet. Bei diesen hellen Augen lief es ihr eiskalt den Rücken hinunter. Alles an dieser Frau strahlte Gefahr aus. Cynthia wich weiter zurück, bis sie mit dem Rücken gegen ein leeres Terrarium stieß.

»Wo ist Mandrake?«, fragte sie aufgeregt. Sie würde diesen verfluchten Vertrag nicht unterschreiben, bevor er nicht unversehrt vor ihr stand. Irgendetwas schien die Dämonin sichtlich zur Eile zu drängen, und das machte sie stutzig.

»Erst die Unterschrift. Keine Sorge, ich halte mein Wort.« Sie zog die Mappe hervor und reichte sie Cynthia. Die nahm sie zögerlich entgegen. In ihr schrillten alle Alarmglocken. Irgendetwas stimmte hier nicht, lief falsch. Ovidas Lächeln wurde breiter, surrealer, und ihre Lippen schwollen an, als hätte sie Silikon hineingespritzt. Cynthia klappte die Mappe auf. Ein Stift lag darin schon bereit. Sie nahm ihn in die Hand und zögerte. Schon als sie klein war, hatte sie sich auf ihr Bauchgefühl verlassen können. Es hatte sie vor Gefahren gewarnt, und auch jetzt schlug es Alarm.

Plötzlich klopfte es gegen die Fensterscheibe. Cynthia fuhr herum und sah dort noch im einen Moment einen Mann im dunklen Mantel und eine rothaarige Frau auf der anderen Seite des Glases, doch im nächsten standen sie plötzlich im Laden. »Unterschreib nicht!«, rief Mandrake ihr zu. Ehe Cynthia überhaupt reagieren konnte, vollführte die Dämonin eine wellenartige Bewegung mit dem Arm und streckte die Hand nach ihr aus. Aus ihren Fingern schoss eine mächtige

Druckwelle auf sie zu, die sie von den Füßen hob und durch die Luft wirbelte.

Cynthia spürte, wie sie abhob, wie ihre Füße ins Leere traten und sie etwas an der Brust traf, gleich einem Fußtritt. Sie flog rücklings über den Boden hinweg durch den Raum und schlug mit voller Wucht gegen eine Aquarienwand. Das Glas war zu stark, um zu zerbersten, ganz anders sah es da mit ihrem Rückgrat aus. Sie glitt benommen zu Boden. Ein tückischer Schmerz schoss ihre Wirbelsäule bis in den Hals hinauf. Ihr Schädel dröhnte. Im nächsten Moment stand Ovida schon vor ihr und griff mit der Hand in Cynthias Haare, um sie daran auf die Füße zu ziehen.

Es fühlte sich an, als würde sie ihr die Kopfhaut vom Schädel reißen. Ein gellender Schrei entwich ihr, dann umschloss Ovidas Hand ihren Nacken und drückte ihr Gesicht über ein Aquarium ohne Abdeckung.

Doch ehe sie ihren Kopf in das Becken tauchen konnte, stürzten Mandrake und Maddy auf die Dämonin zu. Während Maddy versuchte, Ovidas Arme zu fassen zu bekommen, sauste Mandrakes Schwert nur knapp an Ovidas Hals vorbei. Er hatte offensichtlich Schwierigkeiten, es zu führen, und Cynthia erkannte auch, woran das lag. Ihm fehlte die rechte Hand! Zorn stieg in ihr hoch. Was hatte Ovida ihm angetan? Ein weiterer Schlag ging daneben, und Cynthia nutzte den Moment der Überraschung, sich aus Ovidas Griff zu befreien, was ihr durch Maddys Hilfe recht schnell gelang.

Ovida fuhr wütend herum und stieß Mandrake mitsamt seiner Klinge so heftig von sich, dass er gegen die Aquarien prallte. Dabei schlug er so hart mit dem Hinterkopf auf, dass das Aquarium einen Sprung in der Außenwand abbekam.

Wasser drückte von innen gegen die undichte Stelle, und der Riss vergrößerte sich.

»Scheiße, was ist hier los?«, rief Nick, der halbnackt aus seinem Büro gestürmt kam. Knapp über seiner Schulter tauchte der Kopf von Klara auf. Das Entsetzen stand der zierlichen Person ins Gesicht geschrieben.

»Verschwindet!«, rief Maddy den beiden zu.

»Maddy? Was machst du denn hier?«

Aber noch ehe die Sukkuba ihm antworten konnte, bekam sie auch schon Ovidas Ellbogen ins Gesicht und taumelte zurück. Während Cynthia sich hinter einigen Terrarien versteckte, schoss Ovida auf das Menschenpaar zu und gab dem erstaunten Nick einen Kopfstoß, der ihn sofort auf die Knie sinken ließ.

»O nein, Nick!«, rief Klara und versuchte ihn aufzufangen, was bei Nicks Gewicht scheitern musste. Der Länge nach lag er nun am Boden. Ovida kümmerte sich nicht weiter um das Pärchen. Sie formte Flügel aus ihrem Rücken, schoss in die Luft hinauf und blieb unterhalb der Decke, um sich einen Überblick zu verschaffen.

Klara zückte ihr Handy, um Hilfe zu rufen, doch im nächsten Augenblick lag das Mobiltelefon in Ovidas Hand. Sie wedelte tadelnd mit dem Finger. »Das lässt du mal schön bleiben, Mäuschen.«

Sie zerquetschte das Gehäuse mit einer Hand und ließ die Einzelteile auf den Boden fallen. »Für diese Party braucht man eine Einladung. Hast du eine?« Sie ließ ihre Hände durch die Luft gleiten, formte einen Kreis und streckte beide Hände nach Cynthia aus. Funken sprühten aus ihren Fingern, und ein Feuerball sauste auf sie zu. Doch sie war vor Schreck zu starr, um zur Seite zu springen. Kurz bevor die Flammenkugel sie erreichte, stand plötzlich Mandrake vor ihr, gleich einem Schutzwall fing er den Zauber ab, der gegen seine Brust prallte. Sie hörte sein Stöhnen, sah, wie die Kleidung ihm wegbrannte und direkt vor ihren Augen ein muskulöser Rücken sichtbar wurde.

»Bring dich und die zwei anderen in Sicherheit«, sagte Mandrake, aber Cynthia weigerte sich, ihn allein zu lassen.

»Mach schon!«, fuhr er sie an. »Überlass Ovida Maddy und mir.«

Sie warf einen Blick zu Maddy, die sich inzwischen wieder gefangen hatte und die Dämonin von hinten mit einem Besenstiel attackierte.

»Du kannst uns hier nicht helfen«, erklärte Mandrake eindringlich, und sie sah es ein. In geduckter Haltung huschte sie hinter der Terrarienreihe entlang, wich den Feuerbällen aus, die Ovida hinter ihr herjagte, bis Mandrake sich auf sie stürzte und sie in einen Luftkampf verwickelte. Cynthia sah, wie Mandrake sein Schwert auf die Dämonin niedersausen ließ, aber diese auswich, ihn mit einem Fußtritt abwehrte.

Endlich hatte sie Klara und Nick, der noch immer etwas benommen war, erreicht. »Schnell, wir müssen hier raus«, rief sie beiden zu und half Klara dabei, ihren Bruder zu stützen. Gemeinsam steuerten sie auf die Ladentür zu, aber da fiel ihr ein, dass diese ja magisch verriegelt war. Schon sauste ein weiterer Feuerball über sie hinweg und setzte das Regal nahe des Fensters in Brand, so dass sie nicht weiter kamen.

»Scheiße«, kreischte Klara und blickte sie verzweifelt an. Inzwischen brannte hier alles lichterloh. Maddy zerschlug ein paar offene Pflanzenaquarien, deren Inhalt über die Flammen schwappte und sie zum Teil löschte.

»Rückzug, schnell!«, sagte Cynthia und zog Nick und Klara hinter sich her. Direkt neben ihnen stürzte plötzlich das riesige Regal mit dem Hundefutter zusammen und versperrte ihnen den Weg.

»Wir sind verloren, wir werden hier niemals rauskommen«, schluchzte Klara. Cynthia blickte sich panisch um. Mandrake kämpfte noch immer mit Ovida, lenkte sie ab, so dass sie sich nicht länger um Cynthia und ihre Begleiter kümmern konnte. Der Weg nach vorn war zwar versperrt, aber nach hinten, ins Büro, konnten sie noch ausweichen.

»Folgt mir«, rief Cynthia und übernahm die Vorhut. Dicht hinter ihr kämpften sich Klara und Nick durch die Wassermassen.

»Schnell, rein mit euch, schnell!« Cynthia schob die beiden an sich vorbei in das kleine Zimmer und schlug die Tür hinter sich zu. Draußen klang es, als sei Krieg ausgebrochen. Gegenstände flogen gegen die Wand, so dass der Putz im Büro abbröckelte. Immer wieder wurde das ganze Gemäuer erschüttert. Risse bildeten sich in der Wand. Es war fraglich, wie lange das alte Haus dieser Belastung standhielt.

»Alles wird gut«, murmelte Klara aufgelöst und küsste immer wieder Nicks schlaffe Hand. Es war kaum zu übersehen, dass die Kleine kurz davorstand, den Verstand zu verlieren. Aber wer konnte ihr das verübeln.

Erneut prallte etwas von außen gegen die Wand. Dieses Mal fiel der Putz fast vollständig ab, und das darunter befindliche Gemäuer kam zum Vorschein.

Cynthia eilte zum Fenster, das jedoch vergittert war. Vielleicht konnten sie die schweren Eisenstangen irgendwie lösen? Sie suchte in allen Schränken und Schubladen nach irgendetwas, was sie dafür gebrauchen konnte, doch es war nichts zu finden. Verdammt! Sie saßen hier in der Falle. Ihr Blick fiel auf den Aktenschrank, und sie überlegte, ob sie ihn mit Klara vor die Tür ziehen sollte. Dann fiel ihr aber ein, dass Dämonen nicht auf Türen angewiesen waren. Sie würden einfach hereinkommen, wenn sie es wollten.

»Plötzlich ist es so ruhig«, vernahm sie Klaras Stimme hinter sich. Cynthia hielt den Atem an. Tatsächlich. Kein animalisches Schreien, kein Zetern und Knurren mehr. Friedliche Stille.

Cynthia legte das Ohr an die Wand. Draußen hörte sie nichts Verdächtiges.

»Mandrake? Maddy?«, rief sie, aber niemand antwortete. Hatte am Ende Ovida gewonnen? Cynthia blieb vor Angst fast das Herz stehen. Das durfte nicht sein! Aber wenn Ovida gesiegt hätte, wäre sie gewiss längst hereingekommen, um Cynthia zu holen.

»Was machen wir jetzt?«, fragte Klara ängstlich.

Cynthia wusste es nicht. Sie traute sich nicht hinaus und den anderen ging es augenscheinlich genauso. Aber dann vernahmen sie Sirenen aus der Ferne. Kurz darauf waren Schritte zu hören. Und Stimmen.

»Mein Gott, was ist denn hier passiert?«

»Sieht ja aus wie auf einem Schlachtfeld.«

»Ist hier noch jemand?«

Sofort stürmte sie zur Tür und riss sie auf. »Wir sind hier, im Büro«, rief Cynthia und winkte den Männern in der Polizeiuniform zu.

»Passanten haben uns angerufen, wegen der Randalierer. Sie hatten Glück, dass das Wasser aus den Aquarien das Feuer gelöscht hat.«

Der Geruch von Verbranntem lag noch in der Luft. Ein

zweiter Polizist kümmerte sich um Klara und rief den Notarzt für Nick.

»Was ist geschehen?«, fragte sie der fürsorgliche Mann.

»Ich weiß es nicht«, antwortete Klara verwirrt.

Kapitel 25

Nick wurde sofort ins Krankenhaus gebracht, und auch Klara und Cynthia wurden dort gründlich untersucht. Beide hatten einen leichten Schock davongetragen, doch während Klara im Krankenhaus bei Nick blieb, machte sich Cynthia auf eigenen Wunsch hin auf den Weg nach Hause. Der Stationsarzt war alles andere als erfreut, doch sie bestand darauf, gehen zu dürfen, und hatte sich letztlich durchgesetzt. Sie musste nach Hause. Dringend. Etwas zog sie geradezu magisch dorthin. Hätte der Arzt sie nicht entlassen, hätte sie einen anderen Weg gefunden, einem Krankenhausaufenthalt zu entkommen.

Ihr Herz klopfte schneller, als sie wenig später den Schlüssel im Türschloss drehte.

»Mandrake?«, rief sie hoffnungsvoll, als sie den Flur ihrer Zweizimmerwohnung betrat.

Niemand antwortete. Dennoch hatte sie das Gefühl, nicht allein zu sein. Irgendetwas war hier. Ein merkwürdiger Geruch lag in der Luft. Metallisch. Nach Blut. Sie folgte dieser Duftspur, die sich im hinteren Teil des Flurs verstärkte, und als sie ins Wohnzimmer kam, erschrak sie fast zu Tode. Ein nackter Mann lag dort am Boden. Ein paar verbrannte Stofffetzen hingen um seinen Leib. Seine schwarzen Haare verdeckten sein engelsgleiches Gesicht, und doch wusste sie, dass es Mandrake war. Sein Atem ging rasch, stoßweise. Die Haare wirkten verklebt. Unter ihm hatte sich eine Blutlache gebildet.

»Mein Gott!«, rief sie erschrocken aus und stürzte zu ihm. Sie drehte ihn herum und entdeckte eine riesige Wunde in seiner Brust.

»Mandrake!« Tränen stiegen ihr in die Augen. Sie hatte ihn im Stich gelassen. Sie hätte sich nicht mit den anderen verschanzen, sondern ihm helfen müssen. Irgendwie. Irgendetwas hätte sie tun müssen.

»Es tut mir so leid«, sagte sie aufgelöst und schluckte die Tränen hinunter.

Da öffnete er die Augen und lächelte sie so zärtlich an, dass ihr warm ums Herz wurde.

»Es ist gut«, flüsterte er angestrengt.

»Gut?« Sie schüttelte verzweifelt den Kopf. Nichts war gut. Er lag im Sterben! »Sag mir, wie ich dir helfen kann, bitte! Soll ich einen Krankenwagen rufen?«

»Nein.«

»Aber …«

»Sie würden erkennen, was ich bin.«

Sie nahm sanft seinen Kopf und legte ihn in ihren Schoß, zog dabei rasch den Pullover aus und drückte ihn auf die Wunde. Irgendwie mussten sie die Blutung stillen!

Seine Hand tastete nach ihrer. Und als er sie fand, hielt er sie fest. Sein Händedruck war schwach, fast nicht vorhanden. Erneut trieb es ihr die Tränen in die Augen.

»Maddy … und ich haben … sie vernichtet. Du … brauchst dich nicht … mehr zu fürchten.«

Eine Träne lief ihr über die Wange und landete auf seiner Stirn. Sie betrachtete sein bleiches Gesicht. Er sah so schwach aus, wie sie ihn nie zuvor gesehen hatte. Und doch umspielte ein kleines Lächeln seine Lippen.

»Sag mir, was ich tun kann«, flehte sie.

»Es ist so schön … dass ich dich … noch einmal sehen darf.«

»Sag doch so was nicht! Du wirst wieder gesund, und dann sehen wir uns ganz oft.«

Die Angst, ihn zu verlieren, dass er unter ihren Händen wegstarb, ließ sie erzittern. Was sollte ohne ihn werden? Sie konnte sich überhaupt nicht vorstellen, wie es dann weitergehen sollte. Er gehörte jetzt zu ihr, war ein Teil von ihr und ihrem Leben geworden.

Mandrake antwortete nicht mehr. Sein Kopf rutschte von ihrem Schoß, fiel zur Seite und blieb reglos liegen. Cynthia starrte ihn entsetzt an. Ihr Herz setzte für einen Schlag aus, aber dann begann sie hemmungslos zu weinen, beugte sich über ihn, hielt ihn fest, als könnte sie ihn dadurch in dieser Welt halten. Zitternd krallten sich ihre Finger in seinen Leib, und sie erinnerte sich daran, was Nick und ihre Eltern immer zu ihr gesagt hatten. Du hast heilende Hände. Damit solltest du irgendwann mal dein Geld verdienen.

Diese Hände sollten gefälligst Mandrake heilen! Er durfte sie nicht verlassen. Das würde sie nicht aushalten. Verbissen krallte sie sich fester an ihn. »Bleib hier«, schrie sie verzweifelt auf. Aber er reagierte nicht mehr. Aberglaube hin oder her, sie hatte nichts zu verlieren. Vielleicht funktionierten sie ja doch, diese Hände. Sie zog die Nase hoch, wischte sich die Tränen aus den Augen und legte beide Hände auf die offene Wunde. Entschlossen, *einmal* an ihre Kräfte zu glauben. Es wird funktionieren, redete sie sich ein. Es muss! Mandrake durfte nicht sterben!

»Bitte kämpfe!«, schrie sie ihn an und konzentrierte sich auf die Wunde, stellte sich vor, wie sie sich schloss, wie sich das Gewebe wieder miteinander verband, wie sich zerrissene Gefäße regenerierten. Sie spürte das Blut unter ihren Fingern und die Wärme, die sich um ihre Haut legte, die sie von innen durchströmte, sich aber nicht auf seinen Körper auszuweiten schien. Erneut brach sie in Tränen aus, schmiegte sich an ihn, hielt ihn fest. Sein Körper war eiskalt geworden, sie musste ihn wärmen. Irgendwie.

Vorsichtig tastete sie seine Brust ab, spürte, dass sein Herzschlag nur noch sehr schwach war. Doch überhaupt etwas zu spüren gab ihr Hoffnung! Er lebte noch! Sie musste sein Herz irgendwie stärken. Erneut konzentrierte sie sich auf ihn, auf seinen Körper, so stark, dass es auch für sie körperlich anstrengend wurde. Schweiß rann ihr über die Stirn, Hitze entstand in ihrem Inneren. Sie spürte, wie sie aus ihren Fingerkuppen entwich, schließlich seine Haut umschmiegte und endlich auf ihn überging. Zumindest ein wenig. Jetzt nur nicht aufgeben. Sie biss die Zähne zusammen, konzentrierte sich stärker, immer stärker auf das, worunter sie sich einen Heilungsprozess vorstellte, obwohl sie davon eigentlich nicht die geringste Ahnung hatte. Unter ihren Fingern spürte sie sein Herz. Plötzlich schien es schneller zu schlagen. Kein Rasen, sondern der Rhythmus wirkte mit einem Mal viel kräftiger, schien sich zu stabilisieren. Erstaunt blickte sie auf ihre Handflächen, legte sie gleich noch einmal auf und machte weiter, immer weiter.

Es wurde eine lange, aufreibende Nacht. Cynthia blieb an seiner Seite. Nur manchmal ging sie in die Küche, um sich neuen Kaffee zu holen, weil sie sich anders kaum noch wachhalten konnte.

Sie hoffte so sehr, dass er durchkam und doch etwas von ihrer Energie auf ihn überging. Irgendwann in den Morgenstunden, noch bevor die Sonne aufging, hatte sie das Gefühl, dass sich sein Zustand stabilisiert hatte, er über dem Berg war, und das löste solch eine Freude und Erleichterung in ihr aus, dass sie erschöpft über ihm zusammensank und weinte. Heiß flossen ihr die Tränen über die Wangen, liefen ihr über Kinn und Hals. Mandrake würde leben! Sie hatte all ihre Kraft aufgebraucht, aber sie war glücklich. So unendlich glücklich. Sein Körper produzierte wieder von allein Wärme, sein Herz schlug regelmäßig, und sein Gesicht wirkte nicht mehr ganz so bleich. Cynthia war so erschöpft, dass sie sich kaum noch bewegen konnte. Ihr fielen immer wieder die Augen zu. Sie konnte sie nicht länger aufhalten. Kurz vor Sonnenaufgang schlief sie schließlich ein und wachte erst mittags wieder auf. Das Zimmer war von Sonnenlicht durchflutet, blendete sie, und Cynthia brauchte eine Weile, ehe sie klar sehen konnte. Ihre Hände tasteten nach seinem Körper, aber Mandrake war fort! Erschrocken riss sie den Kopf hoch.

Nur der Blutfleck auf ihrem Teppich war zurückgeblieben. Der Anblick versetzte ihr einen Stich ins Herz. Eilig stürmte sie zu ihrem Balkon, riss die Tür auf und stürzte zu der steinernen Brüstung. Noch immer blendete sie die Sonne so stark, dass sie gezwungen war, ihre Augen zusammenzukneifen. Sie hob beide Hände zum Schutz über die Augen und blickte zu dem Gebäude auf der anderen Straßenseite, in der Hoffnung, auf dem Dachvorsprung ihren geliebten Wasserspeier zu sehen. Aber er war nicht dort. Cynthia taumelte einen Schritt zurück. Bedeutete das, dass sie doch versagt und er sich endgültig aufgelöst hatte? Dass er für immer fort war? Sie seufzte gequält und wollte wieder hineingehen, als ihr der merkwürdige Schatten über sich auffiel. Er hatte die Form eines Dämons.

Irritiert drehte sie sich um und blickte zu ihrem Dach hinauf. Und was sie dort sah, versetzte sie in einen Glücksrausch! Direkt über ihr, so greifbar nah, hockte ein Wasserspeier.

Cynthia stieß einen leisen Freudenschrei aus, hielt sich die Hände vor den Mund und fing an zu lachen. Aus Erleichterung und Rührung. Mandrake war nicht fort. Er war bei ihr. Ganz nah. Und hoffentlich würde er nun bei ihr bleiben.

Noch am selben Tag stattete Cynthia Klara und Nick einen Besuch im Krankenhaus ab. Erstaunlicherweise konnten sich beide nicht an die gestrige Nacht erinnern. Der Schock hatte ihr Gedächtnis buchstäblich gelöscht. Und das war vielleicht auch ganz gut so. Sie glaubten nun an dieselbe Version wie die Polizei.

»So etwas kann vorkommen«, sagte der Stationsarzt und untersuchte auch Cynthias Verletzungen. Er befand, dass sie in einem guten Zustand war, wenn auch etwas geschwächt, doch nach dieser Nacht verwunderte es sie nicht im Geringsten.

Leider hatte Nick nicht auch ihren Streit vergessen und nahm ihr ihre Einmischung immer noch übel. Ein wenig konnte sie ihn ja sogar verstehen. Doch sie hatte in bester Absicht gehandelt und sagte ihm offen, dass ihr seine Seele mehr wert war als alles Geld der Welt und sie jederzeit wieder so handeln würde. Ein wenig gerührt schien er dann doch von ihren Worten.

»Lass uns die Sache vergessen«, bat sie und zog den Scheck von Hubert Graun aus ihrer Manteltasche. »Ich weiß, dass du jetzt viele Sorgen hast, aber das hier wird sie zumindest ein bisschen mindern.«

Nick nahm den Scheck mit überraschtem Gesichtsausdruck entgegen. »Ist das dein Ernst?«, fragte er skeptisch.

»Ja, sicher.«

»Aber du kannst das doch selbst gut gebrauchen.«

»Schon, aber ich komme auch so über die Runden.« Das hatte sie immer irgendwie geschafft. Zumindest in der Beziehung war sie eine Überlebenskünstlerin. Ihr Bruder nickte schließlich und umarmte sie zur Versöhnung. »Du bekommst es trotzdem wieder. Das ist eine Sache der Ehre«, flüsterte er ihr ins Ohr.

Den Rest des Tages verbrachte Cynthia in ihrem neuen Büro. Aber so kurz vor Weihnachten gab es nicht viel zu tun, und so kehrte sie alsbald nach Hause zurück und wartete auf den Einbruch der Dunkelheit. Und der rückte schnell näher. Die letzten Strahlen der untergehenden Sonne färbten den Horizont rot, und Cynthia, die diesem Anblick sehnlichst entgegengefiebert hatte, fing damit an, den Tisch im Wohnzimmer zu decken und ihre Wohnung mit Teelichtern zu dekorieren. Alles sollte perfekt sein! Diese Nacht gehörte ihnen.

Als sie aus der Küche mit dem Auflauf, den sie nach einem Rezept ihrer Mutter zubereitet hatte, zurück ins Wohnzimmer kam, stand eine vertraute Gestalt in der Mitte des Raumes, die auf sie wartete. Der junge Mann lächelte sie zärtlich an und breitete die Arme aus. Rasch stellte sie das Essen ab, stürmte auf ihn zu und schmiegte sich an seine Brust. Er schien unverletzt.

Seine verbliebene Hand glitt zärtlich über ihr Gesicht. »Danke«, flüsterte er leise, und seine Fingerspitzen berührten sanft ihre bebenden Lippen.

Sie lachte leise. »Danke, wofür? Du hast mich gerettet.«

»Und du mich.« Mit diesen Worten senkte er den Kopf und

verschloss ihren Mund mit einem innigen Kuss. Cynthia schlang ihm die Arme um den Nacken, stellte sich dabei auf die Zehenspitzen und erwiderte ihn voller Leidenschaft. Sie war unendlich glücklich, dass er hier war, es ihm gut ging und er ihre Gefühle erwiderte. Er, dieses mysteriöse, mächtige Wesen, das jetzt doch so menschlich schien. Aber er sah nicht nur aus wie ein Mensch, er fühlte sich genauso an. Seine Haut war warm und weich, die Muskeln unter seinem Hemd hart. Ihre Hände glitten unter dem weißen Stoff zu seiner Brust. Die klaffende Wunde war tatsächlich verschwunden. Nur eine ziemlich große Narbe war zurückgeblieben, aber das spielte für sie keine Rolle. Sie war nur froh, dass er überlebt hatte.

»Ich habe gespürt, dass du bei mir warst«, sagte er und ging vor ihr auf ein Knie. Sein Kopf schmiegte sich sanft in ihren Schritt. Sacht legte sie ihre Hände auf seinen Schopf, kraulte sein festes schwarzes Haar, das ihm bis zu den Schultern reichte. Sie konnte seine Wärme durch ihre Hose hindurch spüren. Genauso wie seinen Atem, der ebenso heiß über den Stoff strich.

»Ohne dich«, flüsterte er, »wäre ich jetzt nicht mehr hier.«

Erschrocken über diese Worte, drückte sie ihn stärker an sich, weil sie ihn am liebsten nie mehr hergeben wollte.

Sie beugte sich zu ihm herunter, und er blickte zu ihr hoch. Seine Augen leuchteten, funkelten wie zwei Saphire, sie strahlten Liebe und trotz ihrer kühlen Farbe Wärme aus. Cynthia hauchte ihm einen Kuss auf die Stirn.

»Du duftest so gut«, raunte er. Vorsichtig sank sie hinunter in seinen Arm und küsste ihn dieses Mal auf den Mund. Er schmeckte herb und roch nach Moschus. Eine unwiderstehliche Kombination.

Mandrake erwiderte den Kuss voller Leidenschaft, hielt ihren Hinterkopf fest und presste ihren Körper ganz eng an sich. Wild öffnete seine Zunge ihre Lippen, drang in ihren Mund und spielte mit ihrer Zunge. Cynthias Arme legten sich um seinen Hals. Sie konnte nicht genug von ihm und seinen leidenschaftlichen Lippen bekommen.

Langsam knöpfte sie das Hemd auf und befreite ihn daraus, entblößte seine schneeweiße, muskulöse Brust. Fasziniert strich sie über seine Muskeln. Er sah einfach traumhaft aus. Viel zu schön, um wahr zu sein. Viel zu schön für einen Menschen. Schön wie ein gefallener Engel, der seinen Weg ins Licht zurückgefunden hatte.

Er zog ihr mit einer Hand den Pullover aus, und sie half ihm dabei, dann streichelte er ihre festen Brüste, ihren Bauch und zupfte am Bund ihrer Hose, weil er es offensichtlich nicht erwarten konnte, sie vollständig auszuziehen.

Cynthia half ihm erneut, so ging es schneller, denn auch sie wollte ihn möglichst rasch überall spüren. Ihr Körper verzehrte sich nach seinem. Und zwar so stark, dass es zwischen ihren Beinen regelrecht brannte.

Vorsichtig bettete er sie auf dem Teppich und strich dann über die schwarzen Nylonstrümpfe, die nur bis zu ihren Oberschenkeln reichten. Ein Zittern erfasste ihren Unterleib. Oh, wie sie es liebte, wenn er ihre Beine auf diese Weise verwöhnte.

Er brachte das Nylon zum Rascheln, liebkoste dann ihr Zentrum mit seinen heißen Lippen, saugte sich förmlich an ihrem Schritt fest, so dass sie jede Bewegung seines sinnlichen Mundes durch den Slip hindurch spürte. Die Hitze, die er aussandte, übertrug sich auf ihre Scham, die ebenso zu glühen begann. Es machte sie wahnsinnig. Dieses Prickeln und

Kribbeln. Schlichtweg wahnsinnig. Und dennoch sehnte sie sich nach etwas anderem viel mehr!

Entschlossen griff sie nach einer dicken Haarsträhne und zog ihn daran sanft zu sich. Er folgte ihrer Hand, kroch über sie hinüber und blickte sie so liebevoll und leidenschaftlich an, dass sie sich in seinem Blick verlor und sich gar nicht bewusst war, wie stark ihr Körper unter seinem erzitterte und welche Hitze zwischen ihnen entstand.

Seine Augen strahlten förmlich, faszinierten und hypnotisierten sie gleichermaßen.

Jeder Schmerz war aus ihnen verschwunden. Stattdessen sah sie Begierde. Leidenschaft. Verlangen. O ja. Vor allem Verlangen.

Sie hob leicht den Kopf und küsste ihn noch einmal, während er geschickt mit einer Hand seine Hose abstreifte. Wie gewöhnlich trug er keine Unterwäsche, und seine Erektion rieb sich sogleich zwischen ihren Beinen. Erst sacht, dann schneller.

Cynthia, die sein Gesicht, vor allem seine Lippen, noch immer mit leidenschaftlichen Küssen bedeckte, beeilte sich nun, ihren Slip auszuziehen. Ein frischer Luftzug strich über ihre Scham, die sich ihm heiß darbot. Sein Glied bewegte sich sacht zwischen ihren großen Schamlippen, strich mit seiner Spitze über ihre Klitoris, reizte sie, bis das Prickeln in ihrem Unterleib kaum noch auszuhalten war.

Willig öffnete sie die Beine, lud ihn ein, und Mandrake folgte dieser Einladung mit einem zärtlichen Lächeln.

Er war unendlich froh, dass diese Frau seine Gefühle erwiderte, ihn genauso begehrte wie er sie. Cynthia wusste nicht, wie schlecht es letzte Nacht tatsächlich um ihn gestanden hatte, und ohne sie wäre er wahrscheinlich tatsächlich verstorben. Er hatte gerade noch die Kraft gehabt, sich am Morgen auf ihr Dach zu setzen, bis zum Museum hätte er es gar nicht mehr geschafft. Nun hatte er eine Ahnung davon, wie es sich anfühlte, verletzlich und sterblich zu sein. Es war erschreckend gewesen. Aber dann hatte er auch die Wärme gespürt, die von ihr, vor allem von ihren Händen ausgegangen war. Sie war durch ihre Finger in ihn geflossen, hatte seine Lebensgeister, seinen Kampfeswillen geweckt, als er sich fast schon aufgegeben hatte. Es hatte sich angefühlt, als wäre er von einem Sog erfasst worden, der ihn in den Abgrund reißen wollte. Er hatte den Halt verloren, war nicht mehr hochgekommen, und die Kraft hatte ihn allzu schnell verlassen, die er brauchte, um sich gegen diesen Sog zu wehren. Irgendwie war es Cynthia gelungen, ihn dennoch festzuhalten.

Und das gab ihm zu denken. Möglicherweise hatte Ovida in einer Hinsicht recht gehabt. Vielleicht war Cynthia nicht nur menschlich und in ihr schlummerte mehr. Aber was genau das war, ob es sich tatsächlich um das Blut der Lichtwesen handelte, vermochte er nicht zu sagen. Bei genauerer Betrachtung spielte das auch gar keine Rolle. Er liebte sie, wie sie war, völlig gleich, ob sie von den Nephilim abstammte oder nicht. Sie war etwas Besonderes für ihn. Und er liebte es, ihren Körper ganz dicht an seinem zu spüren, sich mit ihr zu vereinen, wie er es gerade tat. So drang er in sie, verschwand in ihrer Enge, füllte sie aus. Näher konnte er ihr nicht sein. Er spürte das Vibrieren in ihrem Innern, das von Lust zeugte, von Erregung. Je tiefer er in sie drang, desto stärker und intensiver wurde das Gefühl, eins mit ihr zu werden. Zu verschmelzen. Nicht mehr zu wissen, wo sein Körper anfing und der ihre aufhörte.

Ihre Arme legten sich um ihn, hielten ihn fest, während sie im gemeinsamen Rhythmus versanken.

»Ich möchte dich von nun an jede Nacht halten«, flüsterte er und blickte in ihre wunderschönen, leuchtenden Augen, genoss das warme Lächeln auf ihren Lippen und küsste sie leidenschaftlich. Sie schmeckte rein.